21

世纪
茅盾文学奖作品导读

薛晓霞 /
主编

中国海洋大学出版社

·青岛·

图书在版编目（CIP）数据

21 世纪茅盾文学奖作品导读 / 薛晓霞主编 . -- 青岛 ：
中国海洋大学出版社，2024.9. -- ISBN 978-7-5670
-3975-9

Ⅰ . I247.5

中国国家版本馆 CIP 数据核字第 2024KW5428 号

21 世纪茅盾文学奖作品导读

21 SHIJI MAODUN WENXUEJIANG ZUOPIN DAODU

出 版 人	刘文菁
出版发行	中国海洋大学出版社有限公司
社　　址	青岛市香港东路 23 号　　　　邮政编码　266071
网　　址	http://pub.ouc.edu.cn
责任编辑	郑雪姣　　　　　　　　　　　电　　话　0532-85901092
电子邮箱	zhengxuejiao@ouc-press.com
图片统筹	寒　露
装帧设计	寒　露
印　　制	河北万卷印刷有限公司
版　　次	2024 年 9 月第 1 版
印　　次	2024 年 9 月第 1 次印刷
成品尺寸	185 mm×260 mm　　　　　　印　张　12.5
字　　数	230 千　　　　　　　　　　　印　数　1 ~ 1000
定　　价	78.00 元
订购电话	0532-82032573（传真）　　18133833353

发现印刷质量问题，请致电 18133833353 进行调换。

茅盾文学奖作为中国文学界最高荣誉之一，自 1981 年设立以来，一直是评价中国当代文学作品质量的重要标准。本教材以 21 世纪茅盾文学奖获奖作品为主要讨论对象，旨在通过对这一时期茅盾文学奖获奖作品的深入分析与探讨，揭示其如何影响当代文学走向和社会文化，让学生了解中国当代长篇小说创作概况，提高长篇小说鉴赏能力。

本教材共分为十讲，从贾平凹的《秦腔》到孙甘露的《千里江山图》，每部作品都被精心解析，突出其在当代中国文学中的地位和影响。贾平凹的《秦腔》描绘了乡村生活的变迁和传统文化的衰落，展现了作者独特的叙事视角和语言运用；迟子建的《额尔古纳河右岸》通过对鄂温克族历史变迁的描绘，探讨了民族文化与自然生态主题；莫言的《蛙》和刘震云的《一句顶一万句》分别从不同角度切入，深挖社会问题和个体心理，展示了中国社会的复杂性……这些作品集中展现了中国当代社会的面貌，从快速城市化到农村的深刻变革，从传统价值的冲突到经济全球化的挑战。这些作品不仅是当代文学成就的象征，也是中国社会变迁的缩影。它们以独特的叙事和深邃的思考，让读者能够触摸到中国社会的脉动。

木教材通过对 21 世纪茅盾文学奖获奖作品的分析，试图揭示这些作品在艺术卜的创新以及对社会文化的深远影响，引导学生把握作品艺术特质与文化价值，进而更深刻地认识和欣赏中国当代文学的丰富多彩、深邃、复杂。由于笔者水平有限，本教材中不足之处在所难免，恳切希望广大读者、专家批评指正。

目录

第一讲　贾平凹《秦腔》 1

　　一、贾平凹经历与创作概况 2

　　二、《秦腔》导读 3

第二讲　迟子建《额尔古纳河右岸》 12

　　一、迟子建经历与创作概况 13

　　二、《额尔古纳河右岸》导读 13

第三讲　莫言《蛙》 31

　　一、莫言经历与创作概况 32

　　二、《蛙》导读 33

第四讲　刘震云《一句顶一万句》 53

　　一、刘震云经历与创作概况 54

　　二、《一句顶一万句》导读 55

第五讲　金宇澄《繁花》 68

　　一、金宇澄经历与创作概况 69

　　二、《繁花》导读 69

第六讲　苏童《黄雀记》 82

　　一、苏童经历与创作概况 83

　　二、《黄雀记》导读 84

第七讲　梁晓声《人世间》 ·· **101**

　　一、梁晓声经历与创作概况 ······································ 102

　　二、《人世间》导读 ·· 103

第八讲　陈彦《主角》 ·· **122**

　　一、陈彦经历与创作概况 ·· 123

　　二、《主角》导读 ··· 123

第九讲　乔叶《宝水》 ·· **144**

　　一、乔叶经历与创作概况 ·· 145

　　二、《宝水》导读 ··· 145

第十讲　孙甘露《千里江山图》 ······································· **165**

　　一、孙甘露经历与创作概况 ······································ 166

　　二、《千里江山图》导读 ··· 166

参考文献 ··· **187**

第一讲　贾平凹《秦腔》

◎ 学习目标

★ 探索《秦腔》如何通过文学手法表现乡村世界的衰落和传统文化的失落。

★ 理解智障者叙事视角及其在小说中的意义和影响。

★ 分析《秦腔》的散文化叙事模式和乡土语言的创造性运用。

◎ 重点与难点

★ 了解《秦腔》的主题意蕴。

★ 分析小说中复杂的智障者叙事视角和散文化叙事模式的艺术效果。

◎ 知识结构图

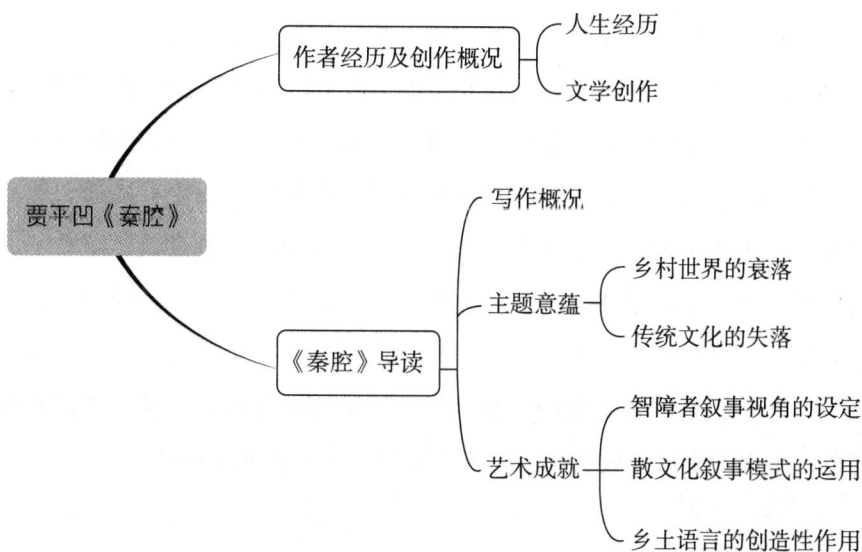

一、贾平凹经历与创作概况

贾平凹，1952年2月21日出生于陕西省商雒专区丹凤县棣花乡（今陕西省商洛市丹凤县棣花镇），中国当代著名作家，陕西省作家协会主席。1975年毕业于西北大学中文系，毕业后任陕西人民出版社文艺编辑、《长安》文学月刊编辑，从事文学编辑工作。1982年，就职于西安市文联，成为专职作家，由此开启专业创作之路。其后任全国政协委员，陕西省作家协会主席，西安市人大代表，西安建筑科技大学人文学院院长、文学院院长，中国作家协会第九届全国委员会副主席等职。

其实早在1973年，贾平凹便有文字发表，成为专职作家后，其创作一发不可收，先后出版长篇小说《商州》《浮躁》《废都》《高老庄》《怀念狼》《秦腔》《古炉》《极花》《山本》《暂坐》《酱豆》《秦岭记》等19部作品，出版中短篇小说集《山地笔记》《商州散记》等30余部、散文集《自在独行》《心迹》《万物有灵》等多部，出版回忆录《我是农民——在乡下的五年记忆》。其中，长篇小说《秦腔》获第七届茅盾文学奖，2019年入选"新中国70年70部长篇小说典藏"。贾平凹1988年凭借《浮躁》获得第八届美孚飞马文学奖铜奖；2005年，获得鲁迅文学奖。长篇小说《古炉》获2011年施耐庵文学奖。2012年，贾平凹获朱自清散文奖；散文集《贾平凹灵性散文》获第二届三毛散文奖。2023年，继城市题材小说《废都》《暂坐》后，贾平凹出版了他的第20部长篇小说《河山传》。这部小说以农村青年洗河和企业家罗山两个代表群体的命运书写国家从1978年至2020年40多年的发展历程，生动描绘出大时代背景下的人物群像。

贾平凹是我国当代文坛屈指可数的文学奇才。从最初的短篇小说《一双袜子》到2023年出版的长篇小说《河山传》，他以平均一年创作一部长篇小说的速度被誉为"文坛劳模"。如今，其创作已经走过了近50年的历程。无论是书写陕南的乡土民间，还是描绘西安的都市民间，他始终站在民间立场关注普通民众的生存境遇。他通过一部部作品展现了乡土中国的历史变迁与发展，展露了深深的忧患意识，塑造了一个个鲜活的人物形象，倾注了对个体的人性探究及对生存意义、实现途径的思考。贾平凹诸多文学作品体现出对传统文化的眷恋，表达了挽歌式的文化情调。他深深热爱并眷恋着古老的中国大地，是传统文化的传承者与精神文明的开拓者。其小说创作在艺术上也独具特色，小说叙事模式散文化，语言平实自然，富有地域特色。

二、《秦腔》导读

《秦腔》是贾平凹创作的第12部长篇小说，首次发表于《收获》2005年第1～2期；同年，作家出版社出版单行本。2008年，《秦腔》获第七届茅盾文学奖，是继路遥《平凡的世界》、陈忠实《白鹿原》之后，陕西作家的作品第三次获得中国文坛长篇小说的最高奖项。

（一）写作概况

贾平凹自2003年初开始动笔写作《秦腔》，历时近两年，五易其稿。作者曾称《秦腔》是他费时最长、修改最多、最耗心血的一部作品。贾平凹好友、著名作家穆涛也表示《秦腔》是贾平凹写农村现实题材最饱满、圆润的作品，是作家本人此类题材创作的巅峰之作。

《秦腔》以贾平凹故乡棣花街为原型，通过一个叫清风街的地方近30年的演变和街上芸芸众生的生老病死、悲欢离合，生动地表现了中国社会的历史转型给农村带来的震荡和变化。这部小说以细腻、平实的语言，采用"密实的流年式的书写方式"，集中表现了改革开放后乡村的价值观念、人际关系在传统格局中的深刻变化，字里行间倾注了作者对故乡的一腔深情和对社会转型期农村现状的思考。

该部小说中作者所写的大部分人和事都有生活原型。贾平凹说："故乡几十年来一直是我写作的根据地，但我的大量作品取材于一个商州概念的'泛故乡'，真正描述故乡的作品，《秦腔》是第一部。可以说，《秦腔》动用了我所有素材的最后一块宝藏，倾注了我生命和灵魂中的东西。"[1]"我要以它为故乡竖一块碑。"[2]秦腔是一门艺术。小时候，贾平凹就对秦腔很感兴趣。3岁时，他就随着大伯看戏；6岁时，自己趴到台角上听戏，被戏里的情节感动落泪。他从小受到秦腔的熏陶，里面的故事是他道德启蒙的第一课，于是他把对秦腔的喜爱和了解运用到作品中。此外，贾平凹从小受母亲和生活环境的影响，对商洛及关中地区的风土人情有亲身体验，在这样的文化中成长，因此对这类题材非常熟悉，容易搜集相关材料。而且时代在演进，许多过去的文化正在慢慢消失，有些独特的语言已经不用，他用这样的方式来纪念消失的文化。

---

[1] 贾平凹.秦腔：道尽故乡情[N].中国青年报，2000-04-18(15).
[2] 贾平凹.秦腔[M].北京：作家出版社，2005：563.

（二）《秦腔》的主题意蕴

《秦腔》是一部反映中国农村改革开放后社会变迁、具有史诗意义的作品。虽然这部小说叙事呈现一种散文化、"去中心"化的特征，但读者依稀可以看到两条隐隐约约的故事线索：一条是农民与土地的关系，另一条是秦腔，这两条主线相互纠结，缠绕在一个叫"清风街"的村庄，演变着近30年的历史。围绕这两条主线，可以将小说主题意蕴归纳为以下两点。

1. 乡村世界的衰落

围绕第一条叙事线索——农民与土地的关系，小说表现的主题之一是乡村世界的衰落，透露了作者深深的忧虑与哀婉之情。随着中国市场化、城市化进程的加速，中国的农村在进入20世纪90年代之后，便开始逐渐步入衰落时期，《秦腔》中的清风街就是千千万万个乡村世界的缩影。这首先表现为农村中大量农民离开故乡，离开土地，进入城市打工。如小说中白雪的侄儿白路进城打工，靠出卖低廉的劳动力赚钱；进城的翠翠与韩家女儿则靠出卖青春与肉体试图在城市中立足；甚至夏天智去世后，在清风街很难凑齐为他抬棺材的男性农民，村干部君亭不得不感叹道："还真是的，不计算不觉得，一计算这村里没劳力了么！把他的，咱当村干部哩，就领了些老弱病残么！"[1]大量农民不得已离开自己的土地，进城打工，主要原因在于有时候农村的生活艰苦，清风街曾连续五年干旱，庄稼收成不好，即使在收成好的时候，粮食价格也不见涨，农药、化肥反而越来越贵，农民靠天种地，养活不了自己和家人。后来清风街又发生了洪涝灾害，墙屋倒塌，农民生存艰难。种种原因使得清风街没有了往日繁荣景象：村里老年人过着无助而绝望的生活；中年人困顿其中，无法自拔；年轻人彷徨、迷茫，恋爱矛盾、婚姻矛盾、出轨丑闻纷纷上演。

农民大量流入城市带来的直接后果便是农村大量土地的荒芜。关于这点，小说有很多直接性的描绘，如君亭与夏天义、秦安关于到底应该先建农贸市场还是应该先在七里沟淤地发生的争执。君亭从实际情况出发，认为无论如何去经营土地，都无法改变村里人的生存困境，甚至有可能让村民本就困苦的生活雪上加霜，因此他认为应该另想出路，建设农贸市场。而夏天义和秦安作为老一代农民的代表，坚决捍卫土地，认为无论世事如何变化，农民都不能舍弃自己的土地。小说围绕夏天义这一人物形象，

---

[1] 贾平凹.秦腔[M].北京：作家出版社，2005：539.

展示了农民与土地的血肉联系。他是清风街的老领导，和土地打了一辈子的交道，因此对土地产生了深厚的情感。当312国道改造要占用清风街后塬的土地时，身为村干部的他却带头阻挠。他平生的愿望便是能够在七里沟淤地成功，但未能展志，却不得已卸去领导职务。但下台之后，夏天义依然不改初衷，情系土地，租种离开故乡的农民的土地。他心心念念要在七里沟淤地成功。小说写道，年事已高的夏天义带着孙子和引生依然天天去七里沟淤地，甚至最后在淤地的过程中遭遇山体滑坡而死。"这一天，七里沟的东崖大面积地滑坡，它事先没有迹象……它突然地一瞬间滑脱了，天摇地动地下来，把草棚埋没了，把夏天智的坟埋没了，把正骂着鸟夫妻的夏天义埋没了。"[①]这样一个心系土地的人物的悲壮事迹不免让人唏嘘，从侧面印证了中国乡村社会的衰落。作者通过一系列叙事客观地再现了乡村世界的衰微以及由此引发的思考。

2.传统文化的失落

围绕第二条叙事线索——秦腔，小说表现的另一主题是以秦腔为代表的传统文化的失落。小说对这一主题的描写主要集中在夏天智和白雪这两个人物身上。白雪是县秦腔剧团的演员。她结婚时，县秦腔剧团到清风街演出，声势颇为浩大。老演员王老师也备受人们尊敬。随着时代的变化，秦腔的演剧事业一天不如一天，到夏中星接任团长一职时几近分化。夏中星任团长时，将剧团合二为一，并试图通过县各乡镇的巡回演出活动重振秦腔雄风，然而在演出中观众甚少，遭到冷遇。到最后县秦腔剧团不得不解散。秦腔演员为了生存，只能自行组成乐班，走街串巷，卖艺为生。即使做出这样的选择，他们也在当时无法找到立足之地，他们的演出常常受到流行音乐的挤压。作为秦腔名角的王老师和白雪的命运也令人唏嘘不已。王老师一辈子热爱秦腔，也唱了一辈子，平生最大的愿望是可以出一盘秦腔盒带，然而终不得成。白雪因为热爱秦腔艺术，拒绝了丈夫为她辛苦筹谋得来的城里的工作，继续留在秦腔剧团，最终和丈夫分道扬镳，走街串巷，卖艺为生。如果说白雪是以秦腔为代表的传统艺术的化身，那么她的丈夫便是现代文明的象征。他们的分道扬镳及白雪的命运也意味着传统文明与现代文明的对峙和传统文化的日渐衰微。

小说中和秦腔有关的另外一个人物是夏天智，他是白雪的公公。他曾做过校长，是一位当下中国农村中有知识、有文化的人物。夏天智特别喜爱秦腔，听秦腔就像吃

---

① 贾平凹.秦腔[M].北京：作家出版社，2005：556.

饭一样，是他人生中必不可少的事项。一有空，他便在马勺上画秦腔脸谱，甚至想出版一本属于自己的秦腔脸谱集。但一人之力无法改变秦腔衰微的现状，他没有办法帮助王老师出版秦腔唱带，也无法挽回自己儿子和白雪的婚姻，只能眼睁睁看着他不愿看到的一切发生，眼睁睁看着秦腔渐趋衰落。与此相应的是，贾平凹在小说中把夏天智塑造为清风街的道德担当，夏天智扶危救困，调解矛盾，帮扶有困难的村民，他的身上洋溢着传统道德精神的光辉。但在市场经济的冲击下，清风街世风日下，夏家由祖辈延续下来的团圆饭消失了，夏天义的儿子们经常会因为赡养老人而大打出手。这些都是夏天智以个人之力无法挽回与拯救的，夏天智死亡的结局具有丰富的象征意味。

（三）《秦腔》的艺术成就

1.智障者叙事视角的设定

《秦腔》开篇写道："要我说，我最喜欢的女人还是白雪。喜欢白雪的男人在清风街很多，都是些狼，眼珠子发绿，我就一直在暗中监视着。谁一旦给白雪送了发卡，一个梨子，说太多的奉承，或者背过了白雪又说她的不是，我就会用刀子割掉他家柿树上的一圈皮，让树慢慢枯死。这些白雪都不知道。"[①] 小说中这个叙述者"我"便是引生。从叙事话语中我们可以看出引生是个精神不太正常的、有点傻里傻气的人。《秦腔》全篇以引生为叙述视点，记录了清风街"鸡零狗碎"的日常生活。

因为引生傻，所以健全人的世俗伦理道德、理性的批判等都无法进入他的精神世界。小说通过引生的眼睛呈现出来的清风街便更具有客观真实性。贾平凹在小说中借用引生的视角讲述了清风街的风云变幻，这个视角好比一面镜子，能够真实地反映事物的本来面目。借助这一智障者视角，作家实现了对现实世界客观而冷静地呈现，将自己的情感与立场隐藏在了客观的叙事之下。这也让读者理解了贾平凹为什么在小说中多次通过叙事者引生的口吻强调"我没疯"。其实在作者眼中，引生才是那个活得纯粹的人，不像常人有很多伪装和顾虑，引生看到的事和说出来的话或许才是最真实而客观的现实存在。贾平凹借用引生的口吻表达了自己对清风街风云变幻的无法言说。面对故乡，作者有着根深蒂固、强烈的情感。他明确地知道中国现代化进程的必然性和必要性，但面对自己留恋的乡村世界与传统文化日渐衰微，不由得生出更多的挽歌

---

① 贾平凹.秦腔[M].北京：作家出版社，2005：556.

情愫，这一切的无法言说，都由智障者引生来承担。

2. 散文化叙事模式的运用

《秦腔》中的清风街是远离大都市时尚潮流的乡村世界。或许是巧合，贾平凹在这部小说中同样采用了远离文学创作主流的叙事模式，使小说呈现出一种散文化的特点。他不追求故事情节的紧张和焦灼，也不迎合大众猎奇的阅读期待，一意孤行地将《秦腔》写成了没有核心故事情节与人物形象，也没有发展主线的散文化的小说样式。著名文学评论家王春林将这种散文化叙事模式称为总体叙事模式的"去中心化"。[①]

在小说中，作者通过引生的视角，事无巨细地讲述了清风街"鸡零狗碎"的故事。但读者无法或者根本找不出哪一个故事才是小说的中心情节，也无法确认小说中哪个人物才是小说的核心人物，只能任由智障者引生带领胡闯乱看，娓娓道来。小说这样写道：

> 清风街的故事从来没有茄子一行，豇豆一行，它老是黏糊到一起的。你收过核桃树上的核桃吗，用长竹竿打核桃，明明已经打净了，可换个地方一看，树梢上怎么还有一颗？再去打了，再换个地方，又有一颗。核桃永远是打不净的。[②]

清风街的故事就像清风街的核桃，不能分得清清楚楚，讲得明明白白，分明已经交代清楚了，但一转眼还有好多未能尽述。只要是发生在清风街上的事情、出现在清风街上的人，都会以一种极为平常、平等的方式被纳入清风街的生活流中，被作者呈现在读者面前。如果实在要确定一个中心，那便是这条承载着厚重历史的清风街。

3. 乡土语言的创造性运用

贾平凹的作品深受商州文化影响，其语言极具包容性。贾平凹作品语言以浓郁的乡土地域色彩为特色。《秦腔》是作者最具代表性的作品，其语言也融汇了作者熟悉且擅长的地方性语言，这主要表现在以下两个方面。

一是对商洛方言的运用。《秦腔》中有大量的商洛方言。这些语言不单是小说表面

---

① 王春林. 长篇小说的高度：茅盾文学奖获奖作品精读 [M]. 杭州：浙江文艺出版社，2022：146.
② 贾平凹. 秦腔 [M]. 北京：作家出版社，2005：99.

信息的载体，也蕴含着作者深厚的乡情。商洛方言属于北方方言，其发音与普通话有很多相似之处，所以《秦腔》虽使用了大量方言，但并不晦涩难懂。同时，作者在创作《秦腔》时，对语言的选择也别有考究，他选择的方言均饱含强烈的地方色彩，形象而具有表现力。例如，小说对"言传""熬煎""半晌""擦黑""二杆子""瓜蛋""光堂""恶水""后晌""抠搔""宽展""灵醒""麻达""轻省""厮跟""实诚""拾掇""挑担""牺惶""羞先人""致气"等方言词语的运用，使得作品表达更为生动、传神。

> 他不言传了，过了一会儿又说。①
>
> 两人又笑了一回，都不言传了。②
>
> 白雪笑了笑没有言传。③
>
> 你咋不言传呢？④
>
> 白雪就不言传了⑤
>
> 夏天义没言传，抄着手回家了！⑥
>
> 夏雨夏雨，有啥事我能帮上忙的，你就言传啊！⑦

"言传"在普通话中的意思是用言语表达或传授，而陕西方言中的"言传"大概意思是说话，但情境不同，意思也会随之发生细微的变化。以上几句中的"言传"都和说话有关。仔细揣摩其意思，有的是指不说话、不表达，有的是打招呼的意思，也有的有提醒的含义。同一个词语在不同的语境下被赋予了不同的含义，类似"言传"这样地道、直白的土语的运用，很好地凸显了人物形象的特征，传神而贴切。

《秦腔》还使用了诸多方言的事物称谓、俗语及詈语。

> 她家屋后的茅厕边有棵桑树，我每在黄昏天爬上去瞧院里动静。
>
> 这是六间屋的大院，曾经是青堂瓦舍，土改时院子中间垒了胡基墙，

① 贾平凹. 秦腔 [M]. 北京：作家出版社，2005：8.

② 贾平凹. 秦腔 [M]. 北京：作家出版社，2005：282.

③ 贾平凹. 秦腔 [M]. 北京：作家出版社，2005：353.

④ 贾平凹. 秦腔 [M]. 北京：作家出版社，2005：445.

⑤ 贾平凹. 秦腔 [M]. 北京：作家出版社，2005：457.

⑥ 贾平凹. 秦腔 [M]. 北京：作家出版社，2005：551.

⑦ 贾平凹. 秦腔 [M]. 北京：作家出版社，2005：461.

将四间分给了贫农张拴狗，两间留给了俊奇家。①

这里的"厦屋"在方言中也叫厦（sā）子，是关中地区特有的房屋建筑结构，陕西八大怪中的"房子半边盖"指的就是这种结构的房子。茅厕、胡基也都是关中地区建筑文化的一部分。胡基即土坯，是关中地区一种长方体状的土制基本建筑材料。

> 打虎不离亲兄弟。②
> 鲜花插在牛粪上。③
> 茄子一行，豇豆一行。④
> 打着亲，骂着爱，不打不骂是皮儿外。⑤
> 生不带一物来，死不带一钱去，羊肉不膻，鱼肉不腥。⑥

这些俗语都是商洛人民在日常生活中喜欢用的，通俗质朴，形象而生动，都关乎地方人情世故。

小说中引生脸上受了伤，用鸡毛粘了伤口在街上走，赵宏声和他对话：

> 急啥呢？
> 急屁哩？⑦

粗俗甚至带着脏字的回答，将一个疯里疯气又有着自尊心与自信感的智障者形象刻画得栩栩如生。

二是对秦腔语言的运用。《秦腔》的语言具有强烈的音乐性，重要原因便是对秦腔唱词与简谱的创造性应用。

---

① 贾平凹.秦腔[M].北京：作家出版社,2005：1.
② 贾平凹.秦腔[M].北京：作家出版社,2005：75.
③ 贾平凹.秦腔[M].北京：作家出版社,2005：64.
④ 贾平凹.秦腔[M].北京：作家出版社,2005：38.
⑤ 贾平凹.秦腔[M].北京：作家出版社,2005：95.
⑥ 贾平凹.秦腔[M].北京：作家出版社,2005：327.
⑦ 贾平凹.秦腔[M].北京：人民文学出版社,2008：11.

　　例如，小说中夏天智一生酷爱秦腔，听说剧团邀请他展览自己画的马勺脸谱时，他边走边唱着秦腔，心情十分愉悦：

　　　　人得瑰宝精神爽，月到中秋分外光。①

　　这里的唱词正呼应了他此时的心情。当夏天智的儿子要与作为秦腔演员的媳妇白雪离婚时，同样热爱秦腔的夏天智异常悲愤，不仅痛惜儿子的不道德与不孝，更痛惜后代很少有人传承秦腔的现实，因此作者在此处插图了秦腔《辕门斩子》的片段，通过秦腔唱词表达了夏天智对儿子不孝的愤怒之情。

　　　　我孙儿犯何罪绑在了法标？提起来把奴才该杀该绞！……斩宗保为饬
　　整军纪律条。②

　　当夏天智去世时，儿媳白雪为悼念他唱了《藏舟》。其中有一段唱词：

　　　　耳听得谯楼上二更四点，小舟内难坏我胡女凤莲，哭了声老爹爹儿难
　　得见，要相逢除非是南柯梦间。③

　　《藏舟》有浓郁的悲怆色彩，用在这里，更渲染了悲凉的氛围。

　　小说还写道夏风开酒楼，在酒楼开业时，请了戏班子来唱戏，唱的是《放饭》《三娘教子》《斩黄袍》。《放饭》是传统秦腔剧《牧羊圈》中的一折，主人公遭遇坎坷，一生凄惨，被人陷害，流落深山，乞讨为生。《三娘教子》也是一出悲剧，家室衰微，受人诬骗，母子反目成仇。《斩黄袍》更是才开始唱便哑了声，小说写道"像听了一阵敲破锣"。这些戏曲对一个刚开业做生意的人来说不是什么好的兆头，也许是偶然，夏风的酒楼后来以失败而收场。

　　《秦腔》随处可见对秦腔唱词的创造性运用，秦腔唱词穿插在故事情节中，推动故事情节的发展，突出人物形象的特征，使得整个作品具有同秦腔一样的苍凉、悲壮特征。

---

① 贾平凹. 秦腔 [M]. 北京：作家出版社，2005：81.
② 贾平凹. 秦腔 [M]. 北京：作家出版社，2005：106.
③ 贾平凹. 秦腔 [M]. 北京：作家出版社，2005：473.

◎ 课后思考

1. 分析《秦腔》中智障者角色的叙事视角如何影响故事的叙述和主题的呈现。

2. 讨论《秦腔》如何通过散文化叙事模式来表达小说的主题。

3. 探讨乡土语言在《秦腔》中的运用及乡土语言对增强地域特色、丰富小说文化内涵的作用。

4. 分析小说中乡村世界衰落的描写如何反映现实社会的变迁。

5. 探索《秦腔》中传统文化失落主题的象征意义及其对现代读者的启示。

6. 比较《秦腔》与贾平凹其他作品的主题和叙事技巧。

7. 讨论小说《秦腔》的艺术成就及《秦腔》在当代文学中的地位和影响。

第二讲　迟子建《额尔古纳河右岸》

◎ **学习目标**

★ 探索作品对鄂温克族人生活的描绘及其文化意义。

★ 探讨作品的文化主题价值。

★ 分析作品的生态审美意蕴和叙事艺术。

◎ **重点与难点**

★ 了解作品蕴含的生态文化思想。

★ 理解与掌握作品叙事风格。

◎ 知识结构图

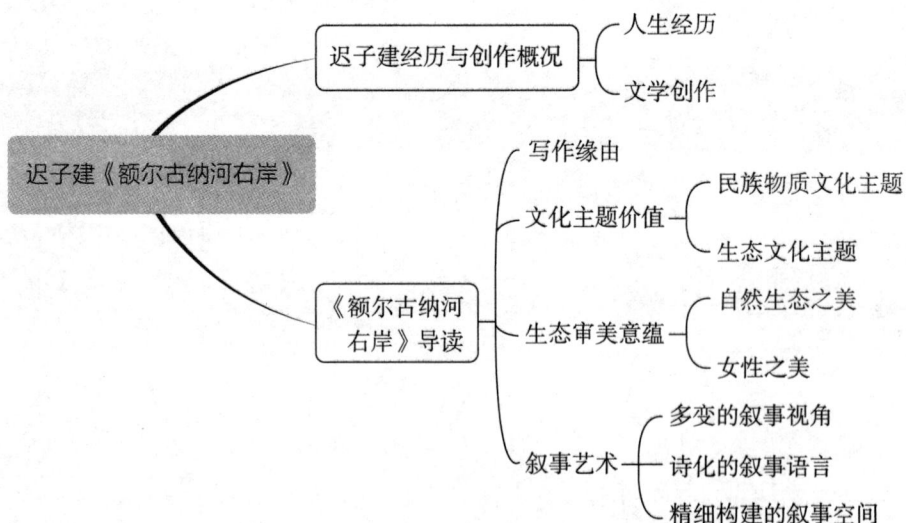

一、迟子建经历与创作概况

迟子建，1964 年出生于黑龙江省呼玛县漠河村（今黑龙江省漠河市北极村），1984 年毕业于大兴安岭师范学校，1987 年进入北京师范大学与鲁迅文学院合办的研究生班学习，1990 年毕业后到黑龙江省作家协会工作至今。迟子建是一位在中国文坛上光芒四射的女作家，自 1983 年踏入文学创作的领域以来，便以其深刻的文学触觉和独特的文化视角，探索和展现了东北地区丰富多彩的历史文化和人民生活。迟子建从小就生活在大自然的怀抱中，这种独特的成长背景为她后来的文学创作注入了丰富的素材和深邃的思考。在北京师范大学与鲁迅文学院联办的研究生班学习的经历不仅提升了她的文学素养，也为她日后的文学创作奠定了坚实的基础。

迟子建的文学生涯可谓硕果累累，她不仅是中国作家协会会员，更多次担任中国作协全委会委员，还担任黑龙江省作家协会主席，由此可见其在中国文学界的重要地位。迟子建的作品多以她的故乡东北地区的历史和现实为背景，她的笔触既沉静、婉约，又不失力度，能够细腻地描绘出人物的内心世界和生活的真实状态。她的创作颇丰，创作了《茫茫前程》《晨钟响彻黄昏》《热鸟》《伪满洲国》《树下》《越过云层的晴朗》《额尔古纳河右岸》《白雪乌鸦》《群山之巅》等长篇小说以及中短篇小说集《北极村童话》《白雪的墓园》《清水洗尘》《雾月牛栏》等。

迟子建的文学成就得到了国内外的广泛认可，她的作品曾三次获得鲁迅文学奖，并在英国、法国、日本、意大利等多个国家出版，这显示了她的作品的国际影响力。她的文学探索不仅给中国文学界带来了新的活力，也为世界文学贡献了独特的中国声音。迟子建以其独特的文学视角和深刻的文化洞察，创作出了一系列具有重要意义和影响力的文学作品。她不仅深入探讨了东北地区丰富的历史文化和人民生活，也通过自己的笔触，展现了对人性、自然和生命的深刻理解与尊重。迟子建的作品不仅丰富了中华文化的内涵，也为全世界的读者提供了深刻的思考和艺术的享受。

二、《额尔古纳河右岸》导读

迟子建创作的《额尔古纳河右岸》是一部描述中国东北少数民族鄂温克族人生存现状及百年沧桑历史的长篇小说。该小说曾获第七届茅盾文学奖，并于 2020 年被列入

《教育部基础教育课程教材发展中心中小学生阅读指导目录（2020年版）》初中段。该部小说使用第一人称，通过最后一位鄂温克族酋长的女人的视角，用饱含深情的话语，讲述自己族群的发展与衰落的故事。鄂温克族人在严寒、猛兽、瘟疫的侵害下求繁衍，他们有大爱、有大痛，有在命运面前的殊死抗争，也有眼睁睁看着整个民族日渐衰落的万般无奈。一代又一代人的爱恨情仇，一代又一代人的独特民风，一代又一代人的生死传奇，显示了鄂温克族人顽强的生命力及不屈不挠的民族精神，也表达了人对自然的敬畏。正如评论家王春林所说，作品中"有鄂温克人对于自己赖以为生的大自然敬若神明般的敬畏与崇拜，有鄂温克人面对频繁降临的死亡时达观而超然的姿态，也有鄂温克人在极其艰难的生存困境中激发出来的坚韧的生存意志与生存能力，更有鄂温克人在强大的现代文明侵入时奋力挣扎却无可奈何的尴尬悲凉"[1]。

（一）写作缘由

《额尔古纳河右岸》的创作背后隐藏着一段富有情感和深刻文化探索的故事。迟子建的创作灵感来源于对鄂温克族这个少数民族的深切关注和对其文化的深入理解。鄂温克族是一个与驯鹿紧密相连的民族，他们的生活方式、文化信仰和历史遭遇，尤其是他们对自然的敬畏以及面对的现代社会压力下的生存挑战，激发了迟子建想要深入了解并通过文学作品向世界介绍这个族群的决心。

迟子建对鄂温克族的兴趣最初是由一篇关于鄂温克族画家柳芭命运的文章激发的。柳芭是一位有才华的女性。文章讲述了柳芭如何从森林中走出，尝试在外面的世界生活，最终却因为心灵的疲惫而选择放弃，回归森林，直至其生命在自然中归于平静，这让迟子建深受触动。这不仅是个人命运的悲剧，也是文化与现代化冲突的缩影，反映了少数民族在经济全球化进程中的困境和挑战。

由此迟子建便决定将鄂温克族人的故事写成小说。她查阅大量文献资料，并踏入鄂温克族人的生活世界。2004年，她追踪驯鹿的足迹，深入山林，找到了真实的猎民点，与那里的人面对面交流，聆听他们的苦楚与哀愁，体验他们的日常生活和文化实践，特别是通过对小说中主人公"我"的原型的采访，更加深刻地理解了鄂温克族人与自然和谐共生的生活方式以及他们面临的生存挑战。之后她用了三个月的时间集中阅读关于鄂温克族历史和风俗的研究资料，整理了数万字的笔记，为写作《额尔古纳

---

① 王春林.长篇小说的高度：茅盾文学奖获奖作品精读[M].杭州：浙江文艺出版社，2022：318.

河右岸》做了充分的准备。

2005 年，迟子建着手创作《额尔古纳河右岸》。这部长篇小说不仅是对鄂温克族人生存现状和历史变迁的记录，也是一次深刻的文化人类学探索，试图捕捉并呈现这个少数民族与自然和谐共生的生活美学和精神信仰。这部小说以鄂温克族"最后一个酋长的女人"的视角，讲述了这个少数民族的顽强抗争和美丽的爱情故事，也反映了对生命的尊重、对自然的敬畏和对信仰的坚持。通过这部作品，迟子建不仅向读者展现了一个鲜为人知的民族文化世界，也表达了对少数民族文化保存和传承的深切关切。《额尔古纳河右岸》因其思想性、艺术性以及对人性与自然的深刻洞察，成为迟子建文学生涯中的一块里程碑，也为读者提供了一个理解和感受鄂温克族文化的窗口。

（二）《额尔古纳河右岸》的文化主题价值

《额尔古纳河右岸》是一部深具文化主题价值的作品，不仅让读者走近了鲜为人知的鄂温克族人的生活场景，也让读者经历了一场深刻的文化和生态反思之旅。该小说以鄂温克族——一个与自然和谐共生的少数民族为背景，通过细腻的叙述和丰富的情节揭示了民族物质文化主题、生态文化主题的多重文化主题价值。

1.民族物质文化主题

《额尔古纳河右岸》通过细腻的描绘和深刻的探讨，重点通过对狩猎文化、驯鹿文化、桦树皮文化的描写，展现了一幅鄂温克族丰富物质文化的画卷。这不仅是对一个民族物质文化特征的记录，也是对其深层文化意义和价值的挖掘与呈现，使得这部作品不仅具有极高的文学价值，也具有重要的文化价值和社会价值。

狩猎文化是鄂温克族最古老和最根本的生活方式之一。鄂温克族是我国最后的狩猎民族，他们勤劳、善良、热爱自由，世代生活在大小兴安岭的原始森林中。依靠大自然，千百年来过着狩猎生活，他们具有独特的生存方式。他们是勇敢的猎人，他们热爱自然，尊敬自然的一切。在《额尔古纳河右岸》中，迟子建通过对鄂温克族狩猎生活的描述，展现了狩猎文化在鄂温克族社会中的核心地位。狩猎不仅是获取食物、衣物和其他生活必需品的手段，也是鄂温克族人展现勇气、智慧和技巧的舞台，是男性成年礼和社会地位象征的重要组成部分。鄂温克族人根据不同的猎物、不同的季节，采取不同的狩猎方法。其中，最为典型的狩猎方法有围猎、追猎、诱猎、狩猎等。鄂温克族人对森林中各种动物的习性非常熟悉，善于根据动物的蹄印、排泄物、毛发来分辨猎物种类、大小、公母、数量，确定猎物的行踪。小说写道：

> 林克很快回到了船上，他小声对我们说，他在岸上的草丛中发现了堪达罕的粪便和蹄印，粪便很新鲜，说明几个小时前它还来过这里。从它的蹄印来看，它是一头成年的堪达罕，很有分量。[1]

诱猎是鄂温克族十分有趣且有效的狩猎方式，主要针对的猎物是处于交配期的鹿、狍子等动物，依靠的工具主要是鹿哨。《额尔古纳河右岸》的文本中有着大量关于制作鹿哨的描述：

> 我们的祖先利用雄鹿长鸣的习性，发明了一种鹿哨。[2]

狩猎活动严格遵循传统规则和仪式，这些规则和仪式反映了鄂温克族人对自然的敬畏之心和对生命的尊重。通过这些生活细节的描写，迟子建不仅向读者展现了鄂温克族独特的狩猎文化，也揭示了人与自然和谐共生的生态智慧。

驯鹿文化是鄂温克族文化的另一个显著特征。在《额尔古纳河右岸》中，驯鹿不仅是鄂温克族人生活的重要组成部分，也是一种深刻的文化象征。驯鹿提供了鄂温克族人必需的物质资源，如食物、衣物和交通工具，更重要的是，它们成为鄂温克族人精神世界和文化信仰的一部分。正如《额尔古纳河右岸》表述的一样：

> 我从来没有见过哪种动物会像驯鹿这样性情温顺而富有耐力，它们虽然个头大，但非常灵活。负载着很重的东西穿山林，越沼泽，对它们来说是那么的轻松。它浑身是宝，皮毛可御寒，茸角、鹿筋、鹿鞭、鹿心血、鹿胎是安达最愿意收入囊中的名贵药材，可换来我们的生活用品。鹿奶是清晨时流入我们身体的最甘甜的清泉。行猎时，它们是猎人的好帮手，只要你把打到的猎物放到它身上，它就会独自把它们安全运到营地。搬迁时，它们不仅负载着我们那些吃的和用的东西，妇女、孩子以及年老体弱

---

[1] 迟子建.额尔古纳河右岸[M].北京：北京十月文艺出版社，2008：37.
[2] 迟子建.额尔古纳河右岸[M].北京：北京十月文艺出版社，2008：199.

的人还要骑乘它。而它却不需要人过多地照应。①

小说详细描绘了鄂温克族人如何照顾驯鹿、驯鹿在日常生活中的使用以及人与驯鹿建立的深厚情感，展现了驯鹿在鄂温克族人生活中不可替代的地位。对于鄂温克族人来说，驯鹿不仅仅是重要的生产、生活资料，更是一种信仰，融入鄂温克族文化发展的各个方面。在《额尔古纳河右岸》的最后，驯鹿作为一种意象，预示着鄂温克族文明的回归。

桦树皮文化是鄂温克族特有的物质文化之一，在《额尔古纳河右岸》中占据了重要位置。桦树皮与鄂温克族人的生活息息相关，鄂温克族的桦树皮文化是实用性与艺术性的结合。桦树皮器具不仅种类繁多，还具有艺术性。桦树皮在鄂温克族人的手中可以被制成功能不同的桦树皮盒、桦树皮桶。"剥下的桦树皮可以做多种多样的东西。如果是做桶和盒子，这样的桦树皮只需在火上微微烤一下，使它变得柔软就可以用了。桶可以用来盛水，而那形形色色的盒子可以装盐、茶、糖和烟。"②用桦树皮制作的各类盒子轻便、实用，有些鄂温克猎民的家里甚至有上百种大小、用处不同的桦树皮器皿。鄂温克族人还在桦树皮盒子的盒盖及外侧雕刻各种花纹以及象征着吉祥、好运的图案，使桦树皮器皿集功能性与艺术性于一体。桦树皮器皿上的装饰题材十分广泛，配以植物纹、动物纹、几何纹等，展现了狩猎生产、自然风景以及驯鹿放养等原生态的生活题材，同时凸显了鄂温克族的民族特性，产生了非常具有民族特色的艺术价值。

小说通过对桦树皮制品的制作过程和使用场景的描绘，展现了桦树皮文化在鄂温克族社会和文化生活中的重要地位。这种独特的物质文化不仅是鄂温克族人适应自然环境、生存和发展的智慧结晶，也是他们文化特色和精神世界的重要体现。

2.生态文化主题

《额尔古纳河右岸》中，生态文化主题作为贯穿全书的一条主线，深刻地展现了鄂温克族人对自然的思考、和谐生态观以及面对生态失衡的反思与回归。通过对这一族群与自然环境相互作用的细致描绘，迟子建不仅展现了一个特定民族的生态智慧，也对人类社会的生态伦理进行了普遍性的探讨。

---

① 迟子建.额尔古纳河右岸[M].北京：北京十月文艺出版社，2008：18.
② 迟子建.额尔古纳河右岸[M].北京：北京十月文艺出版社，2008：35.

　　《额尔古纳河右岸》深刻地反映了鄂温克族人对自然界深思熟虑的态度。在鄂温克族人的世界观中，自然不仅仅是一个物质资源的提供者，更是一个拥有灵性和情感的存在。迟子建通过对鄂温克族人与自然界各种生物相互依存的生活方式的描述，揭示了一种基于相互尊重和谦逊的自然观。大自然的勃勃生机能够赋予任何融入其中的个体生命健康。小说写道：

　　　　在我看来，风能听出我的病，流水能听出我的病，月光也能听出我的病。病是埋藏在我胸口中的秘密之花。我这一辈子，从来没有进卫生院看过一次病。我郁闷了，就去风中站上一刻，它会吹散我心底的愁云；我心烦了，就到河畔去听听流水的声音，它们会立刻给我带来安宁的心境。我这一生能健康地活到九十岁，证明我没有选错医生，我的医生就是清风流水，日月星辰。①

　　在小说中，鄂温克族人认为，人类只是自然界众多生物中的一员，必须以一种负责任的方式与自然界相处，这种思考不仅体现了对自然的敬畏，也反映了一种深刻的生态智慧。

　　小说中的和谐生态观体现在鄂温克族人与自然和谐共处的生活方式上。迟子建详细描绘了鄂温克族人如何在对自然深刻理解的基础上，采用各种可持续的生活方式和生产活动。无论是狩猎、渔捕，还是收集野生植物，鄂温克族人都严格遵循传统的规则和节制的原则，确保自然资源不被过度开发和破坏。他们的生活方式体现了一种对自然界深刻的敬意和感激，以及一种旨在维持自然界平衡、和谐的生态观。作为"森林之子"的鄂温克族人世代生活在大、小兴安岭的原始森林中，自然对他们来说不再是一种单纯的理性认识和征服对象，而是一个可以相互沟通、交流的主体。他们在自然中游猎，因驯鹿喜爱的食物而迁徙，自然承载着鄂温克族人对生活的希望。他们在享受大自然恩惠的同时，备尝艰辛。迟子建描写的鄂温克族人历代在自然中处于一种原始的封闭状态，在与自然的共存中形成自己的原始信仰。人类通过对自然最原始的宗教体验，将自然万物神化，以禁忌、传说的方式要求人们要尊重自然、热爱自然中的万物。与此同时，人类根据这种宗教的体验在与自然和谐共处中得以发展。自然满

---

① 迟子建. 额尔古纳河右岸 [M]. 北京：北京十月文艺出版社，2008：204-205.

足了鄂温克族人对衣食住行的基本需要，因此在他们眼中，自然是神秘而又伟大的。他们渴求得到自然的恩惠，因而他们敬畏自然，崇拜自然，在世代的延续中形成了最为朴素的生态意识。鄂温克族人把自己的命运注入自然的血液中，热爱自然就是热爱自己。在小说中，对自然神、动物神的崇拜正是人敬畏自然、崇拜自然的表现。即使是猎物，鄂温克族人也抱有崇敬之情，熊、堪达罕的风葬仪式是人类对动物的感激，体现了一种发自内心的真实情感。此外，鄂温克族人对驯鹿的精神依赖以及对森林的崇敬，强化了小说中的和谐生态观。驯鹿不仅是他们生活的重要组成部分，也是精神象征，体现了人与自然深度融合的生活哲学。通过这些生动的描述，迟子建向读者展示了一种可能的、与自然和谐共存的理想状态。

《额尔古纳河右岸》同样深入探讨了生态失衡的问题及其对鄂温克族人生活方式的影响。随着外部世界对自然资源的开发和环境破坏，鄂温克族人传统的生活方式面临严重威胁，生态平衡被破坏，生物多样性受损，传统文化和生态智慧的传承也遇到了前所未有的挑战。

> 那年冬天，对大兴安岭的大规模开发开始了，更多的林业工人进驻山里，他们在很多地方建立了工段，开辟了一条条运材专线路，伐木声也越来越响了。从这年开始，森林中灰鼠的数量减少了，瓦罗加说这是出于松树遭到砍伐的原因。[①]

迟子建通过对这种生态危机的描绘，不仅展现了鄂温克族人对失去传统生活方式的深刻忧虑，也反映了现代社会对自然环境的破坏和对文化的冲击。

然而，小说并不仅仅停留在对生态失衡的描绘上，更重要的是，它展示了鄂温克族人在面对这些挑战时做出的回应和努力。通过回归传统的生活方式，重新确立与自然和谐共处的关系，鄂温克族人仕努力寻找生态平衡的恢复之路。正如《额尔古纳河右岸》结尾那隐约传来的鹿铃声、新的玛鲁王"木库莲"在中途的回归。"我"、安草儿以及西班固守住了家园，并为鄂温克族保留了最后的希望。这是一种必然的回归，在自然中，他们的生活方式完全与自然契合，体现了万物的和谐，但如果将这种和谐打破并强行融入现代文明当中，那么等待他们的必然是一条成为"死灭的图案"的水

---

① 迟子建．额尔古纳河右岸 [M]．北京：北京十月文艺出版社，2008：209．

路。迟子建在对现代文明反思的同时，企图在鄂温克族人和谐生存状态的描写中重新构建人的精神家园。《额尔古纳河右岸》中人、自然与神性和谐统一。该小说通过物质文化与精神信仰，展现了一幅生态和谐的画卷，但是同时在警示：人类亲手将这种和谐统一的美好景象撕裂，工业化的脚步将这片世外桃源碾碎。自然环境的恶化不仅使鄂温克族失去家园，也造成了一种文化传统的断层，环境的破坏也许还能挽救，但文化的失传是无法治愈的绝症。

（三）《额尔古纳河右岸》的生态审美意蕴

生态美是人与自然生态关系和谐的产物，是人与自然的生命关联引发的一种生命的共感和欢歌。[①] 在《额尔古纳河右岸》中，迟子建细腻地描绘了鄂温克族与自然和谐共生的生活景象，展现了一种深刻的生态审美意蕴。从自然生态之美的细致勾勒，她进一步深化探讨，将视角拓展至女性生态之美，揭示了生态美不仅仅是自然界物质形态的呈现，更是一种深植于人类文化、情感与精神世界的美学体验。

1. 自然生态之美

在迟子建的《额尔古纳河右岸》中，自然生态之美不仅作为一种背景存在，更是贯穿全书的灵魂。通过细腻的描绘和深刻的思考，迟子建展现了自然生态之美的多重维度，使之成为一种强有力的审美和情感表达。在这部作品中，自然不仅是人类生活的场所，也是人类情感、哲思和艺术表达的源泉。迟子建在《额尔古纳河右岸》中以诗意的笔触描绘了鄂温克族人诗意栖居的自然生态环境。鄂温克族人有个传说：

> 勒拿河是一条蓝色的河流，传说它宽阔得连啄木鸟都不能飞过去。在勒拿河的上游，有一个拉穆湖，也就是贝加尔湖。有八条大河注入湖中，湖水也是碧蓝的。拉穆湖中生长着许多碧绿的水草，太阳离湖水很近，湖面上终年漂浮着阳光，以及粉的和白的荷花。拉穆湖周围，是挺拔的高山，我们的祖先，一个梳着长辫子的鄂温克人，就居住在那里。[②]

《额尔古纳河右岸》中的森林是一种不同于以往的神秘的森林，其中的一切都能令

---

① 徐恒醇. 生态美学 [M]. 西安：陕西人民教育出版社，2000：345.
② 迟子建. 额尔古纳河右岸 [M]. 北京：北京十月文艺出版社，2008：13.

人向往。审美主体对同样的事物进行审美鉴赏时，会受到当时心境的影响。"我觉得瓦罗加就是我的山，是一座挺拔的山；而我自己轻飘得就像一片云，一片永远飘在他身下的云。"①动态的水与静态的山，相互依存，相互给养。瓦罗加说情话时，就会把自己比作山，把女人比作水，因为在他们眼里，山能生水，水能养山。当主人公看着像"句号"一样的湖泊，尤其是雨滴敲打的时候，绝望的主人公甚至产生了投湖的冲动。这片湖泊的画面感跃然纸上，使人感受到盎然生机。可是这片看起来像句号的湖并没有给主人公的生活画上句号，反而是少女时代的圆满结束以及新生活的开始。在这片原始森林中，高大的山看似具有一种压倒一切的强大的力量，尤其在现实困境下，更具有了不可遏制的强劲的气势。吉田送给拉吉米的那张地图的背面用俄文写着"山有尽头，水无边际"，正是强调了水的无所不在、无所不能。水总保持前进的态势，推动自己，也能推动别人，在流动中清洁自己，胸中澄澈映照万物。相较于善利万物而不争的水，此时看似顽固的山指的是必然战败的日本，即使再坚硬、再强大的山，在水的面前也会束手就擒。人与自然的和谐共生是生态批评的终极追求，迟子建通过对自然景物的描写，构筑了人类内心世界的美好图景。自然界从不缺少美，这份美需要创作主体细心感悟、表达出来。迟子建在《额尔古纳河右岸》中经常对环境进行独到的、细致的描写，画面感非常强烈，仿佛身临其境。她总能让读者沉浸在五彩缤纷的自然美景中。迟子建笔下的鄂温克族人总是能用有趣的语言描绘一切自然意象，对自然进行十分直观和感性化的诠释。自然界的崇高，尤其以山为主，如雄伟的山脉就能给人一种惊心动魄的审美感受，是人无法战胜的。②如果鄂温克族人的实践没有发展到可以掌握这些自然规律，它们便不能发展成为人们欣赏的崇高对象。迟子建笔下的大自然仿佛具有一双巧手，她文中关于自然美的再现是作家寓情于景的集中表现，让人能感受到原生态的自然美景。"风声"大多用来形容相爱的人在一起制造出来的激情的声音，鄂温克族女人热衷于生育，这样的风声虽不像想象中那么美丽、神奇，但听起来总是含有生命的意味，令人充满敬意。

在迟子建的笔下，《额尔古纳河右岸》中的日月星辰、一草一木、花鸟鱼虫等自然万物，都闪现着自己生命的灵性与智慧。迟子建对自然万物的灵性感悟和细心体察，使得她笔下的世界更加生机勃勃。植物作为人类发展史上的重要一员，承载着丰富的

① 迟子建. 额尔古纳河右岸 [M]. 北京：北京十月文艺出版社，2008：198.
② 杨辛，甘霖. 美学原理（新排本）[M]. 北京：北京大学出版社，1993：230.

文化价值信息，寄托着人类的情感与品德。植物与民族文化之间尤其具有重要的关系。蔡登谷认为，森林文化是人与森林之间建立的相互依存、相互融合、相互作用的关系，并由此创造物质文化和精神文化的总和。[①] 在这片茂盛而又神秘的大兴安岭森林中，有众多的奇花异草、参天古木。植物总是给人以平和、繁荣、幸福的感觉。自然时时、处处发生着或强或弱或隐或现的变化，每当季节交替，森林的色调将会发生更加生动、美丽的变化，风景变得多样，于多样中又能见出统一。森林中的那些参天古木巨大而又雄伟，郁郁葱葱的树木比草本植物更多出崇高和神秘感，和草本植物同时赋予森林景观特色。"北部森林的秋天，就像一个脸皮薄的人，只要秋风多说它几句，它就会沉下脸，抬腿就走。"[②] 森林充分展现了植物的美。从森林内部欣赏外部景致恰如在室内看外景，能够获得快感，从而产生美感，获得的情趣更深远。处在森林之中，被树木环绕，被群山环绕，被一切事物环绕，这一切就是人们审美鉴赏的对象，审美者和审美对象亲密无间，整体包容。人能够感觉出风景的变化，观赏者本身也在运动之中，不仅随着时间运动，也随着空间延伸，永无止境，这种运动可能成为审美经验的重要因素，成为人们判定风景美的标准。从审美价值来看，白桦树等植物由于自身所特有的颜色、功效、气味等自然属性，成为人们日常生活中所需要的东西，白桦树等植物表现出来的品格，又成了人们精神寄托的对象，这也正是植物文化生态美学内涵的体现。[③]

迟子建在《额尔古纳河右岸》中对自然生态之美的描绘，不仅仅停留在物理美的层面，更深刻地探讨了自然美背后的生态伦理和哲学。迟子建通过对自然生态之美的描绘，引发了对生命、存在和宇宙的哲学思考。自然界的循环往复、生生不息展现了大自然的伟大生命力，促使人们反思人类的生存方式、自然观和宇宙观。通过深刻的生态哲学思考，迟子建不仅提升了自然生态美的审美维度，也探索了人类与自然和谐共生的可能路径，为读者提供了一种既美妙又深刻的生态审美体验。

---

① 蔡登谷.森林文化初论 [J].世界林业研究，2002(1)：12–18.

② 迟子建.额尔古纳河右岸 [M].北京：北京十月文艺出版社，2008：79.

③ 王全权.中国植物文化的生态美学价值探微 [J].南京林业大学学报（人文社会科学版），2017，17(1)：40–52.

2.女性生态之美

迟子建曾在《我的女性观》一文中指出："女性的灵性气质往往更接近大自然。"[①]在她的笔下，女性总和自然的命运有着许多天然的联系。面对外部世界，在《额尔古纳河右岸》中，迟子建细腻地描绘了女性与自然的深刻联系，展现了女性生态之美的独特维度。这一主题不仅揭示了女性角色在自然环境中的独特地位和作用，也反映了女性与自然界之间的情感纽带和女性的生态智慧。通过对鄂温克族女性生活的观察和描绘，迟子建探讨了女性与自然相互作用的多重层面，展现了女性在维护和谐生态中的重要角色，以及她们对自然之美的独到理解和表达。

在《额尔古纳河右岸》中，女性角色与自然界的紧密联系被赋予了深刻的情感和象征意义。迟子建通过描绘女性角色在自然环境中的日常生活和内心体验，展现了女性与自然之间的情感共鸣。女性角色对自然景观的细腻感知、对生态环境变化的敏感反应，以及她们在自然界中寻找安慰和力量的过程，揭示了女性对自然的深厚感情和独特的生态情感。这种情感共鸣不仅体现了女性与自然界的深刻联结，也展现了女性对生命和自然之美的珍视和敬畏。

迟子建在叙事过程中，用第一人称这个具有浓重的主观性色彩的角色"我"来讲述故事。"我"代表的是一个聪慧、美丽、纯粹的女人，向往本真的人性。整部小说以"我"这个鄂温克族最后一个酋长的女人的视角，用平静、温和的口吻，向人们叙述了鄂温克族的百年沧桑历史。在这种历史书写的叙事作品中，作家通常通过一个人的命运起伏来表现一个民族的历史兴衰。除了"我"的角色之外，《额尔古纳河右岸》中还有很多其他女性强大的例子，男性角色是弱化的，女性才是这部小说的灵魂。

在小说《额尔古纳河右岸》里，主角金得选择结束自己的生命，原因是他在婚姻中缺乏自由和自主选择的权利，无法展现自我价值。在这一悲剧的背后，金得的母亲以她在传统社会中罕见的强势角色，显著影响了他的命运。在男性主导信仰和权力的传统社会中，常见的是男性掌权者为了追求个人利益，剥夺了年轻人的婚姻自由。然而，金得的故事与众不同，作为一个青壮年男子，他反而被置于一个较为低下的位置。在金得的婚礼当天，他选择了自杀，令杰芙琳娜在同一天既成为新娘又成为寡妇。在这个关键时刻，小达西在金得的火化现场向刚成为寡妇的杰芙琳娜求婚，尽管他身体

① 迟子建.迟子建随笔自选[M].南宁：广西民族出版社，2001：85.

瘦弱，但在那一刻显得无比勇敢。遗憾的是，小达西自从因一张地图遭受折磨并失去双腿以后，就变得消沉，视自己为无能之人，仅能在营地里完成一些简单的任务。当其他男人热衷讨论打猎时，他的表情变得更加悲哀。小达西心中满是痛苦，有时会对杰芙琳娜发泄不满，但她的善良让她选择默默承受这一切。伊万是鄂温克族有名的打铁匠，他的那双手力气大到能把石头攥碎了，好像就是为了打铁而生。但是伊万也像希腊神话中的巨人安泰一样有致命弱点。比如，伊万打铁时的火是绝不能熄灭的，否则打出的铁具就不是好的铁具。并且在伊万打铁的时候，女人是不能靠前的，否则炉中的火就会熄灭。这是男性忌惮、畏惧女性的一个鲜明的例子，或者成为在鄂温克族文化中尊重女性的一个例子。在迟子建的这部小说中，女性的地位得到了极大的提升。

《额尔古纳河右岸》通过丰富的故事线，描绘了女性与自然界的联系，展现了女性生态之美的多重维度。这不仅体现了迟子建对女性角色的深刻理解，也反映了她对自然与生态的深切关怀。这部作品通过展现女性在自然环境和社会环境中的独特地位和作用，传递了对生态智慧和女性力量的赞美。

（四）《额尔古纳河右岸》的叙事艺术

《额尔古纳河右岸》通过多变的叙事视角、诗化的叙事语言、独特的叙事模式，以及对叙事空间的巧妙运用，成功地构建了一个生动、复杂的故事世界，使读者能够全面、深刻地理解作品的主题和情感。

1. 多变的叙事视角

《额尔古纳河右岸》整部作品采用的是零聚焦与内聚焦相结合的视角来叙述的。小说的开头就将文本的零聚焦叙述呈现于读者面前："我是雨和雪的老熟人了，我有九十岁了。雨雪看老了我，我也把它们给看老了。"作为一位历经鄂温克族沧桑巨变的老者，"我"对将要诉说的民族历史谙熟于心，因而由此展开的叙述都呈现了一种全知全能的零聚焦特征。这样的零聚焦特征在《上部·清晨》《中部·正午》《下部·黄昏》中一一得到展现。

《中部·正午》围绕"我"的嫁衣展开的叙述是《额尔古纳河右岸》文本零聚焦的一个典型例子。当叙述止于讲述"我"与拉吉达的婚礼上所穿嫁衣的置备之时，叙述时间仍然是属于过往的，这里展现的仍然是属于即时叙述的"我"对嫁衣的直观感受，且这种感受被牢牢禁锢于"我"与拉吉达的婚礼这一即时叙述的时间节点。而随后作者巧妙地引入了零聚焦的叙述：

> 我穿着它做了两次新娘。如今这衣服还在我身边，不过我已穿不得了。我老了，干枯了，那件衣服对我来说太宽大了。那衣服的颜色也旧了，尤其是粉色，它比蓝色还不禁老，乌涂涂的，根本看不出它原来的鲜润和明媚的气象了。①

这段文字讲述了这嫁衣陪"我"在岁月长河中的经历，"我"身着嫁衣，后来又嫁瓦罗加，随着时间逝去，嫁衣染上时间流逝的痕迹。在这样的往事叙述里，零聚焦展示除表现嫁衣本身的陈旧不堪以外，也展现了时间给人的无情冲刷、时间流逝以后的今非昔比。

"我"对自己幼时诅咒尼都萨满跳神无效的忏悔也是零聚焦在《额尔古纳河右岸》文本中的具体体现。尼都萨满前往救治临近营地发病的驯鹿群时拒绝带上"我"，"我"一气之下诅咒跳神无法治愈驯鹿。而叙述行进至此时，叙述者"我"以成年人饱经风霜的姿态、眼光再度观望当初任性想要跟去看跳神的年幼自我，以一种零聚焦的聚焦模式跳出年幼懵懂的自我，以成年人的眼光诉说自己多年以后内心的后悔与愧疚：

> 如果你们问我，你这一生说过什么错话没有？我会说，七十多年前的那个夏天，我不该诅咒那些生病的驯鹿。如果尼都萨满治好了那些驯鹿，林克、达玛拉和尼都萨满的命运，可能会是另外的样子，不会让我在追忆时如此心痛。②

在叙述者以零聚焦叙述自己多年以来因年少无知的一语成谶而萦绕于心的忏悔时，叙述者由叙述本身积聚的情感得以宣泄，读者也得以感知到作为叙述者的鄂温克族老妇人在叙述过往时的情感流动，而后再以相对平和的姿态一点点诉说后面的故事，作为报酬带回的驯鹿给部落带来瘟疫，其后林克去世并唤醒尼都萨满和达玛拉之间原本沉寂已久的恋情。"我"心中这份因引发三人命运巨变而长存于心的愧疚，构成了对幼

---

① 迟子建. 额尔古纳河右岸 [M]. 北京：北京十月文艺出版社，2008：82.
② 迟子建. 额尔古纳河右岸 [M]. 北京：北京十月文艺出版社，2008：44.

年自我的补充，人物的情感也更加充实、丰满、层次多样，情节的真实性也引起了读者内心更为深切的波动。

内聚焦在构成小说主体内容的往时叙述中极为显著，以错落的笔致散见于文本各处。鄂温克族老妇人的叙述者身份决定了在对鄂温克族史诗的叙述中不可避免地具有下意识的自我限制，即内聚焦书写：作为鄂温克族的一分子，叙述者"我"于传统的血液中必然对本民族文化有着先天的依赖性，叙述者"我"的身份设置决定了对本民族文化温情的怀念。以现代人的理性眼光、现代文明的视角予以展望，这些蛮荒式的痕迹留存无疑更多展现了原始文化中的贫瘠与落后；但文本更多地指向了传统文化中的温情与感动，指向那些令人动容的爱情、亲情、友情——"我"与两任丈夫的爱情，达玛拉和林克、尼都萨满的爱情，杰芙琳娜和达西的爱情，马伊堪和拉吉米的亲情，列娜与"我"的亲情，安达罗林斯基对部族人的友善，部落内部的惺惺相惜，等等。这些于《额尔古纳河右岸》文本中生发的鄂温克族生活中点点滴滴的温情、动容都是由内聚焦书写完成的，生于微时，却给人以长久绵远的感动。

2.诗化的叙事语言

诗化叙事语言是指在小说或散文创作中，作者借鉴诗歌的语言特征，如节奏、韵律、象征、比喻，增强语言的表现力和审美效果。这种语言不仅仅传达信息，更重要的是传达情感和营造氛围。叙述语言在小说中占有举足轻重的地位，是小说中运用数量最多、方法最丰富的语言形式。对于叙述语言的运用，诗情画意、情景交融是迟子建小说语言的突出特点。在《额尔古纳河右岸》这部小说中，作者运用比喻、拟人、通感等修辞手法来增强语言的表现力，将读者带入身临其境、如诗如画的意境之中。

《额尔古纳河右岸》毫不掩饰地描绘了"我"对丈夫的思念和对族人的感情，日月星辰、大地河流都是情感的附属品。小说写丈夫拉吉达眉毛很浓，不像部落里其他男人那样疏淡，这样的眉毛"使他的眼睛仿佛笼罩了一片郁郁葱葱的树林，看上去分外宁静"[①]。将丈夫的眉毛比喻成葱茏的树林。树林象征的是依靠和责任，也代表了丈夫给妻子的依靠和安心。通过简单的比喻，一个踏实、沉稳的丈夫形象在小说中得以树立。"我"的姐姐列娜因伤寒夭折，母亲一直很消沉，然而"我发现春光是一种药，最能给

---

① 迟子建. 额尔古纳河右岸 [M]. 北京：北京十月文艺出版社，2008：89.

人疗伤"①。春天到来的时候，伤心了一个冬天的母亲的脸上终于有了些许光彩。将春光比作可以疗伤的药，春天的阳光带来了新的希望和温暖，使母亲在春光中得到治愈。

除了比喻，拟人和排比的修辞手法的运用使迟子建的小说语言更加新奇动人，让人领会到诗意的美感。《额尔古纳河右岸》将父亲林克死亡前有预谋的电闪雷鸣比拟成天的咳嗽和雷公、电母在作祟。"雷声响起来的时候，我就觉得天在咳嗽，轻咳的时候，下的是小雨，重咳的时候，下的就是暴雨"②，母雷神的威力不如公雷神，"他有时会抛出一团团的火球，劈断林中的大树，把它们打得浑身黢黑"③。

《额尔古纳河右岸》中关于"我"的母亲达玛拉的死亡，迟子建是这么描述的：

> 我看到了三种灰烬：一种是篝火的，它已寂灭；一种是猎犬的，伊兰一动也不动了；另一种是人的，母亲仰面倒在地上，虽然睁着眼，但那眼睛已经凝固了。只有她身上的羽毛裙子和她斑白的头发，被晨风吹得微微抖动着。④

作品诗性的品质离不开诗意的叙述，如猎犬、母亲、裙摆的羽毛和母亲的白发，是生命与死亡、动态静物与静态动物的对照。从这段文字中不难感受到一种向死而生的崇高诗意。

迟子建的小说语言有一种质朴的抒情、苍凉的忧伤。不管是简洁的对白，还是出神入化的修辞，都体现了迟子建小说语言的独具匠心和对诗化语境的追求。化繁为简，厚积薄发，云淡风轻的叙述中带着隐隐的诗意。纯净、空灵潜存于迟子建自然而然的平淡书写中，这样的语言点化出小说文本别样的诗性意境。

3. 精细构建的叙事空间

小说中的叙事空间就是现实存在的、小说人物活动的具体空间。迟子建对东北这片土地的深厚感情构成了她选择叙事空间的基础。她出生于中国最北边的漠河小镇，童年成长的经历也成为她创作的灵感来源。在《额尔古纳河右岸》中，迟子建用温情、

---

① 迟子建. 额尔古纳河右岸 [M]. 北京：北京十月文艺出版社，2008：35.
② 迟子建. 额尔古纳河右岸 [M]. 北京：北京十月文艺出版社，2008：56.
③ 迟子建. 额尔古纳河右岸 [M]. 北京：北京十月文艺出版社，2008：56.
④ 迟子建. 额尔古纳河右岸 [M]. 北京：北京十月文艺出版社，2008：94.

细腻的笔法描绘出东北大地这一独特的地域空间，这构成了故事的发生地点与场景。这一空间根植于原始、广阔的大自然，河流、森林、驯鹿、希楞柱、篝火、大雪、风声、月色等都是该空间中常出现的意象，很久以前就定居于此的鄂温克族人展演了人类最本真的生存状态与生命规律。

从小说名字来看，"额尔古纳河右岸"体现出一种空间性的命名方式，让人不禁联想到这样几个问题：额尔古纳河是一条怎样的河流？为什么将空间定位于右岸，左岸和右岸有什么不同？故事的空间也是以额尔古纳河为分界的，这条河流不仅具有指向和隐喻意义，还对叙事起着重要的作用。

"我这一生见过的河流太多太多了。它们有的狭长，有的宽阔，有的弯曲，有的平直，有的水流急促，有的则风平浪静。"①故事的叙述者是鄂温克族最后一个酋长的女人，鄂温克族近百年的历史变迁集中于她一天的讲述中。于她而言，额尔古纳河流域的一条条河流便是打开自己记忆的按钮。这里赋予了额尔古纳河隐喻意义——其象征着鄂温克族的母亲河。这一点在后文中也有提及，在追忆一条没有名字的小河时，"我"将其转弯处比作"刚分娩的女人"。此外，酋长女人对河流的回忆也暗示故事发生的地点位于额尔古纳河流域，额尔古纳河划定了族人的生活范围和民族的历史轨迹。以年幼的"我"的视角来看，额尔古纳河是无须划分左岸、右岸的。小说从孩童视角举了这样一个例子："你就看河岸上的篝火吧，它虽然燃烧在右岸，但它把左岸的雪野也映红了。"②这一充满诗意和趣味的描绘表达了长久以来生长于斯的最自然、亲切的情感，对于年幼的"我"而言，额尔古纳河尚没有承载民族历史的记忆。

夜晚姑姑伊芙琳的讲述，揭示了左岸、右岸划分的历史缘由。三百年前由左岸向右岸的被迫迁徙承载了这个民族屈辱的记忆，使空间叙事具有了历史和时间的维度。姑姑告诉"我"，河流左岸也曾为鄂温克族人的聚居区。三百年前，俄军入侵，鄂温克族人的祖先被迫从勒拿河迁徙至右岸的森林中。勒拿河时代的氏族尚有十二个，而随着迁徙和岁月流逝，额尔古纳河时代只剩六个氏族了。这里的额尔古纳河不只是单纯的自然景观，而具有划分民族和地域的政治属性。三百年后的左岸对这一民族来说，则成了商品交换的场所。俄商被当地人称作"安达"，他们用其特有的皮张、鹿茸来换取面粉、棉布等生活必需品，这体现了左岸与右岸的沟通与贸易往来。

---

① 迟子建. 额尔古纳河右岸 [M]. 北京：北京十月文艺出版社，2008：10.
② 迟子建. 额尔古纳河右岸 [M]. 北京：北京十月文艺出版社，2008：11.

此外，左岸还是鄂温克族人祖先诞生的地方，因而对一些年长的族人来说具有"神圣空间"的意味。"神圣空间"打破了日常空间的均质和广延，体现了空间连续性的中断。就置身于世俗空间中的人来说，一些特殊的地方亦能够使人体验到这样非均质的神圣价值，并赋予其生活的意义。对于伊芙琳等族人来说，拉穆湖便是这样一个"神圣空间"。拉穆湖（贝加尔湖）中"生长着许多碧绿的水草，太阳离湖水很近，湖面上终年漂浮着阳光，以及粉的和白的荷花。拉穆湖周围，是挺拔的高山，我们的祖先，一个梳着长辫子的鄂温克人，就居住在那里"[①]。然而，对于叙述者和年青的一辈来说，这仅依靠传说和口述构建起的"神圣空间"，将随着伊芙琳们的逝去而失去神圣色彩。

右岸是故事发生的主要地点和叙事的主要场景。作者秉持一种"宽厚的温情"，诗意地书写这片土地上的生灵万物，小说涉及许多意象，如森林、雨雪、希楞柱、驯鹿。这些意象有的置于空间中，有的则构筑起单独的空间，不仅承担了叙事功能，还蕴含着空间的诗学。在此主要分析两种有代表性的空间意象——森林和希楞柱。森林是一个相对完整的生态系统，也是额尔古纳河右岸古老氏族的栖息地。对于鄂温克族人而言，森林与他们的生存密切相关，一切生产、生活都离不开森林的给养。在右岸的山林里，鄂温克族人将剥下的桦树皮制成多种多样的生活用品：将桦树皮在火上微微烤一下，可以制成桶和盒子，用来盛放水、盐、茶、糖等；将大张的桦树皮放到锅里煮，然后沥干，可以做成桦树皮船。此外，鄂温克族人的空中仓库——"靠老宝"，以松树为柱子搭建而成，可以存放衣物、皮张、食品等。森林与鄂温克族人的衣食住行息息相关。在森林中，他们过着朴素、原始、自足的生活。森林也赋予了鄂温克族人一种内心空间的广阔性。"我"曾这样描绘森林中的白桦树："披着丝绒一样的白袍子，白袍子上点缀着一朵又一朵黑色的花纹。"[②]白桦树的形态、颜色、花纹引发了"我"的想象，使"我"以审美的眼光来观照这些普通的树木。远观山峦上郁郁葱葱、随四季变换颜色的树木，更能获得一种内心的超越性。这里的人以质朴、纯真的眼光来看待这片森林，在静观和置身其中的体验中感受其粗犷、原始、变幻的美感，体味空间的诗意。希楞柱是额尔古纳河右岸居民的住所，其形状像伞，以三十根落叶松杆为骨架，外围是挡风御寒的围子，顶处留一个排烟的小孔。在人的一生中，如果没有家宅，人

---

① 迟子建. 额尔古纳河右岸 [M]. 北京：北京十月文艺出版社，2008：13.
② 迟子建. 额尔古纳河右岸 [M]. 北京：北京十月文艺出版社，2008：35.

就是流离失所的。希楞柱便是鄂温克族人的家宅，给予人们安定感和幸福感，具有朴素庇护所的价值，包含族人最原始的记忆，人们的生老病死、欢乐与悲伤都与这个空间产生联系。叙述者描述了自己儿时住在希楞柱里看星星的场景，将星星比作"擎在希楞柱顶上的油灯"。这个小小的空间唤起了"我"的想象，安放着"我"的回忆，给予"我"温暖、满足和抚慰。

迟子建在构建叙事空间时，还特别关注人物的内心世界，通过外部空间的变化反映内心空间的变化。例如，描绘额尔古纳河流域自然景观，寓意人物的心境变化；描写季节更替、时间流逝，映射人物的心理状态和情感经历。这种内外空间的相互映照，使得叙事空间更加立体，丰富了人物形象和情节。在《额尔古纳河右岸》中，精细构建的叙事空间不仅是故事发生的背景，也是作品主题表达的重要媒介。自然环境的壮丽与苍凉、边疆小镇的历史与文化、人物内心的挣扎与成长，这些通过叙事空间表现的主题，共同构成了小说对生命、自然和人性的深刻探讨。迟子建通过对叙事空间的精细构建，使《额尔古纳河右岸》不仅在艺术形式上展现了独到之处，在内容上也深刻反映了对人与自然、人与社会、人与自我之间复杂关系的思考。这种叙事空间构建，让读者在阅读过程中能够产生强烈的空间感和时代感，进而引发读者对生活和存在的深层次反思。

◎ 课后思考

1. 分析作品对鄂温克族人生活的描绘及作品的生态文化意蕴。

2. 探讨作品中的自然景观如何反映人物心境。

3. 讨论《额尔古纳河右岸》中的历史与记忆主题。

4. 分析作品中的人物关系及其对情节的推动作用。

5. 探究《额尔古纳河右岸》中关于"死亡"的描绘意义。

第三讲　莫言《蛙》

◎ 知识结构图

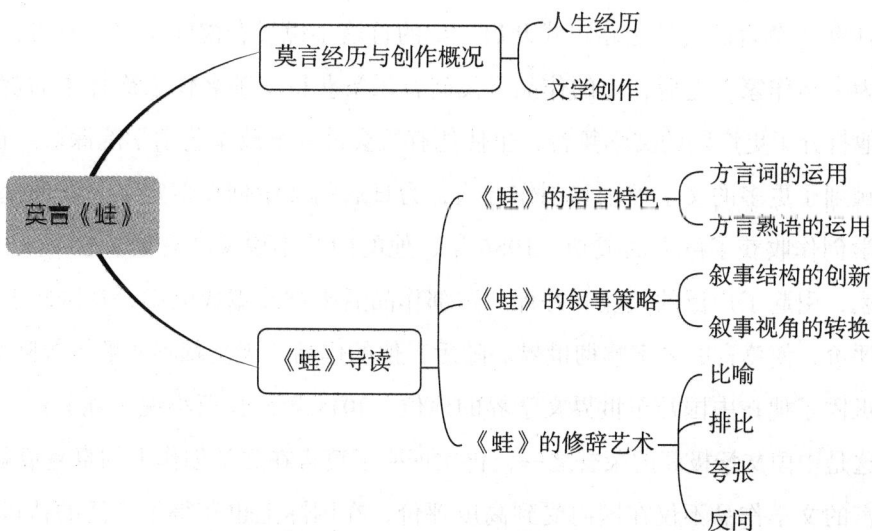

一、莫言经历与创作概况

莫言，本名管谟业，1955年出生于山东省高密市，是中国当代作家的杰出代表之一。他的文学创作以独特的乡土文学风格、魔幻现实主义手法和对中国农村生活深刻的描绘而著称于世。莫言的文学作品不仅深受国内读者的喜爱，也在国际上享有极高的声誉。2012年，莫言获得诺贝尔文学奖，成为首位获此殊荣的中国籍作家。

莫言出生于一个农民家庭，早年生活在社会变革的大背景下。他的成长经历了中国社会从"文化大革命"到改革开放的巨大转变，这些深刻的社会变化对他的文学创作产生了深远的影响。"文化大革命"时，他是一名小学生。十年的农村劳动生活，让他深刻体验到了农民的辛劳和生活的不易。在这段时间里，莫言的文学兴趣开始萌芽。由于书籍稀缺，他曾经"偷看"经典文学作品，如《封神演义》《三国演义》和《水浒传》，这些经典作品深深植根于他的文学想象中，为他后来的创作提供了丰富的素材和深厚的文化底蕴。他还通过阅读《新华字典》和《中国通史简编》来满足自己对知识的渴求。他曾在农村插队，这种经历让他深刻体会到了中国农民的生活状态。莫言开始用笔记录下自己对生活、人性的观察和思考。1976年，莫言参军入伍，这段军旅生涯对他的文学创作有着不可忽视的影响。在部队中，他历任班长、保密员等职，最重要的是，他成为一名图书管理员。作为图书管理员，莫言有机会接触并阅读了大量的文学、哲学和历史书籍。从黑格尔的《逻辑学》到马克思的《资本论》，这些书籍不仅拓宽了他的知识视野，也为他后来的文学创作提供了丰富的思想资源。

1981年，莫言的文学之路正式开启。他的首篇小说《春夜雨霏霏》发表，这标志着他成为一名作家。之后，他的作品《民间音乐》获得了著名作家徐怀中的赏识，这不仅为他打开了更广阔的文学舞台，也使他有机会进入解放军艺术学院深造。在这里，莫言接触到了更多的文学理论和创作方法，为日后的文学创作奠定了坚实的基础。莫言的文学创作收获了巨大的成功。1986年，他的中篇小说《红高粱》在《人民文学》杂志发表，引起了广泛的关注和好评。这部作品后来被改编成电影，在国际上获得了极高的评价，使莫言的名字响彻世界。随后，他的作品《天堂蒜薹之歌》等陆续问世，进一步巩固了他在中国乃至世界文学界的地位。2011年，长篇小说《蛙》获得茅盾文学奖，这是中国文坛极高的荣誉之一，再次证明了莫言在文学创作上的卓越成就。

莫言的文学作品不仅在国内受到高度评价，在国际上也获得了广泛的认可。1992

年，他的短篇小说集《爆炸》在美国出版，为他赢得了国际声誉。美国文学评论杂志《当代世界文学》将莫言比作福克纳，评价他能够带领读者进入一个想象力丰富、完整自足的世界。1993年，《红高粱》的英译本在欧美出版后，引起了热烈反响，被《当代世界文学》评选为"1993年全球最佳小说"。莫言的《红高粱》还成为唯一一部入选《当代世界文学》评选的75年（1927—2001年）40部世界顶尖文学名著的中文小说。他的文学成就不限于此，2006年，他获得意大利诺尼诺国际文学奖，评委会评价他的作品"语言激情澎湃，具有无限丰富的想象空间"。同年，他还获得了日本福冈亚洲文化奖，成为继巴金之后第二个获得该奖的中国作家。2012年10月11日，瑞典文学院宣布莫言获得2012年诺贝尔文学奖，这是对他文学成就的最高肯定。获奖理由是"通过幻觉现实主义将民间故事、历史与当代社会融合在一起"。这一荣誉不仅是对莫言个人创作的认可，也是对中国文学的国际认可。

2016年，莫言当选中国作家协会第九届全国委员会副主席，成为中国文学界的重要领导人物。他还被香港浸会大学授予荣誉文学博士学位，这充分体现了他在学术界的影响力和地位。莫言的文学作品丰富多彩，涵盖了长篇小说、中篇小说和短篇小说集等多种形式，如长篇小说《红高粱家族》《天堂蒜薹之歌》《十三步》《酒国》《食草家族》《丰乳肥臀》《红树林》《檀香刑》《四十一炮》《生死疲劳》《蛙》、中篇小说《透明的红萝卜》《金发婴儿》、短篇小说集《白狗秋千架》及2020年出版的中短篇小说集《晚熟的人》等。莫言不仅是一个深刻揭示社会现实、探索人性的作家，也是一个在文学形式和表现手法上不断创新的艺术家。从《红高粱》到《蛙》，莫言以其独特的文学视角和深邃的思想内容，构建了一个包含着丰富想象力和深刻人文关怀的文学世界。

二、《蛙》导读

《蛙》是莫言酝酿十余年，笔耕四载，潜心打造的一部触及国人灵魂最痛处的长篇力作，初版于2009年。这部小说主要讲述的是乡村医生"姑姑"万心的一生。作者通过讲述姑姑的故事，形象地描述了国家在实行计划生育政策时面临的困难与问题，塑造出一位传奇、生动、鲜明的乡村妇产科医生形象。小说传达了莫言对生命的人道关怀，呈现了知识分子灵魂深处的矛盾与伤痛。《蛙》不仅是对一个时代的深刻反思，也是对生命尊严和人性复杂性的探讨。莫言以其独特的艺术手法，将政策背后的人性光辉与阴影展现无遗，使《蛙》成为中国当代文学中不可多得的杰作。2011年，《蛙》获得第八届茅盾文学奖。这部小说凭借其独特的叙事技巧和语言魅力，在中国乃至世界文学界产生了广泛的影响。

（一）《蛙》的人物形象塑造

莫言的《蛙》之所以被认定是一部优秀的长篇小说，一个重要的原因便是作家对人物形象的深度塑造。这部小说成功塑造了以姑姑、蝌蚪为代表的诸多具有人性深度的人物形象。

"姑姑"万心是一个根正苗红的革命后代。她的父亲是一名老军医。她性格刚烈，幼年时期曾经和自己的母亲及奶奶被侵华日军抓到平度城里，毫无畏惧，并和日军司令衫谷斗智斗勇。后来姑姑从专区卫校毕业后，继承了她父亲的职业，成为一名乡村妇产科医生，以专业知识和科学的接生法而区别于旧式的老娘婆。这段时间姑姑成为人们心目中的"活菩萨""送子娘娘"，接生了一个又一个的婴儿。在国家计划生育政策实行后，身为公社卫生院妇产科主任的姑姑兼任计划生育领导小组的副组长，负责实施计划生育政策，她的使命和责任从原本的迎接新生命转变为严格执行计划生育，长期为计划生育事业而奋斗。为了落实计划生育政策，姑姑先后为2 000多名孕妇实施堕胎手术，甚至发生了三起命案。姑姑也被人们称为杀人的"活阎王"，逐渐丧失了辨别是非的能力。晚年的姑姑认为自己罪不可恕，内心充满罪恶感，这导致她时常神智失常。为了能够消除自己心中的罪恶感，姑姑嫁给了泥塑大师，并且和丈夫一起通过捏泥娃娃的方式来赎罪，这表现出她具有明显的负罪感与忏悔意识。

作家蝌蚪是小说叙述人"我"，是小说塑造的第二个重要人物。"我"是姑姑接生的第二个婴儿，一名剧作家，少年时期曾梦想成为一名运动员，大学毕业后入伍参军，之后复员转业，成为一名作家，但迟迟没有成功的作品产生。"我"的第一个妻子因姑姑的人流手术死在了手术台上。之后在姑姑的介绍下，"我"与姑姑的助理小狮子结婚。究其一生，蝌蚪这一人物形象最值得注意的有两点。首先是蝌蚪精神深处和姑姑一样的强烈的负罪感。小说写道："我承认，我是个名利之徒。我嘴里说着想转业，但听说可以提前晋职，听说杨主任赏识我，心里已开始动摇。""我确实是个意志软弱的男人。""先生，尽管我用许多理由宽慰自己，但我到底还是一个胆小如鼠、忧虑重重的小男人，既然我已经意识到，那个叫陈眉的姑娘的子宫里已经孕育着我的婴儿，一种沉重的犯罪感就如绳索般捆住了我。"[1]其次是蝌蚪这一形象具有鲜明的自传性色彩，这一形象隐隐约约和莫言有着相似的经历与千丝万缕的联系。作者其实借助蝌蚪这一人物形象表达了自己作为知识分子的自我精神批判与反思。

小说还塑造了陈鼻、陈眉、王胆、王仁美、王小倜、小狮子等诸多具有艺术魅力的人物形象。这些人物形象无论在小说中所占篇幅长短，都给读者留下难忘的印象和深深的触动。

（二）《蛙》的语言特色

《蛙》的语言不仅使该小说具有深厚的文化底蕴，也使得该小说充满了生命力和地域特色。特别是方言词与方言熟语的广泛运用，这种独到的语言处理，不仅仅在于语言的选择与运用，更在于语言与小说的主题、人物、情节紧密结合，共同构筑一个饱满的文学世界。

1.方言词的运用

方言词因其独特的发音和语境，往往能够更加直接和生动地表现人物的情感和性格。在《蛙》中，人物通过方言词的使用，显露出他们的愤怒、喜悦、悲伤或幽默，这使人物形象更加饱满、情感表达更加细腻。

名词是方言中除了语音之外最能展现一种方言区别于普通话和其他方言的形式。这些当地独具特色的名词，能够让读者在阅读的过程中，真切地感受到当地语言的特点，最为真实地表现方言的本色。例如：

（1）母亲说：那个嫚有三十多岁了吧？[2]

（2）姑姑对我们说那时她已经记事了，让她叫"大"她不叫，躲在娘背后偷着看。[3]

（3）其中有个身披黄袍、头剃秃瓢、看上去像个和尚的摊主。[4]

---

[1] 莫言.蛙[M].杭州：浙江文艺出版社，2020：200.
[2] 莫言.蛙[M].杭州：浙江文艺出版社，2020：71.
[3] 莫言.蛙[M].杭州：浙江文艺出版社，2020：15.
[4] 莫言.蛙[M].杭州：浙江文艺出版社，2020：154.

以上例（1）中的"嫚"在方言中是对女孩子的昵称。高密位于潍坊市东部，东临青岛。在光绪年间（1875—1908），德国人侵占了青岛及胶州湾地区，在德语中"dman"一词是"女人"的意思，因此当地对女孩子的叫法受到德语的影响，由"dman"音译为"大嫚"，后来逐渐演变成"小嫚""嫚"，意思由"女人"演变成年轻的小姑娘，常用作"小姑娘"的背称（与"面称"相对）语。例（2）中的"大"是当地方言中的一种称谓，是父亲的意思。在高密方言中，称谓也具有地方特点，其中有与大多数北方方言相同的称谓，有些称谓也具有地方特色。"大"这个称谓表示父亲，"爹"也是父亲的意思。作品中还出现许多其他的亲属称谓，例如，曾祖母称为"老奶奶"，外祖父称为"姥爷"，外祖母称为"姥姥"，岳父称为"泰山"，等等。例（3）中的"秃瓢"是指光头。"秃"是指人没有头发。"瓢"是以前民间使用的一种工具，就是大葫芦一分为二，把里面的瓤取出来，就可以用来舀水，或者用于其他的用途，用久了之后，外表会变得十分光滑。光头因为外形酷似瓢，所以叫"秃瓢"。秃瓢是一种很形象的说法，并不完全是贬义，有诙谐的意味。

方言动词通常能反映一个地区人们的生产活动和工作方式。这种区域独特的社会生产方式造就了一个区域的人习惯使用的动词，这反映了该地区异于其他区域的语言特色。通过这种语言表达方式，山东百姓的生活方式、价值观甚至行为取向都展露无遗。[1] 例如：

（1）疯骡起初还尥蹶子，但一会儿工夫便浑身颤抖，前腿跪在地上，脑袋低垂……[2]

（2）老奶奶赶紧涮锅点火熬绿豆汤，儿媳妇想帮忙，被她用拐棒拨拉到一边。[3]

（3）我大爷爷是意志坚定的共产党人，看完杉谷的信，揉吧揉吧就扔了。[4]

---

[1] 金静．莫言小说《丰乳肥臀》文学语言研究 [D]．西安：陕西师范大学，2015.
[2] 莫言．蛙 [M]．杭州：浙江文艺出版社，2020：10.
[3] 莫言．蛙 [M]．杭州：浙江文艺出版社，2020：15.
[4] 莫言．蛙 [M]．杭州：浙江文艺出版社，2020：16.

（4）母亲说，好久没听你拉呱了，今晚上听你好好拉拉。①

（5）有的人好驮，有的人难驮。王仁美好驮，小狮子难驮。②

例（1）中"尥蹶子"是指骡、马等不高兴或发脾气的时候，便不再似平时那般温顺和任劳任怨，而会做出跳起来用后腿向后踢的动作。"尥蹶子"是北方方言。随着方言与普通话的融合，现在在普通话中对这个词出现了新的理解，这个词一般被用来指对工作或所做的事情失去了兴趣或有所抱怨之后，直接不干了。在《蛙》中，这个词依然保持它原始的意思。例（2）中的"涮锅"一词，如果单独出现，大家会将其理解为一种中式火锅的简单吃法。根据上下文的意思，可以看出例句中的"涮锅"并不是平常意义上的"涮锅"，而是当地在做饭前简单地洗一下锅这种行为。句中还有一个动词"拨拉"。分开来看，"拨"和"拉"是两个动词，"拨"是指用手脚或者棍棒等横着用力，使东西移动，"拉"是指用力使人或物朝着自己所在的方向或跟着自己移动。这样看来，"拨"和"拉"在移动的方向上是不一致甚至相反的，但是在文中体现的意思应该是"拨"的意思，就是用拐棒使"儿媳妇"移动到一边，而非移向自己。因此，"拨拉"这个词可以理解为偏义复词，取"拨"的意思。例（3）中出现了"揉吧揉吧"，这里的"揉"跟普通话中的"揉"从词义的角度来看区别不大，都是用手团弄的意思，如揉面、揉纸。在方言中，将动词"揉"后加一个助词"吧"，形成了"ABAB"的动词形式，这种语言体现了"大爷爷"对来信不屑的态度。例（4）中的"拉呱"和"拉拉"是聊天的意思。这两个词不仅在山东方言中存在，在东北方言以及与山东接壤的皖北一带和河南东北部地区的方言中都有使用。在这些地区，这两个词在大多数情况下表示聊天，在东北方言中多指妇女聚集闲谈。例（5）中的"驮"，在《现代汉语词典》中的解释是"用背部承载人或物体"。而例句中的"驮"是指"我"骑着自行车带着坐在后座的"小狮子"。由此可见，有些词在普通话中存在，但是在方言中词的意义不一定和普通话中词的意义完全相同。《蛙》正是通过这样的语言差异而表现出地域的差异和地域的特色。

方言中的形容词也是非常形象生动的。通过对高密方言中形容词的整理，可以了解到当地人对事物的观察视角。在高密方言中，形容词的表现形式有一个十分普遍的

---

① 莫言. 蛙 [M]. 杭州：浙江文艺出版社，2020：74.

② 莫言. 蛙 [M]. 杭州：浙江文艺出版社，2020：135.

现象，就是对音节的重复。例如：

（1）姑姑的脸上虽然还是怒冲冲的神情，但显然已经消了气。①

（2）像你媳妇这种咋咋呼呼，动不动就要寻死觅活的，反倒没有事，放心，她舍不得死！倒是那种蔫儿咕叽的，不言不语的，没准真能上吊跳井喝毒药。②

（3）公社里那些人贼精贼精的，恨不得将王脚家挖地三尺……③

例（1）中的"怒冲冲"形象地表现了姑姑生气的神情。在普通话中，人们常说"怒气冲冲"，而在高密方言中去掉了"气"字，"怒冲冲"似乎比普通话中的情绪更加强烈。再试想如果作者在这里只写了"姑姑非常生气"，那么表达的效果肯定比作品中的方式弱了很多。小说中"怒冲冲"这种ABB形式的形容词还有很多，如白森森、水淋淋、乱蓬蓬、湿漉漉、亮晶晶。例（2）中的"咋咋呼呼"原意是吆喝、声音大，在本例句中的意思是吵闹。作品中的"咋咋呼呼"用音节重复的形式表现人物大大咧咧的性格，比直接表述人物性格更加形象、贴切。小说中"咋咋呼呼"这种AABB形式的形容词还有花花绿绿、层层叠叠、吵吵嚷嚷、神神道道、密密麻麻、呜呜噜噜、点点滴滴等。例（3）中"贼精贼精"形容人过于精明。这里的"贼"并不是通常意义的小偷，在方言中是很、非常的意思，多用于令人不满意的或不正常的情况之下。"精"在这里是机灵的意思，但是与"贼"搭配使用，便含有贬义了。小说中这种ABAB形式的形容词还有血红血红、呼哧呼哧等。

2. 方言熟语的运用

熟语就是那些经常使用的结构固定、意义完整的词组或短句。现代汉语熟语包括成语、谚语、歇后语、惯用语等。此外，还有俗语等。④方言熟语是方言中的精华部分，蕴含着丰富的地域文化信息和生活智慧。在《蛙》中，莫言巧妙地将方言熟语融入人物的语言中，使得作品的地域特色更加鲜明，也使得特定的社会环境和文化背景生动

---

① 莫言. 蛙[M]. 杭州：浙江文艺出版社，2020：26.
② 莫言. 蛙[M]. 杭州：浙江文艺出版社，2020：108.
③ 莫言. 蛙[M]. 杭州：浙江文艺出版社，2020：130.
④ 李忠初. 现代汉语纲要[M]. 长沙：湖南教育出版社，1998：178-179.

地展现在读者面前。通过方言熟语的使用，莫言成功地塑造了一系列鲜活的人物形象。方言熟语蕴含的情感和态度帮助读者更深入地理解人物的内心世界。通过人物的语言表达，读者可以感受到人物的喜怒哀乐、性格特点以及对生活的态度。

《蛙》大量运用地方性谚语，语言生动、活泼，极具感染力。这些谚语是当地人智慧的结晶，体现了当地人真实、质朴又勤劳的一面。《蛙》中出现的谚语，口语性强，流传较广，形式上有单句，也有复句，起着无法被普通话替代的重要作用。例如：

（1）这兄弟真是鬼迷心窍，陈鼻道，三匹马也拉不回转。①

（2）你姑姑手大也捂不过天来。她在我们公社的地盘上可以为所欲为，但到了外地就不行了。②

（3）按照一个本家长辈的吩咐，我左手握着一把大米，右手握着一把谷子，绕着母亲的坟墓转圈——左转三圈后右转三圈——一边转圈一边将手中的米、谷一点点撒向坟头，心中默默念叨着：一把新米一把谷，打发故人去享福——女儿跟在我的身后，用小手向坟头抛洒谷米。③

（4）姑姑的讲话大多是以这样几句话开场：敲锣卖糖，各干一行。干什么吆喝什么。三句话不离本行。④

例（1）中谚语"三匹马也拉不回转"，指脾气倔，固执，无论别人怎么劝，都不会改变主意，用"三匹马"也拉不回头。"回转"在山东方言里指回头，返回。《蛙》中，陈鼻形容王肝爱慕小狮子，特别执着，谁劝都不听，因此说他"三匹马也拉不回转"。《蛙》成功塑造出一个对小狮子一往情深的王肝的形象。普通话中有句谚语是"手大不遮天"，意思是手掌再大也遮不住天，比喻一个人的能力再大也是有限的。例（2）中带有方言和口语特点的"手大也捂不过天来"（其中，"捂"同"遮"），用夸张的手法来强调姑姑的能力是有限的。例（3）中"一把新米一把谷，打发故人去享福"是方言熟语。在山东，在过世的人坟前撒大米和谷子，代表让他们在去世后有吃有喝，过好日子，去"享福"，所以形成这么一句谚语，表达对已逝去故人的追思。例（4）中

---

① 莫言. 蛙 [M]. 杭州：浙江文艺出版社，2020：185.
② 莫言. 蛙 [M]. 杭州：浙江文艺出版社，2020：141.
③ 莫言. 蛙 [M]. 杭州：浙江文艺出版社，2020：131.
④ 莫言. 蛙 [M]. 杭州：浙江文艺出版社，2020：52.

"敲锣卖糖，各干一行"是方言熟语。敲锣的、卖糖的各干各的。"敲锣卖糖，各干一行"指每个人都干自己所擅长的工作。姑姑的工作是负责计划生育，所以她用这句谚语号召乡亲们。这些方言谚语在语音上注意节奏和押韵，听起来朗朗上口，节奏明快而又铿锵有力，具有一定的音乐美。

歇后语作为一种由劳动者在日复一日的生活中自发创造的语言形式，不仅展示了民众的创造力和智慧，还通常蕴含着幽默的元素，为人们提供了一种贴近生活的交流方式。歇后语经常融合了口语化的表达和方言，语言风格直接、生动。在《蛙》中，莫言巧妙地糅合了几处具有鲜明地方特色的歇后语，不仅为小说增添了地域的独特风味，还使小说富含地方文化的韵味。例如：

（1）这算什么官？姑姑说，臭杞摆碟——凑样数呢。[1]

（2）素材实在是太多了，我感到有点像"狗咬泰山——无处下嘴"。[2]

例（1）姑姑成为政协委员，被误认为担任了官职，她却自谦地用"臭杞摆碟——凑样数"来回应。这既展示了她的谦逊，又通过"臭杞摆碟"，生动地传达了"仅仅是形式上的参与"之意。此歇后语以一种平易近人且富有地方色彩的方式，展现了姑姑的性格特征。例（2）歇后语"狗咬泰山——无处下嘴"，用于形容面对丰富的素材感到无从下手的窘境。这里，通过将现实生活中的元素与比喻联系起来，使得描述更为生动形象，也体现了山东的文化特色和风土人情。歇后语的魅力在于它不只是对现实生活的直接描绘，也融入了幽默与比喻，通过对虚构情境的巧妙设定来引发解语，这种方式虽然看似简单，却富含深意，展现了民间语言创造的独到之处。《蛙》中这些歇后语的应用，恰恰体现了通过虚构的情境来触及深层意义，带给读者既有逻辑又充满趣味的解读体验。

莫言在《蛙》中运用了大量的口头惯用语，展现了当地百姓的生活经验、民俗风情、生存智慧等。《蛙》中的惯用语集山东高密地方性语言特点以及当地社会生活和文化于一体，具有鲜明的口语化特征。例如：

---

[1] 莫言. 蛙 [M]. 杭州：浙江文艺出版社，2020：75.
[2] 莫言. 蛙 [M]. 杭州：浙江文艺出版社，2020：209-210.

（1）这样的人自然不能改，就像狗改不了吃屎。①

（2）我气不打一处来，话像机枪开火，嘟嘟嘟嘟。②

（3）姑姑：苍蝇不叮没缝的鸡蛋，你明白不明白？③

（4）是的，这的确是我自己的事，我说，老兄，我也要提醒你，没有不透风的墙，你自己小心点儿！④

例（1）"狗改不了吃屎"喻本性难改。例（2）"气不打一处来"指生气的原因不只是一件事，不满已经积累了很久，终于在某件事上爆发，表现出"我"情绪的激动。例（3）"苍蝇不叮没缝的鸡蛋"字面意思是，鸡蛋裂缝后很容易坏掉，产生异味，招引苍蝇。其派生出来的意思是，任何事情都是有原因的，没有平白无故出现的事情。例（4）"没有不透风的墙"字面意思是墙都是透风的，后比喻事情做了就不可能不让人知道，同普通话中的"若要人不知，除非己莫为"意思是一样的。

（三）《蛙》的叙事策略

《蛙》作为莫言文学创作中的一部重要作品，在主题和语言风格上有所创新，其叙事策略也显示了莫言深厚的文学功底和独特的艺术追求。特别是在叙事结构和叙事视角的运用上，莫言展现了对传统叙事手法的颠覆和超越，为读者提供了一种全新的阅读体验。

1.叙事结构的创新

《蛙》不遵循传统的线性叙事模式，而采用了一种多层次、碎片化的叙事方式。该小说以信件形式开篇，随后通过日记、剧本、叙述和回忆等多种文本形式交织而成。这种多样化的叙事结构，使得整部作品呈现出一种复杂的叙事网络，反映了作者对故事的多角度审视和深层次挖掘。

《蛙》由五大部分构成，每一部分的开头都有一封蝌蚪写给他日本的师长杉谷义人先生的信。第一封信交代了"我"（蝌蚪，下同）创作话剧的初衷：想以姑姑的经历为

---

① 莫言 . 蛙 [M]. 杭州：浙江文艺出版社，2020：205.

② 莫言 . 蛙 [M]. 杭州：浙江文艺出版社，2020：107.

③ 莫言 . 蛙 [M]. 杭州：浙江文艺出版社，2020：271.

④ 莫言 . 蛙 [M]. 杭州：浙江文艺出版社，2020：105.

素材，写出一部感人的作品，但又不愿与他人的小说"撞车"，因此决定写一部话剧。第二封信揭示了杉谷先生的隐藏身份——日本侵华战争期间在平度城驻守的日军指挥官杉谷的儿子，这位指挥官曾"囚禁"姑姑、大奶奶和老奶奶长达几个月。作者这样刻意安排，是为了使杉谷先生与整个事件的联系变得更加紧密。在第三封信中，蝌蚪道出了姑姑的忏悔之意，还介绍了家乡高密的新变化。在第四封信中，"我"告知杉谷先生："年近花甲的我，最近成为一个新生婴儿的父亲！"①在第五封信中，"我"告知杉谷先生自己仅用五天时间完成剧本。"我"在信的结尾处指出自己的困惑之处："沾到手上的血，是不是永远也洗不净呢？被罪恶纠缠的灵魂，是不是永远也得不到解脱呢？"②前四封信的后面分别附有小说体式的叙述作为交代具体故事情节的载体，对书信内容进行延展与补充。第五封信的后面是一部九幕话剧《蛙》，对前面所讲的故事进行了概括与总结，没有违背"我"的创作初衷。莫言在《蛙》这部长篇小说中灵活运用书信、小说、话剧这三种文体形式，为体现主旨搭建了强有力的结构框架，这是一种文体互渗。文体互渗指的是不同文本体式相互渗透，形成新的结构性力量，更好地表现创作主体丰富而别样的人生经验与情感。③

2. 叙事视角的转换

《蛙》巧妙地采用了一种综合了零聚焦、内聚焦及外聚焦的叙事策略，通过这一手法精细地描绘了特定历史阶段姑姑、"我"以及以人体器官命名的高密的角色们的生活轨迹。这种叙事方式生动地展现了20世纪六七十年代中国社会中人的本性与灵魂之间的碰撞与融合，将这一主题展示得异常鲜明。小说对多样叙事视角理论的精妙应用及叙事视角的流畅转换，进一步证明了莫言在文学创作上的深厚功力和对作品艺术表达的精准掌握。

全知叙述者无所不知，给读者传递既可靠又客观的叙事内容。《蛙》第一部的第十二章，通篇运用了零聚焦。作者从全知叙述者的角度，给读者讲述20世纪60年代初，经过严重困难后，高密东北乡翻天覆地的变化。

---

① 莫言. 蛙 [M]. 上海：上海文艺出版社，2012：180.
② 莫言. 蛙 [M]. 上海：上海文艺出版社，2012：281.
③ 黄道玉. 论莫言《蛙》文体互渗中的多视角叙事 [J]. 黑龙江教育学院学报，2015，34（12）：103-104.

> 1962年秋天，高密东北乡三万亩地瓜获得了空前的大丰收。跟我们闹了三年别扭、几乎是颗粒无收的大地，又恢复了它宽厚仁慈、慷慨奉献的本性……县委书记杨林抱着这个大地瓜照了一张照片，刊登在《大众日报》的头版头条。①

莫言以地瓜丰收、县委书记抱着地瓜的照片的全知叙述视角告诉读者高密人民告别严重困难、迎来丰收的喜悦心情。叙述视角还聚焦县委书记杨林，为第十五章"文化大革命"时期批斗杨林埋下伏笔，暗示杨林坎坷的人生。

> 1963年初冬，高密东北乡迎来了建国之后的第一个生育高潮，这一年，仅我们公社，五十二个村庄，就降生了2 868名婴儿。这一批小孩，被姑姑命名为"地瓜小孩"。②

作者把视角聚焦"生育高潮""婴儿""地瓜小孩"，给读者描述了高密老百姓粮食高产后，迎来孩子"高产"的画面。作者用全知叙述者的身份给读者讲述面对孩子"高产"，姑姑的愉悦心情。这与姑姑"从血泊中站立起来""以火一样热情投入了工作"③相映衬，暗示姑姑热爱工作、对党忠诚的态度，为下文转用固定式内聚焦描写计划生育时期姑姑的形象做铺垫。

在《蛙》第四部的第一章，莫言以全知叙述者的视角叙述"姑姑"对青蛙的害怕。"在我的印象中，姑姑……她被一只青蛙吓得口吐白沫、昏厥倒地的情景。"④这里的青蛙不仅仅是指青蛙本身，还象征着姑姑在当年计划生育时期，给高密妇女流产的未出生的婴儿。全知叙述者用姑姑对青蛙的害怕，暗示姑姑对自己特殊时期行为的歉意和悔恨，为第四章姑姑用有限的视角叙述由"青蛙"引出命中注定的婚姻预热。

固定式内聚焦是读者通过固定的叙述者了解所有的事情。聚焦者通常是作品中的人物。《蛙》第三部的第二章是典型的固定式内聚焦。聚焦者是作品中的人物"父亲"。小说从父亲的有限视角出发，讲述姑姑搜捕王胆的全过程。

---

① 莫言. 蛙 [M]. 北京：作家出版社，2012：52.
② 莫言. 蛙 [M]. 北京：作家出版社，2012：52.
③ 莫言. 蛙 [M]. 北京：作家出版社，2012：53.
④ 莫言. 蛙 [M]. 北京：作家出版社，2012：187.

> 听父亲说，姑姑被我岳母戳了一剪刀，伤口发炎，高烧不退。就是这
> 样，她还带着人前来搜捕王胆。搜捕这词儿不太恰当，但其实也就是搜
> 捕了。
>
> 王家的大门紧锁，鸡犬无声。姑姑令人砸开铁锁，冲进院子。
>
> 你姑姑住了半个月医院，伤没好利索就从院里跑出来，她有心事啊，她
> 说不把王胆肚子里的孩子做掉，她饭吃不下，觉睡不着。责任心强到了这种
> 程度，你说她还是个人吗？成了神了，成了魔啦！父亲感叹地说。①

小说中"父亲说"出现多次。开始通过"听父亲说"讲述姑姑搜捕王胆的过程，又出现"父亲说"或"父亲道"。莫言要传达给读者的姑姑的所作所为都是从父亲有限的视角了解到的，并非"我"的所见所闻。从聚焦者父亲的视角，评价姑姑"责任心强到了这种程度，你说她还是个人吗？成了神了，成了魔啦"，既塑造出姑姑热爱工作、对党忠心耿耿的形象，也暗示父亲对自己的妹妹爱恨交织的复杂心理。通过父亲有限视角叙述逮捕王胆的过程，回看中国计划生育历史，肯定历史发展的必然性和合理性，为后文描述王胆的悲剧命运做铺垫。

《蛙》第四部的第四章，从叙述者姑姑有限的视角，讲述了"我"百思不得其解的问题——她为什么要嫁给郝大手。小说从"1997年，我六十岁，姑姑说"开始，绘声绘色地讲述了姑姑退休、误入洼地遇到青蛙、被郝大手解救，其间出现多次"姑姑说"，强调聚焦者是姑姑，并非"我"。

> 常言道蛙声如鼓，但姑姑说，那天晚上的蛙声如哭，仿佛是成千上万
> 的初生的婴儿在哭……那晚上的蛙叫声里，有一种怨恨、一种委屈，仿佛
> 是无数受了伤害的婴儿的精灵在发出控诉。
>
> 姑姑沿着那条泥泞的小路，想逃离蛙声的包围。但哪里能逃脱？无论
> 她跑得有多快，那些哇——哇——哇的凄凉而怨恨的哭叫声，都从四面八
> 方纠缠着她。②

---

① 莫言.蛙[M].北京：作家出版社，2012：154.
② 莫言.蛙[M].北京：作家出版社，2012：221.

小说从姑姑有限的视角，描述她误入洼地遇到青蛙，被"怨恨""委屈"的蛙声"控诉"，被"凄凉""怨恨"的婴儿般的哭声纠缠，难以脱身，表达姑姑对青蛙的害怕、对当年自己亲手流产的未出生婴儿的忏悔之情，以及姑姑难以从自己的心魔中走出、无法救赎自己的痛苦心情。莫言在此处巧妙地运用固定式内聚焦，还原计划生育时期的历史，肯定姑姑忏悔的人性内涵，暗示在特殊年代，人性与灵魂的冲撞。

> 姑姑说她扑到那人怀里，使劲地往他蓑衣里钻，前胸感受到那人胸膛的温度，背后是青蛙的那种腥臭逼人的湿凉。姑姑说，她喊了一声"大哥，救命"，便昏了过去。[①]

小说用"扑""使劲""钻"等词表达姑姑如同溺水之人抓到救命的稻草般求生、求心灵解脱的欲望。小说从姑姑视角叙述姑姑与郝大手的相遇，暗示捏泥人的郝大手是帮姑姑解脱心魔、救赎心灵的最佳人选。这与第十一章姑姑东厢房中两千八百尊泥娃娃相映衬。姑姑通过郝大手用泥塑还原了计划生育时期被自己流产的两千八百名未出生的婴儿，供奉在自家的厢房中，这表达了姑姑对婴儿的愧疚之情，传递给读者步入老年的姑姑审视自己当年的行为，内心矛盾、痛苦的心情。莫言把叙述者固定在姑姑一个人身上，通过姑姑的叙述，还原中国 20 世纪六七十年代计划生育的历史，反映人物人性与灵魂的冲撞和统一。

不定式内聚焦是在事件中不同人物的不同视角。通常，聚焦人物变动迅速。《蛙》第四部中许多章节采用了不定式内聚焦的叙事视角，如第三章，20 世纪 90 年代，昔日孩童玩伴再次相见，王肝表达当年对小狮子的爱慕之情。

> 我说了你都不相信，王肝说，小狮子赤脚走过河滩，河滩上留下一行脚印，我像小狗一样趴在河滩上，嗅着那些脚印的气味，泪水吧嗒吧嗒滴下来。
>
> 你就胡编乱造吧。小狮子红着脸说。
>
> …………

[①] 莫言. 蛙 [M]. 北京：作家出版社，2012：213.

> 这是很好的细节，我说，我可要把你写进剧本里去啊！

> 谢谢，王肝道。你一定要把那个名字叫王肝的傻瓜做过的蠢事通通写进剧本里，我这里素材多着呢。

> 你敢写我，我就把你的稿子烧了。小狮子说。①

聚焦人物首先是王肝，然后是小狮子，接着是"我"，然后又回到王肝、小狮子，变动迅速。上述不定式内聚焦叙述的例子虽然不是重要的故事情节，但为下文转用固定式内聚焦讲述故事情节做了铺垫。

外聚焦是叙述者不知道人物的真实想法，只能通过观察人物的行为感知人物内心。《蛙》第一部的第十五章中，叙述者以观察者的角度叙述"文化大革命"时期肖上唇、姑姑和杨林不同的境遇。

> 他学着那些我们在电影里看过的人物讲话：拖着长腔，一只手叉腰，一只手挥舞着，做着各种各样的姿势。②

小说通过"学着""拖着""叉""挥舞着""做着"等动词告诉读者，"我"从观察者的视角旁观红卫兵肖上唇的行为，通过描述他的行为传递给读者在"文化大革命"时代背景下，肖上唇这类人泯灭的人性和扭曲的灵魂。

（四）《蛙》的修辞艺术

《蛙》通过独特的修辞艺术，不仅反映了中国计划生育的历程，也展现了人性的复杂性和社会现实的多面性。修辞手法的巧妙运用，使《蛙》成为莫言文学创作中的一个里程碑，这部作品也是当代文学中不可多得的艺术珍品。下面重点分析《蛙》中比喻、排比、夸张、反问等的运用。

1. 比喻

比喻是一种常用的修辞手法，用跟甲事物有相似之点的乙事物来描写或说明甲事物。吴礼权在《现代汉语修辞学》中是这样解释比喻的："譬喻（或称比喻），是一种

---

① 莫言. 蛙 [M]. 北京：作家出版社，2012：206.
② 莫言. 蛙 [M]. 杭州：浙江文艺出版社，2020：64.

通过联想将两个在本质上根本不同的事物由某一相似性特点而直接联系搭挂于一起的修辞文本模式。这种修辞文本的建构，在表达上有增强所叙写对象内容的生动性和形象性的效果；在接受上，有利于调动接受者的接受兴趣，使其可以准确地解读出文本的意蕴。"① 比喻的作用就是使深奥的道理浅显化，使人加深体会；使抽象的事物具体化，叫人便于接受；使概括的东西形象化，使人加深印象。在小说《蛙》中，作者对这种辞格的使用具有典型特点。

作者在叙述中，用比喻的修辞手法将人物的动作、神态和内心活动直观地表现出来。对小说中的比喻句进行探究，不难发现，这些比喻句的喻体大都归于农村的现实状况，与当时东北乡的农村实际相吻合，比喻句通俗、明了、简单易懂。例如：

（1）她咻咻的喘息声与产妇杀猪般的嚎叫声混杂在一起。②

（2）她后来可真是被我揍怕了，见了我就浑身筛糠。③

（3）我会站在你窗前，注视着室内的灯光，从它亮起，到它熄灭，我就是一根蜡烛，为你燃烧，直至燃尽。④

在以上例子中，作者将产妇分娩时的喊叫声比喻为杀猪般的嚎叫，将黄秋雅害怕的样子比喻为筛糠。在当时，杀猪的嚎叫声、筛糠、蜡烛都是农村经常可以听见或者看见的，作者用这些作为喻体，直接简单地将所要描绘的事物清晰地表现出来。小说中的比喻句贴合当时的农村实际，通俗易懂，给读者留下了深刻的印象。

在《蛙》中，作者使用的喻体多为一个完整的动作过程。

（1）你或许，收到我的信后连看都不看就扔进垃圾篓里，但我还是要告诉你，亲爱的，最最亲爱的，只要你接受了我的爱，我就如同猛虎插上了翅膀，骏马配上了雕鞍，我就会获得无穷无尽的力量，就像打了一针小公鸡的血，精神抖擞，意气风发。⑤

---

① 吴礼权. 现代汉语修辞学 [M]. 上海：复旦大学出版社，2006：64.

② 莫言. 蛙 [M]. 杭州：浙江文艺出版社，2020：19.

③ 莫言. 蛙 [M]. 杭州：浙江文艺出版社，2020：49.

④ 莫言. 蛙 [M]. 杭州：浙江文艺出版社，2020：88.

⑤ 莫言. 蛙 [M]. 杭州：浙江文艺出版社，2020：88.

（2）王肝是我的引路人。虽然那时我不懂爱情，但爱情的灿烂光华，吸引着我奋不顾身地扑上前去，犹如投向烈火的飞蛾。①

以上例子中，"猛虎插上翅膀""骏马配上了雕鞍""投向烈火"都是完整的动作过程。作者选取这些喻体，突出了本体的姿态和形象，将具体的物体动作化，形象生动地突出了本体的特性。

2. 排比

排比是指将意义相关或相近、结构相同或相似、语气相同的词组（主谓/动宾）或句子（三句或三句以上）并排，达到一种加强语势的效果的修辞方法。

排比句读起来朗朗上口，有一股强大的力量，能增强文章的表达效果，加强语气、语势。用排比写人，可将人物刻画细致；用排比绘景，可将景物描写得细致入微，能够达到层次清晰、描述细致、形象生动的表达效果；运用排比说理，可将道理说得充分透彻。在《蛙》中，莫言善于将多个不同动作或形象的事物通过排比的形式表现出来，这样的排比句是莫言小说中极富表现力的一种句子，读起来令人记忆深刻。

（1）您说您的脑海里已经有了一个骑着自行车在结了冰的大河上疾驰的女医生的形象，一个背着药箱、撑着雨伞、挽着裤脚、与成群结队的青蛙搏斗着前进的女医生的形象，一个手托婴儿、满袖血污、朗声大笑的女医生形象，一个口叼香烟、愁容满面、衣衫不整的女医生形象。②

（2）哪怕你把拳头举得比树还高，哪怕你眼睛里蹦出鲜红的樱桃，哪怕你头上生出羊角，哪怕你嘴巴里分出小鸟，哪怕你浑身长遍猪毛，也无法改变你是神经病！③

例（1）中，作者连用了多个动作，将不同时期姑姑这个女医生的形象描述出来，每一个分句都表现了姑姑当时最典型的生活状态，很生活化、很朴实地突出了

---

① 莫言.蛙[M].杭州：浙江文艺出版社，2020：89.
② 莫言.蛙[M].杭州：浙江文艺出版社，2020：8.
③ 莫言.蛙[M].杭州：浙江文艺出版社，2020：247.

姑姑的形象。第一个时期是姑姑的黄金时代，人们称姑姑是"活菩萨"，是"送子观音"，她接生了一千多个婴儿，不管自然条件多么恶劣，仍每天奔跑在给孕妇接生的路上，风雨无阻。第二个时期，姑姑在不遗余力地实施计划生育政策，奋不顾身地给怀了二胎的孕妇流产，劝诫甚至强制男人结扎，甚至自己的亲戚怀了二胎，仍大公无私地给孕妇流产，绝不手软。这个时候的姑姑不再是"活菩萨"，不再是"送子观音"，东北乡的人不仅在背后对姑姑窃窃私语，更当面指责甚至辱骂姑姑。第三个时期的姑姑开始出现转变，把孩子的生命看得更为重要。第四个时期的姑姑已经年老。当她回忆自己的过去时，强迫孕妇流产等情景历历在目，由此可以看出姑姑的满腹心思和悔恨。例（2）连用五个"哪怕……"来作排比，语气强硬，态度坚决，表现出了郝大手对秦河的嫌恶。这段话中，"拳头举得比树还高""眼睛里蹦出鲜红的樱桃""头上生出羊角""嘴巴里分出小鸟""浑身长遍猪毛"等是不可能发生的事情，看似荒诞，实则是郝大手对秦河是神经病这件事情的肯定。

3. 夸张

夸张是为了达到某种表达效果，对事物的形象、特征、作用等方面着意夸大或缩小的修辞方式。为了启发读者或听者的想象力和加强所说的话的力量，用夸大的词语来形容事物。[1] 使用夸张这一修辞手法时，作者需要运用天马行空的想象，以客观现实为基础，有目的、有意义地放大或缩小事物的典型行为表现或形象特征，以增强表达的效果。在小说《蛙》中，作者主要运用夸张这一修辞来描写姑姑，突出姑姑这一主人公的典型特征。

（1）母亲道：正是正是，只要她的手在病人身上一摸，十分病就去了七分。姑姑差不多被乡里的女人们神话了。[2]

（2）记不清有多少次了，姑姑双眼发亮，心驰神往地说：那时候，我是活菩萨，我是送子娘娘，我身上散发着百花的香气，成群的蜜蜂跟着我飞，成群的蝴蝶跟着我飞。现在，……苍蝇跟着我飞。[3]

——————————
① 王希杰. 汉语修辞学：修订本 [M]. 北京：商务印书馆，2004：113.
② 莫言. 蛙 [M]. 杭州：浙江文艺出版社，2020：20.
③ 莫言. 蛙 [M]. 杭州：浙江文艺出版社，2020：24.

例（1）是"我"的母亲对"我们"描述姑姑的手时说的话。姑姑的手只是普通的手，并没有治病救人的神奇力量，但母亲把姑姑的手神化了，认为姑姑的手只要在病人身上一摸，十分病就去了七分。从这里可以看出东北乡的人对姑姑给孕妇接生的技术的信任和赞美。例（2）是姑姑自己回忆给高密东北乡的孩子接生的时期所说的话语。人自身不会散发香气，所以蜜蜂、蝴蝶也不会跟着人飞。在这里，姑姑把自己的形象夸大了，认为自己是"活菩萨""送子娘娘"，深受东北乡人民的爱戴。显而易见，姑姑以那个时期的自己为荣。

4.反问

反问就是从反面提问，是以疑问的表达形式来表达说话者对某件事情确定的意思，是一种加重语气的修辞手法。反问是只问不答的，但是受话者能够从反问句中领会说话人想要表达的意思。反问这一修辞手法分为两类：用肯定句表示否定的内容，用否定句表示肯定的内容。在《蛙》中，作者运用了这一修辞手法，加强了说话者的语气，激发读者的思考，加深读者的印象。例如：

（1）奶奶对我娘说：你是轻车熟路了，自个儿慢慢生吧。我娘对我奶奶说：娘，我感到很不好，这一次，跟以前不一样。奶奶不以为然，说：有什么不一样的？难道你还能生出个麒麟？[1]

（2）高音喇叭哑了，唱片到头了。小狮子转头看姑姑。姑姑说不用了。姑姑大喊：耿秀莲，你能一直游到东海吗？[2]

（3）娘啊，我说，部队有纪律，要是生了二胎，我就要被开除党籍，撤销职务，回家种地。我奋斗了这么多年才离开庄户地，为了多生一个孩子，把一切都抛弃，这值得吗？母亲道：党籍、职务能比一个孩子珍贵？有人有世界，没有后人，即使你当的官再大，……又有什么意思？[3]

以上例子都是用肯定句表示否定内容的反问句。"难道你还能生出个麒麟？"这句话表达不能生出麒麟的意思。"耿秀莲，你能一直游到东海吗？"这句话表达不能游到

---

[1] 莫言.蛙[M].杭州：浙江文艺出版社，2020：23.

[2] 莫言.蛙[M].杭州：浙江文艺出版社，2020：97.

[3] 莫言.蛙[M].杭州：浙江文艺出版社，2020：100.

东海的意思。"党籍、职务能比一个孩子珍贵？"这句话表达党籍、职务不比一个孩子珍贵。"又有什么意思？"这句话表达没有什么意思。通过以上例子，作者使用这种用肯定句表示否定内容的反问句，使得说话者的语气更加强烈和坚定有力。例（1）中，"难道你还能生出个麒麟？"表达出奶奶对"我娘"生"我"时觉得不正常这件事的不以为然，认为"我娘"无病呻吟，这里运用反问凸显出奶奶的传统和愚昧。例（2）发生在计划生育时期姑姑追寻耿秀莲并强制给她堕胎的过程中。"你能一直游到东海吗？"这句反问句使得姑姑的语气坚定有力，增强了说话者的气势和说服力：既然不能够游到东海，那么逃避、一味地挣扎也是无用的。例（3）的反问句是在王仁美怀了二胎之后，"我"不愿意为了多生一个孩子放弃奋斗了这么多年才拥有的党籍和职务时，母亲对我说的话。被"重男轻女"的思想禁锢了这么多年，母亲一心希望王仁美能够生下男孩儿传宗接代。这里使用反问，加强了母亲说话的语气，增强了母亲说话的说服力。

　　在《蛙》中，作者多用用肯定句表示否定的反问句形式，用否定句表示肯定的反问句形式则相对而言较少。例如：

　　　　（1）你可不是一般的女儿，你是我们家族的大功臣，父亲指点着座上的人，说，这些小辈的，哪个不是你接生的？好汉不提当年勇了，姑姑道，想当年……还提当年干什么？①

　　　　（2）往最坏里想，袁腮道，让王仁美把这儿子生出来，你削职为民，回家种地，又有什么大不了的？二十年之后，你儿子飞黄腾达，你当老太爷，享清福，不是一样吗？②

　　以上两个例子是用否定句表示肯定内容的反问句。例（1）中，"哪个不是你接生的"表达哪个都是你接生的意思。从这句话可以看出父亲对姑姑工作成绩的肯定。姑姑恪尽职守，接生了上万个婴孩，是高密东北乡的有功之人。父亲以反问的修辞手法加强了说话的语气，引人深思。例（2）中，"你当老太爷，享清福，不是一样吗？"表达的都是一样的意思。这段话出现在"我"知道王仁美怀了二胎之后，面对选择时

---

① 莫言. 蛙 [M]. 杭州：浙江文艺出版社，2020：75.
② 莫言. 蛙 [M]. 杭州：浙江文艺出版社，2020：105.

与袁腮的对话中。"不是一样吗？"这句话通过反问的修辞手法，使得说话者的话更具说服力，增强了说话者的劝说语气，激发了受话者的思想感情。

课后思考

1. 分析《蛙》中方言和修辞手法的运用。

2. 探讨作品中的道德冲突和人性挑战。

3. 讨论莫言的象征主义手法如何增加作品的深度。

4. 分析《蛙》中的叙事如何反映社会变迁。

第四讲　刘震云《一句顶一万句》

◎ **学习目标**

★ 理解刘震云的写作风格和主题选择。

★ 分析《一句顶一万句》的孤独主题。

★ 探讨小说中的叙事方法。

◎ **重点与难点**

★ 分析《一句顶一万句》的语言风格及叙事方法。

★ 解析小说中复杂的叙事时序与叙述策略。

◎ **知识结构图**

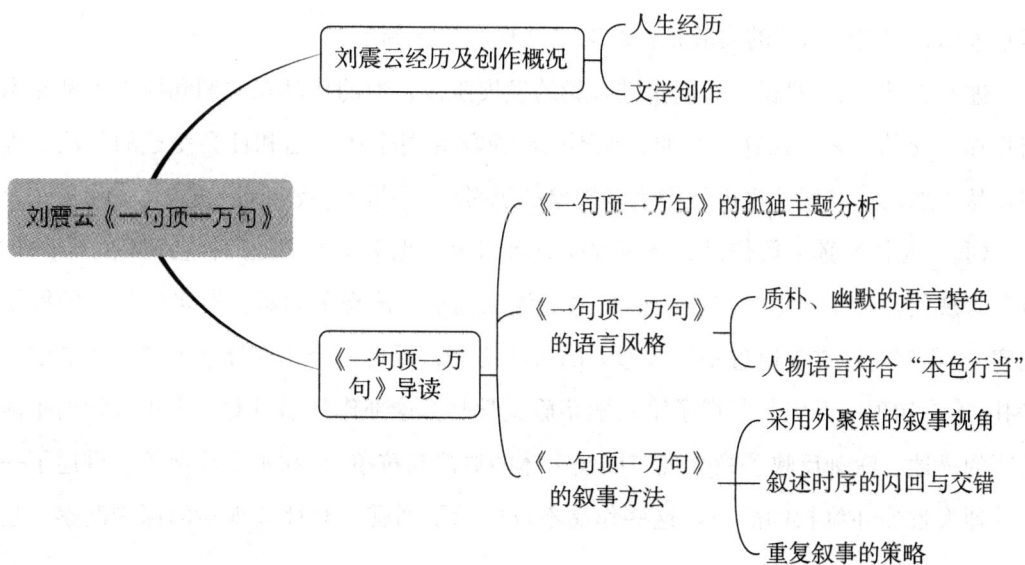

一、刘震云经历与创作概况

刘震云，1958年出生，河南延津人，1973年参军，1978年复员后，于北京大学求学，1982年进入《农民日报》社工作。刘震云的人生轨迹与中国社会的深刻变革相映照。参军的经历为刘震云提供了丰富的生活素材和独特的视角。在军队的生活中，他体验到了集体生活的纪律性与个体情感的复杂性，这些经历后来成为他早期创作的重要基础。1978年复员后进入北京大学中文系学习，这段学术经历不仅为他提供了文学理论基础，也拓宽了他的文化视野，使他开始思考文学如何反映社会、揭示人性。

1982年，刘震云开始了他的文学创作生涯，并很快以《塔铺》一文在文坛上引起广泛关注。该作品凭借对普通人生活的朴实描写和对时代变迁的深刻反映，赢得了1987—1988年全国优秀短篇小说奖。此后，刘震云以其独特的文学风格，继续探索和描绘普通人的生活与情感，创作了《新兵连》《单位》《官场》《一地鸡毛》等中短篇小说，通过细腻的笔触和对细节的精确捕捉，展现了生活中的普遍性与特殊性，特别是在《单位》和《一地鸡毛》中，通过主人公形象，展示了个体在社会环境中的被动适应和内心的挣扎。

1991年，《故乡天下黄花》的出版标志着刘震云文学创作进入一个新阶段。这部作品以农村为背景，深刻揭示了社会变革中人性的复杂性，尽管存在一定争议，但无疑展现了刘震云对新的文学探索的勇气和视野。随后的《故乡相处流传》和《故乡面和花朵》更体现了他在文体和内容上的双重探索，尽管结构庞杂、语言复杂，但充分展示了作者对文学形式的实验精神和对社会现实的深刻反思。

进入21世纪，刘震云的创作进入新的发展阶段，他的作品在主题和风格上都显示出更加广泛的探索。在这一时期，他不仅继续深化对个体命运和社会变迁的关注，也在作品中加入了对现代化进程中诸多现象的思考。《手机》《我叫刘跃进》《一句顶一万句》《我不是潘金莲》等作品，不仅深受读者喜爱，也引发了广泛的社会讨论。《手机》以其对现代通信工具如何影响人际关系的深刻揭示，体现了刘震云对当代生活的敏锐观察。《我叫刘跃进》通过一位普通人的奋斗历程，展现了个体在社会大潮中的漂泊与挣扎。《一句顶一万句》获得了第八届茅盾文学奖。这部作品通过对一个小人物的生活经历的描述，深刻反映了社会现实以及个体的尊严与抗争。《我不是潘金莲》讲述了一位普通女性奋斗维权的故事。这些作品不仅展示了刘震云对社会现实的深刻洞察，也反映了他对人性、正义与道德的深层探讨。

在文学风格上，刘震云擅长运用平实的语言和细腻的情感描写，把复杂的社会现象和深刻的人性问题转化为生动、具体的故事。他的作品往往围绕普通人的日常生活展开叙述，通过对小人物命运的关注，触及广泛的社会与文化议题。这种从微观出发揭示宏观真理的写作方法，使得他的作品具有强烈的现实关怀和深厚的人文情怀。刘震云的文学创作不仅是对中国当代社会变迁的记录，也是对当代中国文化、政治和社会问题的深刻反思。他通过对普通人生活的细腻描绘，展现了个体在社会变革中的处境，体现了对社会底层人物的同情和关注，深刻反映了中国社会的复杂性。他的作品因其深刻的社会意义、独特的文学风格以及对人性的深入探索，在中国乃至世界文学界都产生了重要影响。

二、《一句顶一万句》导读

《一句顶一万句》2009 年出版，被称为中国版的《百年孤独》，是刘震云的一部成熟、大气之作。刘震云凭借《一句顶一万句》获得第八届茅盾文学奖。《一句顶一万句》分为《出延津记》与《回延津记》上下两部。上部讲述 20 世纪前期河南农村的一个孤独无助的农民吴摩西为了寻找与人私奔的老婆，在路上失去唯一能够"说得上话"的养女，不得不走出延津寻找她；下部记述吴摩西养女巧玲的儿子牛爱国，同样为了寻找与人私奔的老婆，走向延津的故事。一去一来，延宕百年。故事看似简单，但令人回味悠长。表面上看这部小说在讲杨百顺（吴摩西）和牛爱国两个人的历史，但细细咀嚼，便会明白小说在讲人的"孤独"的历史。"孤独"世代相传，祖辈的故事在后辈的身上重演，祖辈的"孤独"也在后辈的身上延续。《一句顶一万句》成功地塑造了中国农村许多生动的人物形象。除两位主要人物杨百顺和牛爱国外，对于若干次要人物，刘震云以不多的笔墨稍作点染，就能够使人物活灵活现，留给读者难忘的印象。例如，小说通过描写章楚红与牛爱国相爱，以及转述她跟丈夫李昆毅然决然地分手的过程，使一个热情似火、敢爱敢恨、处事干脆利落的青年女性形象跃然纸上。再如，虽然那位卖豆腐的老杨很早就退出读者的阅读视野，但刘震云通过对他与几个儿子的关系以及他与老马关系的描写，用寥寥数笔，就把一个遇事优柔寡断、缺少主见而又患得患失、目光短浅的农民形象鲜明地刻画出来。小说中其他一些人物形象，如老詹、吴香香、老高、庞丽娜、曹青娥，也都给读者留下很深的印象。这表明刘震云对乡村复杂、微妙人性世界的精到把握，也体现出作家深厚的艺术功力。

（一）《一句顶一万句》的孤独主题分析

《一句顶一万句》是一部深入探讨现代人孤独感的作品。孤独不仅作为一个主题流淌在整个叙事之中，更构成了小说情感深处的核心。在这部作品中，孤独被呈现为现代社会中普遍存在的状态，源于个体与社会的疏离、人与人之间的隔阂以及内心世界的自我封闭。

《一句顶一万句》中，做豆腐的老杨凡事都要找赶大车的老马商议；杨百利为了"喷空"随牛国兴而去，后又为了"喷空"随老万而去；县长老史和男旦苏小宝彻夜手谈；牛爱国去找冯文修、杜青海、陈奎一商量事……所有这些都是为了与"说得着"的人多说两句，多处一会儿，用相处时短暂的踏实去消除内心郁积的不安的块垒，或者因相处时话语的投机、精神的契合而获得内心的松弛和满足。

> 遇到想不开或不明白的事，或一个事拿不定主意，可以找他们商量。或没有具体的事要说，心里忧愁，可以找他们坐一会儿。坐的时候，把忧愁说出来，心里的包袱就卸下许多。赶上忧愁并不具体，漫无边际，想说也无处下嘴，干脆什么都不说，只是坐一会儿，或说些别的，心里也松快许多。①

> 牛爱国与谁都不能说的话，与章楚红都能说。与别人在一起想不起的话，与章楚红在一起都能想起。说出话的路数，跟谁都不一样，他们两人自成一个样。两人说高兴的事，也说不高兴的事。与别人说话，高兴的事说得高兴，不高兴的事说得败兴；但牛爱国与章楚红在一起，不高兴的事，也能说得高兴。②

在小说中，刘震云展示了摆脱孤独的两种主要方式："说话"和"寻找"。在《一句顶一万句》中，"说话"的意义被格外重视，"说话"成了一切人事变故和情感转折的内在原因，成了命运中最重要的事情。在《一句顶一万句》中，人物数量众多，角

---

① 刘震云 . 一句顶一万句 [M]. 武汉：长江文艺出版社，2009：211.
② 刘震云 . 一句顶一万句 [M]. 武汉：长江文艺出版社，2009：306.

色繁杂，构成了丰富的社会关系，如朋友关系、亲人关系、夫妻关系、陌生人关系、生意往来关系。每个人都在说话，众生百态在很大程度上是通过说话得以构建和展示的。

　　首先是有亲密关系的人的说话。老裴怕老婆老蔡，在她的要求下和自己姐姐家刻意疏远，但躲雨时偶遇外甥，只好带外甥回家里吃饭。外甥是个实在人，吃饭时多吃了几张饼。因此，老裴招来了老蔡的指责和谩骂。从骂外甥到骂老裴他姐，从骂他姐回想起他姐曾和一个货郎好过，进而发展为骂老裴一家人都是下流坏子。这种发生在亲密的人之间的翻旧账、借题发挥的事例，成了割裂亲密关系的最利匕首，让当事人无比恼火，进而倍感沮丧和酸楚。在小说中，说不着话的亲密关系比比皆是。即使是说得着话的亲密关系，也会因世事的流转而渐渐疏远，说不上话。牛爱国和冯文修、杜青海、陈奎一三人本是当兵时的好战友，退伍后，牛爱国再去找他们，就已经说不着话了。这不单是因为地域的阻隔，远水解不了近渴，也不单是因为他发现旧日的好友陈奎一也是泥菩萨过江，境遇尴尬，还因为世事的变化让牛爱国觉得他和庞丽娜的事，冯文修出错了主意，更因为他将心腹话说给冯文修，冯文修却酒后添油加醋、曲意歪解，说他要去杀人，这话很快就传得满城风雨。于是心里添堵、烦闷的牛爱国运货时撞了车，"跳下车，看到车头已经撞瘪了，往下流水……满脸胡茬儿，看着山脚下万家灯火的沁源县城，突然感到自己要离开这里，不然他真要杀人"[1]。这时牛爱国内心的孤独无助和悲凉落寞至深至切，跃然纸上。有亲密关系的人曾经说过的话往往成了后来扎向彼此内心的刀子，让背叛愈加惨痛。杨百顺把隔壁老高当知心朋友，却不知老高和杨百顺的老婆私通，还怂恿杨百顺去杀人。老杨一辈子把老马当成好友，老马却从心底里看不起老杨。老马在心里只把老杨定义为一个"和他说个笑话行"的人，可老杨遇到任何烦心事都要找老马出主意。如此一来，老马只能躲着老杨或者敷衍搪塞，瞎出主意，甚至在杨家与秦家联姻这事上故意出馊主意。而即使是这样，在老杨看来，老马也是有见识的人，是帮了他大忙的人。刘震云并不是对"说话"持完全否定态度，虽然"说话"总在助长孤独，但毕竟也只有"说话"才能抵抗孤独，别无他选。所以，"说话"的谨慎和困难并没有吓退人们对"说话"的渴望和追求。所有人还是在不知疲倦地寻一个说得着话的人。为了那个说得着话的人，吴香香扔下女儿远走

---

① 刘震云．一句顶一万句 [M]．武汉：长江文艺出版社，2009：291．

他乡；杨百利随老万到火车上做了司炉，"为了一张嘴，天天要跑几百里"[1]；吴摩西满世界去找巧玲……

再来看小说中有平常关系的人的"说话"。小说对这类关系着墨不多，主要围绕主人公杨百顺展开叙述，如杨百顺和皮匠老吕的关系、杨百顺和老贺的关系、杨百顺和牧师老詹的关系。正是因为关系平常，既不交心，也不陌生，所以双方说话就成了纯粹谈事情。这种谈事情在小说中呈现出了人心的算计和狡诈。说话从精神和情感的交换变成了立场与利益的博弈。例如，皮匠老吕言语间看似关心杨百顺卖豆腐之事，实际上是要将话题引到杨家上学抓阄之事上，然后将抓阄的内情告知杨百顺，达到报复老马的目的。再如，老贺为了报复杨百顺的父亲老杨曾和他吵过一架，将杨百顺埋怨师母的话故意告知老孔，而且添油加醋、断章取义。老孔正是杨百顺师母的哥哥，于是杨百顺被逐出师门。杨百顺和老詹的说话就更像一次谈判了，杨百顺为了找活儿做，老詹为了传教、发展信徒，两人交易，杨百顺入教并改名叫杨摩西，老詹为杨摩西寻一份工作。

此外，对陌生人说话的描写算是小说引发读者共鸣的地方。小说中人物每一次孤立无援、落魄潦倒之时，偶遇了某个人，都会将他当成亲人、知己，把自己的一路艰辛、满腹委屈尽数道来。那个萍水相逢之人，给了对方足够的抚慰和帮助。杨百顺丢了羊，不敢回家，遇上了老裴。老裴听了他的倾诉，还领他吃了一海碗热腾腾的烩面，暖了杨百顺的心和胃。牛爱国为打听吴摩西死前是否留下些话，一路寻找，遇上了何玉芬，便将自己的心事，"从曹青娥得病住院说起，到曹青娥去世，接着庞丽娜第二次跟人跑了……如何到了河南滑县，又如何去了延津，从延津又来到陕西咸阳，一五一十，来龙去脉，说了个痛快"[2]。何玉芬听完后说："能看出来，你心里的烦闷，比你找的事还大。"[3]这让牛爱国心里"咯噔"了一下，正说中了牛爱国的心事。萍水相逢的人却成了可以一诉衷肠的可靠对象，成了即将崩溃的心灵的最后一根救命稻草，成了当时天地间最安全、最知心的唯一人。这是刘震云对人际关系无情的展现和莫大的嘲讽。人是多么孤独，孤独到与身边的人都不能说话，只有在陌生人面前才可以放心地倾诉。陌生人给的那一点点温暖，却成了天大的恩情。那是因为人太孤独了，以

---

① 刘震云. 一句顶一万句 [M]. 武汉：长江文艺出版社，2009：33.

② 刘震云. 一句顶一万句 [M]. 武汉：长江文艺出版社，2009：355.

③ 刘震云. 一句顶一万句 [M]. 武汉：长江文艺出版社，2009：355.

至于内心的要求和期许都降低到了卑微的境地。

"寻找"在《一句顶一万句》中具有丰富的内涵。杨百顺在寻找一份职业；杨百利在寻找可以一起"喷空"的伙伴；吴摩西出门寻找吴香香，丢失了唯一和他说得上话的巧玲，又转为寻找巧玲；曹青娥寻找年轻时戴着白手套的侯宝山；牛爱国寻找章楚红和她未曾说出口的那一句话……小说中的芸芸众生在苍茫的大地上，在延宕百年的时间洪流中不停地奔走，为寻一个爱人、一份职业、一个答案、一个说得着话的人、"一句顶一万句"的话。"寻找"是每个灵魂对另一个灵魂的向往，是每种人生对另一种人生的追求，是每个个体对另一个个体的托付——是每个人对孤独最强烈的抵抗。但所有寻找的结果都是无果之果，所有人最后还是沦落到无处可逃的孤独之境。杨百顺卖豆腐、染布、破竹子、杀猪、种菜，兜兜转转，只是身不由己地不停地变换工作。杨百利遇上了牛国兴，又离开了牛国兴，跟随了老万，却实际上很久才能见上老万一面。吴摩西在应该找到吴香香的时候找不到吴香香，反而把知心的巧玲弄丢了，在不想找吴香香的时候却偏偏又遇上了她。曹青娥挺着大肚子再去找侯宝山时，拖拉机站还是原来的拖拉机站，院子还是原来的院子，唯独侯宝山变了，已经娶妻生子，也不戴白手套了。曹青娥突然明白，"她找的侯宝山，不是这个侯宝山；她要找的侯宝山，在这个世界上，已经死了"[①]。

小说中的"寻找"表现出两个特征：一是寻找过程的曲折和艰难，二是寻找结果的荒诞和未知。杨百顺寻找一份职业的曲折不言自明，吴摩西寻找巧玲也充满了曲折、艰辛。因没有去开封的汽车，吴摩西就迈开双腿跑了一下午，"竟跑了一百二十里"[②]，然后又跑遍了整个开封的大街小巷，两天滴水未进，接着在开封找了五天，继而去郑州找了五天，去新乡找了五天，还去了汲县（今卫辉市）、安阳、洛阳。七十年后，巧玲的儿子牛爱国也踏上了出门"寻找"之路。从开始的假找到后来的真找，从找庞丽娜到找陈奎一，从找罗安江到找章楚红，直到小说结尾仍是牛爱国的一句"不，得找"[③]。"寻找"的结果多是无果的、荒诞的。在《一句顶一万句》中，吴摩西在应该找到吴香香的时候找不到吴香香，在放弃寻找的时候，却阴差阳错，毫不费力地撞见她。牛爱国在沿着线索一路寻找，最终拿到吴摩西的遗物后，却想起了章楚红，第二天就

---

① 刘震云. 一句顶一万句 [M]. 武汉：长江文艺出版社，2009：355.

② 刘震云. 一句顶一万句 [M]. 武汉：长江文艺出版社，2009：200.

③ 刘震云. 一句顶一万句 [M]. 武汉：长江文艺出版社，2009：362.

开始了他的新的"寻找"。

刘震云用这部小说将人类与生俱来的虚弱和无可避免的孤独娓娓道来,对孤独做了纯粹、全景式的描写。小说里的人物不管如何奔波和不停地踏上旅途,都始终无法得到渴望的安宁。"寻找"和不断上路不是手段,已成为目的,成为宿命。只有在不断"寻找"的路上,人内心的焦虑和孤独才因那可能找到的渺茫希望而稍稍得到减缓。实际上,"寻找"是没有结果的,每一次"寻找"的尽头不过是另一次"寻找"的开始,人内心的荒凉是永远无法褪去的,所有的命运最终都要陷入无可遁逃的孤独之中。

(二)《一句顶一万句》的语言风格

《一句顶一万句》的语言风格是该小说文学魅力的重要组成部分。刘震云通过这部作品展示了他独特的语言艺术。

1.质朴、幽默的语言特色

《一句顶一万句》的语言风格突出表现在语言质朴与幽默上,这种语言不仅使得小说更贴近普通人的生活,也为读者提供了对生活现象的深刻洞察。质朴的语言直接、简单,无须华丽的辞藻,却能深入人心,易于被读者理解和感受。通过这种语言,刘震云展现了人物的真实情感,使得人物形象更加鲜活、情感表达更加自然。幽默是贯穿整部小说的一种重要表达方式。这种幽默多以讽刺、夸张、自嘲的形式出现,不仅增强了故事的趣味性,也反映了作者对社会和人性的深刻理解,把严肃的社会问题以轻松的方式呈现,让读者在笑声中思考。《一句顶一万句》的开头展现了一个农家长辈在农忙间隙向晚辈讲故事的场景。

> 杨百顺他爹是个卖豆腐的。别人叫他卖豆腐的老杨。老杨除了卖豆腐,入夏还卖凉粉。[①]

质朴的语言特色由此可见一斑。刘震云的小说"不靠故弄玄虚的卖弄文采,堆砌华丽的词句,但却有丰富的信息量"[②],不是高高在上地讲述一些光怪陆离的现象或者耸人听闻的消息,而是平易近人地讲述一些发生在普通人生活周围的不被人关注的琐碎

---

① 刘震云.一句顶一万句[M].武汉:长江文艺出版社,2009:3.
② 王有芳.刘震云小说的语言风格研究[D].开封:河南大学,2011.

事，通常用大量的笔墨描写农村，叙述语言富有乡土和生活气息。从老杨卖豆腐的吆喝声与其他卖豆腐的吆喝声的区别，写到凉粉的卖法，再写到市场上各摊位的主营业务；写罗长礼如何喊丧，写老裴的剃头生意，写老曾为给自己续弦还是先给儿子娶老婆闹心；写吴摩西住在鸡毛店时每天的伙食，写牛爱国去鱼市见到了哪些水产。这些描写都在无形中拉近了读者与作者、读者与小说中人物的距离，读者的世界与小说中的世界仿佛有了交集。

语言的质朴还体现为作者在叙述中多使用口语而不是书面语，如"老熊性子温和，遇事可商可量，老廉性子躁，遇事吃不得亏"，老尹用木锨打徒弟脑袋，他的脑袋"登时就开了花"，杜青海"说一件事时，骨头是骨头，肉是肉，码放得整整齐齐"。倘若把这些常用的口语变成生硬的书面语，便不如原先那般贴切、通俗，会给人以呆板、滞涩之感。"通过对口语词的精确使用，在将小说语言变得生活化、市井化的同时，也给读者带来一种幽默诙谐的感觉。"①作者在形容私塾老汪的老婆银瓶时说："见到人，嘴像刮风似的，想起什么说什么。"这句话虽然有夸张的成分，但生动地描写了她的口无遮拦。

2. 人物语言符合"本色当行"

"本色当行"是指每个人物的语言风格都符合其个性特点、社会角色和生活环境，这在《一句顶一万句》中表现得尤为突出。刘震云对每个角色的语言细节都进行了精心雕琢，确保他们的言语符合其社会身份、年龄、职业和个人经历。这种语言的个性化设计增强了人物的真实性，使读者能够通过对话就感知到角色的背景和性格。

《一句顶一万句》中有名有姓的人物有上百个，没有全名、只有姓氏的人物更是不胜枚举。然而作者笔下这么多的人物使用的语言多符合人物本身的身份或年龄特质，这可谓与关汉卿杂剧人物语言特色的"本色当行"有异曲同工之妙。老汪上了七年学堂，与人讲不清楚道理时，就用"躁人之辞多，吉人之辞寡"这类话来反驳；老李是个生意人，亲家老秦没说过自己女儿少个耳朵，老李就觉得"别说是儿女亲家，就是卖头小猪，也不能对买主藏着掖着"，什么事情都与做生意联系起来，做生意的道理适用于他生活的方方面面；吴摩西的养女刚被曹家收养时，还记着自己老家在哪里，惦

---

①张智慧，王娇娇.浅谈刘震云小说幽默式语言的表达方法：以《一句顶一万句》为例[J].牡丹江教育学院学报，2015(10)：7-8.

记着后爹，但她的养母不许她想，并恐吓她"啥时候想这两样，啥时候挤你的秃疮"，她养母的语言形象地展示了农村妇女教育孩子粗暴、简单的方式，语言和武力威胁是常用的教育手段。

（三）《一句顶一万句》的叙事方法

《一句顶一万句》的叙事方法主要包括采用外聚焦的叙事视角、叙述时序的闪回与交错以及重复叙事的策略。作者通过叙事构建了小说的结构框架，增加了故事的深度，增强了故事的复杂性，也加强了读者的参与感和情感体验。

1. 采用外聚焦的叙事视角

法国叙事学代表人物热奈特（Gérard Genette）认为，视角的本质是对信息的限制。[①]热奈特用"聚焦"来分析叙述视角的方法被广为应用。他将叙事分为内聚焦叙事、外聚焦叙事和零聚焦叙事三种模式。外聚焦叙事即小说叙述不完全依附于主角的视角，而采用类似旁观者的角度来讲述故事。这种叙事视角允许作者展示广阔的社会背景和多个角色的生活场景。在《一句顶一万句》中，通过外聚焦视角，刘震云能够客观地描绘各种社会事件和人物之间的互动，让读者看到不同社会阶层和个体的生活状态，这种方法使得叙事更加全面和立体。《出延津记》第一句是"杨百顺他爹是个卖豆腐的，别人都叫他卖豆腐的老杨"[②]。《回延津记》第一句是"牛爱国三十五岁时知道，自己遇到为难的事儿，世上有三个人指得上，一个是冯文修，一个是杜青海，一个是陈奎一"[③]。小说的两大主人公皆以这样的方式出场。如果说《塔铺》和《新兵连》中的"我"以及《一地鸡毛》中的小林，多多少少有着跟刘震云相似的经历，在这些人身上，读者或多或少还能看到刘震云的影子，那么《一句顶一万句》通篇读过，读者只看到一个用心讲述故事的人，用自己平实的话语，一点一滴地讲述杨摩西的人生，讲述牛爱国的经历。《一句顶一万句》采用外聚焦叙事视角或许不是刘震云刻意为之，但这样一种叙事视角的应用，让读者对人物的人生轨迹有了客观的认知，也使小说叙述中作者与人物的关系更融洽。

---

① 热奈特 . 叙事话语：新叙事话语 [M]. 王文融，译 . 北京：中国社会科学出版社，1990：126.
② 刘震云 . 一句顶一万句 [M]. 武汉：长江文艺出版社，2009：1.
③ 刘震云 . 一句顶一万句 [M]. 武汉：长江文艺出版社，2009：231.

2.叙述时序的闪回与交错

时序是叙事时间的首要方面。叙述时序是事件在故事中的编年时间顺序和这些事件在叙事文中排列的时间顺序之间的关系。根据胡亚敏《叙事学》，可以将复杂的时序关系分为两种状态：“逆时序与非时序”①。逆时序是一种包含多种变形的线型时间运动。也就是说，尽管故事线索错综复杂，时间顺序前后颠倒，但仍然可能重建一个完整的故事时间。非时序是指故事时间处于中断或凝固状态，叙述表现为一种非线型运动。《一句顶一万句》中明显呈现出逆时序的叙事状态。逆时序中的“闪回”恰是刘震云频繁运用的。“闪回”可进行多种区分，有“外部闪回”“内部闪回”“混合闪回”“整体闪回”“局部闪回”“填充闪回”“对比闪回”“重复闪回”等诸多种类。②这部小说可谓“闪回”的群英荟萃。虽然仍然可以从浩瀚的叙事中拎出主人公的人生轨迹，但围绕这条主线，从任意时间、任意地点作者又都可以很随意地横出一条分叉，使若干人物出场，交代若干事件，枝干横蔓，犹如大榕树的气根，体量庞大，郁郁葱葱，蔚然成林。在《一句顶一万句》中，往往一个故事（或人物）还没讲完，就因某个节点牵涉到另一个故事（或人物），转而叙述新的故事（或人物），新的故事又牵涉出新的故事，三五个故事组成一个故事，令读者应接不暇。读者读来明白，但又觉得似乎不用如此“绕”，作者不嫌琐碎，不嫌转折，如此东折西拐，千曲百绕，从时序上看正是运用了大量的“闪回”。

例如，小说第一章从铁匠老李给他娘祝寿说起，就开始了“顺手牵羊”似的不断“闪回”。老李记仇，但不记外人的仇，单记他娘的仇——在他小时候，他娘在他脑袋上砸出个血窟窿，他娘砸完后还听戏去了。但他记的也不是他娘听戏的仇，而是他长大后两个人性格不合。接下来，老李给他娘做寿——不是为了他娘。上个月镇上新开了段胖子铁匠铺，老李想借做寿的阵势压压新铁匠。寿宴酒席上老马不愿与老杨邻座，杨百顺把实情告诉了老杨。半个月后，老杨依然找老马说事。这两段的叙述是对做寿这一事件的回顾、交代、补充、修正。但看似说做寿，又牵扯出老段、老马、老杨等一干人，又牵扯出母子关系、生意竞争关系、老友关系等一众关系。更典型的是第八章，杨百顺在杨百业的婚礼上为上茅房的客人垫土，遇到了老马，近况、往事涌上心头，杨百顺欲杀老马泄愤，但在杀老马的途中又偶遇受后母虐待的小孩儿来喜，因而

---

① 胡亚敏.叙事学[M].2版.武汉：华中师范大学出版社,2004：64.
② 胡亚敏.叙事学[M].2版.武汉：华中师范大学出版社,2004：66-68.

打消了杀人的念头，无意中来喜救了老马一命。对此事的叙述，作者说："杨百顺在杨百业的婚事上出岔子并不是因为他对老杨不满……而是因为弟弟杨百利回来了。"[①]小说继而倒叙杨百利在机务段当司炉的情况——师傅太闷，老万太忙，憋了一肚子话，从而有了杨百利在婚礼上恣意"喷空"的情景。也就是这个"喷空"，让杨百顺觉得弟弟的现状比自己强太多，心中不是滋味，又追根溯源回想起当年"延津新学"的事，继而把账算到了"延津新学"的幕后黑手老马身上。在去杀老马的途中，又因偶遇来喜，又"闪回"交代来喜遭后娘虐待的事情。整部小说都充斥着这种看似随意的"局部闪回""填充闪回"。即使是小事，即使是配角，刘震云也不厌其烦地道明原委。而这种倒叙又不同于传统的倒叙方式——一次性把时间拉回要叙述的起点，一口气把事情交代清楚。刘震云采用层层回溯的倒叙，倒一次说清一件事，由说清的这件事再停下来叙述，若遇到需要交代的情况，则再往回倒叙，像层层剥笋，倒倒停停—停停说说—说说倒倒，如此往复。

　　"交错"也是刘震云在小说中常常运用的叙事策略。"交错"即"闪回""闪前"的混合运用。如第九章开头一句："杨百顺七十岁时想起来，他十九岁那年认识延津天主教牧师老詹，是件大事。"[②]又如，小说下部第五章开头："牛爱国三十五岁的时候，他妈曹青娥告诉他，曹青娥嫁到牛家庄第二年，阴历四月，半夜跑了。"[③]再如，第一章也呈现了大跨度的交错。第一章写道："杨百顺十一岁那年，镇上铁匠老李给他娘祝寿。"[④]在祝寿的相关事件叙述完毕后，小说一下子跳跃到了"四十年后，老杨中风了，瘫痪在床"[⑤]。"交错"这一时序是过去与未来的辩证统一，是宿命和反宿命的角力，是一种富有内涵和暗示意味的形式。七十岁的杨百顺认为，十九岁那年认识牧师老詹是件大事。当一个人走完人生历程，回顾往昔时，能记住的人和事，都是大浪淘沙后的具有重大意义的人和事。牧师老詹的确是杨百顺人生中的重要人物，收了杨百顺为徒，替他改了名字，给他介绍了差事，牛爱国回延津寻找的最后，得到的也是老詹留下来的遗物……作者将这个概括性的结论放在前面，暗示了人物关系的走向，也凸显了老詹这一人物的重要性。当所谓人生中的转折点、人生中的"贵人"出现时，原本混沌、

① 刘震云. 一句顶一万句 [M]. 武汉：长江文艺出版社，2009：86.
② 刘震云. 一句顶一万句 [M]. 武汉：长江文艺出版社，2009：93.
③ 刘震云. 一句顶一万句 [M]. 武汉：长江文艺出版社，2009：261.
④ 刘震云. 一句顶一万句 [M]. 武汉：长江文艺出版社，2009：3.
⑤ 刘震云. 一句顶一万句 [M]. 武汉：长江文艺出版社，2009：6.

随意的命运仿佛有了一丝牵引力，沿着新的命运轨迹不自主地向前进。起点很偶然，过程和结果却成为必然。小说在形式上呈现出时序的"交错"与在主旨思想上呈现出命运偶然性与必然性的"交错"两者相呼应，达到形式与意味的统一，这应该就是"交错"这一时序策略所要凸显的意义。

3. 重复叙事的策略

一是命运的重复。杨百顺的一生经历了形形色色的人物，从事了数份各不相同的职业，其不同时期的命运历程看似大相径庭，实则大同小异，因为其总是在自我重复。自摆脱父亲老杨和豆腐后，杨百顺杀过猪，染过布，破过竹子，种过菜，卖过馒头，虽然职业各不相同，但每个职业从获得至失去的过程大体相同。每一次在杨百顺走投无路时，他都因一些机缘巧合得到一份自己从未打算从事的职业，然后在心中想着有朝一日可以改换门庭，努力地适应着自己目前从事的职业，久而久之，他在内心认定了自己所从事的职业。然而命运弄人，在认定职业以后，杨百顺最终总因一些外在的且不为杨百顺可控的甚至有些荒诞的因素而被驱逐出门，结果他每一次职业身份的确认都以失败告终。不断重复的命运引起了整个故事的裂变和扩展，充实了作品，也使得小说具有了存在主义的色彩。杨百顺一生的命运形象地诠释了存在主义哲学的"被抛""被动承受"，命运的每次转变杨百顺皆无权做主，亦无力改变，他能做的只是接受突如其来的命运转变以及其带来的挫折和失败。当然，杨百顺被动接受命运的安排并不代表其从不抗争命运，只是其对命运的反抗不是西西弗斯式的对荒诞的有意识的反抗，而是一种潜在的反抗，他希望在顺从命运的安排中达到改变或反抗命运的目的。而杨百顺命运的不断重复也证明了个人同命运抗争的无效性，这正构成了小说的荒谬感。在这不断重复的悲剧命运中，杨百顺的愈挫愈勇也展现了命如草芥的小人物的生命的坚韧。

命运的重复还突出地体现在杨百顺、牛爱国祖孙二人的命运重复之上。杨百顺遭遇了一次次职业的失败，承受着与亲人"说不着"的痛苦，也承受着妻子与人通奸的耻辱。在为生存和孤独所迫的辛苦奔波中，他经历了众多"说不着"与"说得着"的人，承受着"说得着"的人不断变成"说不着"的人的痛苦。历尽艰辛后，他找到了他认为是自己一生中最"说得着"的人巧玲，然而命运的车轮又残酷地将这唯一"说得着"的人带离他身边，最后他只得彻底远离故土。多年之后，杨百顺的外孙牛爱国不可思议般地复制着杨百顺的人生命运。祖孙两代所处的时代迥然相异，但命运的历程惊奇地相似，两者命运的重复使得小说饱含命运轮回和历史循环往复之感，在这历史的无限循环中，小说的荒诞感可窥见一斑。

二是场景的重复。杨百顺丢了爱女巧玲后，因寻找巧玲，两天一夜滴水未进，饥饿难耐时，他敲开一家饭铺的门。这饭铺已经封火，掌柜的因杨百顺可怜，捅开火热了热客人没动的一碗面条，并放了白天剩下的所有碎肉，一碗面被掌柜的做成了两碗的分量。这使得读者仿佛穿越时空的隧道，看到了老裴当年带着夜宿打谷场且饥肠辘辘的杨百顺去饭铺吃羊肉烩面的场景，当时饭铺也是已经封火，饭铺的掌柜因老裴是熟人才捅开火用三碗的羊肉做了两碗的面。吃一碗羊肉烩面本是一件稀松平常的小事，但是它重复出现，让读者意识到不管生活如何变迁，郁闷、无奈之时最安全且最能抚慰人心的不是朋友，而是一碗面。此外，它还让读者体会到此事尽管当日发生之时微不足道，但改变了杨百顺一生的境遇。同样的场景重复还有杨百顺因躲避父亲老杨的暴打，和准备去杀娘家哥蔡宝林的老裴在月夜中的打谷场相遇，多年之后，准备去杀老马的杨百顺和躲避继母用钉扎自己的二喜也在月夜中的一个打谷场相遇，且两次相遇两对人的对话内容相似。相似场景的再次出现，勾起了读者有关杨百顺夜宿打谷场的回忆。两相对比，尽管时过境迁，但人物的遭遇以及遭遇中所缠绕的琐事的曲里拐弯相似。由此可见，时间的推移也许会改变人的处境，但从未改变人们所经历的事件的曲里拐弯以及其中所埋藏的无法言说的委屈。

三是话语的重复。小说中屡屡出现"不是……而是……也不是……是……"或"不是……也不是……而是……"这类句型。例如，"老裴也是一时怒从心头起，从床上爬起来，拿起砍刀，就要杀人；但不是杀老蔡，而是要到镇上杀他娘家哥。也不是要杀他这个人，是要杀他讲的这些理；也不是要杀这些理，是要杀他的绕；绕来绕去，把老裴绕成另一个人"[1]。又如，"曹满囤不是说曹满仓家不能买孩子，也不是因为曹满仓家买了孩子，不会再过继他的儿子，无法承受曹满仓的家业，而是这么大的事也不跟曹满囤商量"[2]。这肯定与否定回环往复，制造了一种挖掘事物本质和真相的快感，且这种话语的重复正符合此部小说的内涵和格调。话语的反复出现彰显了世上人事之绕与拧巴以及人心难测的普遍性，这种普遍性也凸显了中国人内心深埋孤独的必然性。再

---

① 刘震云. 一句顶一万句 [M]. 武汉：长江文艺出版社，2009：21.

② 刘震云. 一句顶一万句 [M]. 武汉：长江文艺出版社，2009：235.

如，曹青娥曾告诉满腹心事的牛爱国："日子是过以后，不是过从前。"数年之后，杨百顺的孙媳妇何玉芬告诉了牛爱国同样的话。这种话语重复的意图主要是在重复中彰显话语的意蕴，加深读者对作品的理解。

重复叙事使得小说饱含命运轮回和时间永恒的循环往复之感，在消解历史进步论的同时，让读者体会到了人世的苍凉和荒诞，于无形中营造了一种悲凉之感，彰显并深化小说的主题。重复叙事中的"同中有异、异中有同"使得小说中的人事相互勾连，引起读者的对比、联想，彰显出所叙之事的普遍性。这种普遍性的效果正是作者想着力制造的，小说人物所背负的孤独之感、无法掌控自我命运的无奈之感以及每件事情所包含的曲曲折折，不是属于某个时代的某些人，而是属于所有时代的所有人。这种普遍性的效果，在小说模糊的社会环境中也可以窥见一斑。小说取消了时代背景和历史时间，使得其社会环境的呈现极为模糊，读者无法确定故事的具体年代，这种社会环境的含混性旨在让读者超越具象的感知而进入普遍性的感悟中。

课后思考

1. 讨论《一句顶一万句》中孤独主题的表达方式及社会文化背景。
2. 如何评价小说中质朴、幽默的语言风格对主题的增强？
3. 分析小说中叙述时序的闪回与交错对故事理解的影响。
4. 探讨小说中重复叙事策略的艺术效果及意义。
5. 讨论小说中的人物语言如何反映人物社会身份与个性。
6. 探索小说中的孤独主题与现代社会的联系。

第五讲　金宇澄《繁花》

◎ 知识结构图

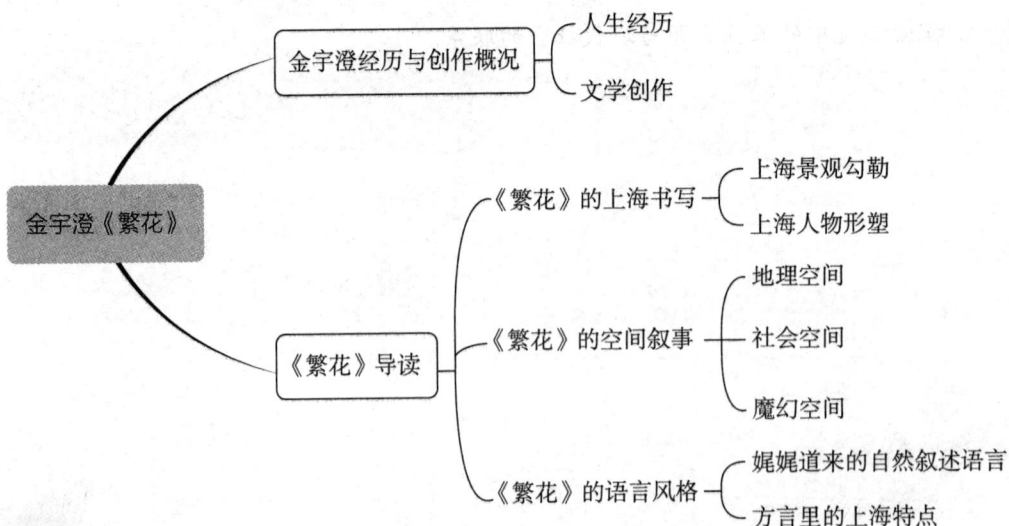

一、金宇澄经历与创作概况

金宇澄，中国当代杰出作家，原名金舒舒，1952 年出生于上海，祖籍江苏黎里。除了其文学创作的成就外，金宇澄还担任《上海文学》杂志的执行主编。他的职业生涯始于 1976 年返回上海后，他先在工人文化宫就职，后于 1988 年加入《上海文学》编辑部，从此在文学界扎下深根。

金宇澄的文学之路始于 1985 年，当时他发表了首篇小说《失去的河流》，该作品不仅受到好评，还荣获年度上海青年文学奖。紧接着的 1986 年，他的小说《风中鸟》再次证明了他的文学才华，获得《上海文学》奖项。1991 年，他的中篇小说《轻寒》问世。此后，1994 年，他出版了中短篇小说集《迷夜》，进一步巩固了他在文学界的地位。进入 21 世纪，金宇澄的编辑和创作活动依然活跃。2003 年，他主编的作品《城市地图》集结了多位作者对城市生活的观察与反思。2006 年，他的随笔集《洗牌年代》通过文汇出版社面世，展示了他对社会现实的敏锐洞察和文学表达的多样性。

金宇澄的文学生涯中的高峰无疑是 2012 年长篇小说《繁花》的出版。这部作品不仅在中国小说学会的年度排行榜上名列长篇小说第一，还在随后的年份里连续获得了第一届鲁迅文化奖年度小说奖和第二届施耐庵文学奖。2015 年，他因《繁花》一书荣获第九届茅盾文学奖，这是中国文学界的最高荣誉之一。

金宇澄的文学风格常被描述为"一种文静的色情，一种舒服的忧伤"。他的创作既继承了中国传统文学的精髓，又不乏创新和现代感。他在作品中展现出对生活细节的敏锐观察和深刻理解，特别是对老物件和历史场景的描写，展现了他对过往岁月的迷恋和思考。金宇澄的个人生活态度也颇具特色，他常被视为孤傲而寂寞的"野生派"作家。他的这种生活和创作态度，在他的作品中得到了完美的体现，使他的文学作品不仅是对外部世界的描绘，也是对内心世界的深度挖掘。通过这种方式，金宇澄不断地在中国当代文学界探索和刷新着文学的界限。

二、《繁花》导读

《繁花》是金宇澄创作的长篇小说，于 2012 年发表在《收获》杂志。《繁花》故事以 10 岁的阿宝开始，以中年的小毛去世结束，起于 20 世纪 60 年代，终于 20 世纪 90

年代。该小说重点描写了两个时间段的上海，一是 20 世纪六七十年代，二是 20 世纪八九十年代，尤其是这两个历史时期上海人的生存状况。除此之外，金宇澄还将笔调触及太平天国时期，甚至远古传说时代，展现的并非上海这座城市的历史记忆，但又与上海的文化背景息息相关。在体裁上，《繁花》充分借鉴和吸收了话本小说的优势，呈现出一种新的韵致。全书分成 31 章，单、双数章节各有一条时间叙事线，一条叙事线谈 20 世纪 60 年代至 80 年代的故事，另一条叙事线谈 20 世纪 90 年代的故事，两条叙事线交叉进行叙事。小说三个主角是军人家庭出身的沪生、资本家家庭出身的阿宝和工人家庭出身的小毛。小说讲这三个上海人从小到大的故事。小说以大量的人物对话与繁密的故事情节，像"说书"一样平静讲述阿宝、沪生、小毛这三个童年好友的上海往事，以 10 岁的阿宝开始，由一件事带出另一件事，讲完张三，讲李四，以各自语气、行为、穿戴划分各自环境，过各自生活。在小说结尾，阿宝与沪生依照小毛的遗言，去帮助法国人芮福安和安娜，这两位法国青年借宿在小毛的房子里，雄心万丈地准备写一个上海剧本，讲述法国工厂主爱上了中国的纺织女的故事。

（一）《繁花》的上海书写

1.上海景观勾勒

城市最直观的呈现就是空间意义上的建筑、街道等景观。对于都市叙事来说，描述城市景观是环境描写的重要部分，也是表现城市文化的一种方式。上海书写亦是如此，上海的高楼大厦、弄堂、天井、商场、影院、舞厅等，多多少少会在文本中出现。《繁花》对上海城市空间的描绘体现了集大成的特色。该小说中既有弄堂景观，也有洋房景致，既有卢湾区的市中心风采，也有曹杨新村的郊区景象，既有电影院、酒吧、KTV、舞厅、咖啡馆、"至真园"饭店，也有弄堂小饭馆等，这些景观体现出综合、杂糅的特征。美国城市规划学者凯文·林奇在《城市意象》一书中将城市意象中物质形态的内容归纳为五种元素：道路、边界、区域、节点和标志物。[①]这些元素构成了观察者观察城市的室外空间。与城市规划学者不同的是，作家对城市的观察往往还包括对城市室内空间的关注。

《繁花》也用了很大篇幅描写上海的室内空间。小说将室内景观描绘与人物居所附

---

①[美]凯文·林奇.城市意象[M].方益萍，何晓军，译.北京：华夏出版社，2001：35.

近的室外景观描绘结合，读者由此可以看出小说人物的阶层差异，如在对小毛、沪生、阿宝各自居所的室内外空间景观的描绘中，可以看出他们分别出身于工人家庭、南下干部家庭、资产阶级家庭的痕迹。

小毛的活动轨迹展现了大自鸣钟区域普通工人阶层的生活空间。小毛家在苏州河南岸长寿路大自鸣钟一带，居所周围工厂密布。小毛家属于典型的上海老弄堂石库门房子，楼内一楼为理发店，二楼住银凤一家与"爷叔"一家，小毛一家住三层阁楼。逼仄的空间景观表达了上海普通市民生活的不尽如人意之处。作家对这种房子的空间格局极为熟悉，甚至手绘了空间布局图。随着小毛的成长，小说描写的空间拓展至叶家宅叶师傅家、樊师傅家、莫千山路春香家的弄堂房子等地。

沪生的家居环境展现了南下干部阶层的生活空间。沪生家在石门路拉德公寓，公寓内配置电梯，"一梯三户，钢窗蜡地，独立煤卫"[1]。小说详细描绘了沪生家的空间格局，从阳台上"朝外眺望，东面是'国际'饭店，东南方向，看见'大世界'暗淡的米色宝塔"[2]。室内布局为现代居室布局，客厅靠墙一排书橱摆满书籍，餐桌居中，另一室（哥哥沪民的房间）堆了大沓报纸、战舰模型。[3]小说也通过沪生的活动轨迹详细描绘了邻居姝华家（同为革命干部家庭）南昌公寓的布局。姝华家的陈设虽然简单，但也带电梯，有"打蜡地板"[4]。沪生家及姝华家位于旧上海租界高级公寓，延续了"老上海"的某些遗风，与小毛家完全不同。

阿宝的经历展现出更为复杂、广阔的图景。阿宝父母是本地革命干部，祖父是资本家。上海解放后，虽然阿宝一家住在弄堂，但家庭环境和小毛家的环境也有很大不同。小说没有直接描写阿宝家这一时期的房子，而通过阿宝的行踪展现了他周围特殊的空间，如淮海路的"伟明"集邮店、思南路邮局斜对面的"华外"集邮店、思南路洋房、"国泰"电影院、复兴中路"上海"电影院。随着阿宝父亲受"潘汉年案"牵连，阿宝一家迁往沪西曹杨新村。小说详细描绘了阿宝一家所住的曹杨新村的居室景观。这种房了被当时的上海人称为"两万户"，两层结构，每幢楼分楼上、楼下各五间。作家对这些景观极为熟悉，详细介绍"两万户"的来源、格局。在此基础上，小说还将视野拓展到阿宝工作的工厂、曹杨新村周边的郊区等。值得注意的是，中华人

---

① 金宇澄. 繁花 [M]. 上海：上海文艺出版社，2013：75.

② 金宇澄. 繁花 [M]. 上海：上海文艺出版社，2013：45.

③ 金宇澄. 繁花 [M]. 上海：上海文艺出版社，2013：74-76.

④ 金宇澄. 繁花 [M]. 上海：上海文艺出版社，2013：70.

民共和国成立后的 30 年间，曹杨新村是社会主义公共空间的典型表征，而在《繁花》中，金宇澄却将其视为私人性空间。

在 20 世纪 90 年代以来的叙事部分中，小说不再直接描绘家庭生活空间，而将重心放在人物交游上，详尽描绘各种"宴饮"场面。李李的"至真园"饭店、进贤路"夜东京"饭店与小毛家莫干山路老弄堂房子等上海景观得以呈现。这时，沪生、阿宝、陶陶及康总等经常出入"绿云"茶坊、JJ 舞厅、大碟黄牛孟先生家、愚园路"有骨"餐馆、长宁电影院二楼咖啡吧、"唐韵"二楼、"香芯"茶馆、"希尔顿""花园饭店"、徐总公司、上海总部西区法式花园、云南路热气羊肉店、"虹口天鹅宾馆"等室内空间。此时也有对上海外部空间的描绘，但不多见，仅第二十九章描绘傍晚苏州河环境的段落令人动容。

2.上海人物形塑

在《繁花》中，除了纵向的时间差外，横向的不同阶层相异的生活方式也是小说的一大亮点。《繁花》中人物众多，身份各异，但线索明晰，人物各具特色，所有人的生活都是边角料，拼凑在一起，可以说构成了完整的上海市民面貌。《繁花》中的人物大概可以分为以下几类。

第一，以小毛为代表的成长一代。小毛代表 20 世纪五六十年代在工人阶级家庭中成长起来的一代人。大自鸣钟弄堂一带的住户大多清贫，"除了资产阶级甫师太，家家户户吃粥，吃山芋粉六谷粉烧的面糊涂"①。这是一种最底层、最基本的生活。小毛就住在这个清贫的弄堂里的一幢三层阁楼里，在周围各色人物的影响下成长。少年时的小毛与沪生偶然结识，并认识了阿宝、蓓蒂、姝华等一系列朋友。此时的小毛与大家的相处是单纯的，虽然各人身份不同、阶层不同，兴趣爱好不尽相同，甚至有冲突之时，但是他们的友谊是纯情的。在步入社会之前，小毛自始至终充当着为朋友分担忧愁的形象，没有丝毫退缩和躲避，这是单纯的小毛。后来小毛成为一名钟表厂的工人，正式步入了社会，与邻居银凤发生了关系，内心有了秘密，整个人变得沉默、内敛。这里的小毛已不复单纯，男女关系的涉入、叶家宅师傅的说教陶染，使他作为男性比沪生、阿宝等人早熟，并且逐渐具备了成年男人的意识，但此时这种成长仍是青涩的，不是完全成熟的。小毛已有强烈的自我意识，姝华、银凤、叶家宅拳头师傅们使小毛

---

① 金宇澄.繁花[M].上海：上海文艺出版社，2013：20.

渐渐看到自己与阿宝、沪生的区隔。此后小毛经历了娶妻、丧妻等种种人生悲喜剧，生活的幸福与不幸让小毛不再热血躁动，逐步成熟。20 世纪 90 年代，小毛迎来了下岗的命运。丧妻之后的小毛后半辈子再也没有组建过新的家庭，无子无女，孑然一身，过起自由、潇洒的生活。小毛甚至庆幸自己是单身。小毛周围的人听说他去了一趟泰国，都非常沮丧。

> 门卫小组长讲，小毛，真是做人了。我不响。小组长说，要是我也这样潇洒走一趟，口眼就闭了……门卫副组长说，放屁，小毛多潇洒，无负担，无家小，看看此地这几只死腔男人的穷相，小囡要吃要穿，要读书，还要买房子，如果我开口想去泰国，我家主婆，先就冲上来，掐断我的头颈再讲。副组长讲到此地，像要落眼泪。[1]

小毛虽然过着羡煞旁人的生活，但依旧不能掩饰他内心的寂寥。因此，小毛与沪生、阿宝再次相聚的场面，令人唏嘘、动容：

> 小毛一呆。十多年之前，理发店两张年轻面孔，与现在黯淡环境相符，但是眼睛、头发、神态已经走样，逐渐相并，等于两张底片，慢慢合拢，产生叠影，模糊，再模糊，变为清晰，像有一记啪的声音，忽然合而为一，半秒钟里还原。前面是沪生，后面是阿宝。沪生说，小毛。阿宝说，小毛。筷子落地，小毛手一抖，叫了一声，啊呀，老兄弟。声音发哑，喉咙里小舌头压紧，一股酒味，眼眶发热。[2]

小毛在此时无法再压抑又刻意压抑的情绪表达着对如今的空虚与寂寥的厌倦与对当年的充实和美好的怀念。病重后，小毛有一群女人探望，但没有一个是其至真至爱，唯一怀念的竟是曾经在小毛家留宿一夜的洗衣服的无名女人。这个阶段的小毛内心对物质的追求和享受已完全放下，对待任何人和事都是笑眯眯的，笑眯眯地坦白假结婚的事实，笑眯眯地解决房产纷争，实则一心求死。在 20 世纪 90 年代的声色犬马、吃吃喝喝中，只有小毛的饭局到底是情真意切的。弥留之际的小毛内心十分平静，唯独

---

[1] 金宇澄. 繁花 [M]. 上海：上海文艺出版社，2013：415.
[2] 金宇澄. 繁花 [M]. 上海：上海文艺出版社，2013：385.

关心自己做过的事、见过的人的真实性，喊了一声"银凤、春香"便撒手人寰，撇下一群哭泣的女人。

作为工人阶级后代，小毛自己也是兢兢业业的工人。然而，对比律师沪生、"宝总"阿宝，小毛最后的结局可以说是落魄而死。青春年少时，他意气风发，三五好友知心陪伴，经历朋友断交，婚后幸福没有多久，即体会丧妻、丧子之痛。到中年下岗，小毛一事无成，却似看开了人生："兰兰一直想帮我，到老公企业里坐班，我不响⋯⋯人命不可强求。现在我做门卫，小股票炒炒，满足了。"①小毛的人生不可谓不痛，他的心境变化是简单粗暴的。小毛并没有什么信仰，却因为自己的生活经历和他所见的阿宝、沪生的不同人生而感慨出做人的道理，更多的是无力感、消沉。

第二，以小毛父母为代表的中间一代，如小毛的姆妈、小毛的爸爸、樊师傅。

第三，以"夜东京"食色男女为代表的迷失的一代。20世纪90年代的上海拥有都市独特的商业背景与文化氛围，相应地便产生了适应商品特性的都市人群。《繁花》里的主人公经过20世纪60—70年代的蜕变，已融入繁华的现代都市中，在灯红酒绿中开启了另一个时代的大门。在20世纪90年代的欢场酒桌之上，作为主角的食色男女从未隐藏他们的"情感"，也从不显露他们的内心。饭局是中国一大特色，是中国人惯于人际交往、解决问题的重要方式之一。《繁花》中20世纪90年代的饭局一场接着一场，以宏庆、汪小姐这对夫妇约梅瑞、康总去乡下小聚为开端，以李李"至真园"饭店开张后宴请各路朋友、玲子"夜东京"请客等饭局为推进，到梅瑞为了庆祝大型恳谈会大摆宴席，各路人马会聚一堂，小说的饭局模式达到了高潮。每次饭局的觥筹交错、闲言碎语，暴露着人与人之间复杂又脆弱和缥缈的关系。各类人物的接触犹如蜻蜓点水，虽然人们表面上具备近在咫尺的接触距离，但彼此的心灵却相隔甚远。

在《繁花》里，玲子等20世纪90年代出场的人物，不论年龄是否与阿宝类同，作者并没有让他们经历20世纪60—70年代。然而读者可以想见这些不同人物的同样身份的类似际遇。从20世纪60年代走出来的雪芝、兰兰等人，虽不似夜东京的食色男女往来熙攘、推杯换盏，但也完全褪去了当年的质朴真情。当年文雅、曼妙的雪芝让阿宝觉得"清幽出尘，灵心慧舌，等于一枝白梅"②。及至分手，雪芝说"坐我的电车，

---

① 金宇澄. 繁花[M]. 上海：上海文艺出版社，2013：414.
② 金宇澄. 繁花[M]. 上海：上海文艺出版社，2013：295.

永远不要买票","抱紧了阿宝"①，哪怕阿宝身上都是油污。而在多年后，已成人妻之时，雪芝和兰兰一起，潇洒快活。小说最后阿宝接到了雪芝的电话，作者又是一笔延宕开来，虽未说明，读者也可读出旧情复燃的味道——不复当年纯情的如其名一般的雪芝。

（二）《繁花》的空间叙事

《繁花》中的空间按照其存在的方式大体分为地理空间、社会空间和魔幻空间三部分。

1.地理空间

地理空间是指现实世界中人们活动的场所。巴赫金提出的"艺术时空体"概念，准确定义了文学作品中的地理空间。"在文学的艺术时空体里，空间和时间标志融合在一个被认识了的具体的整体中。时间的标志要展现在空间里，而空间则要通过时间来理解和衡量。这种不同系列的交叉和不同标准的融合，正是艺术时空体的特征所在。"②正是在他的研究基础之上，小说家对空间的概念有了新的认识，在创作中开始尝试，打破了传统叙事的单一表现手法。地理空间是小说中人物存在的场所，具体存在于虚拟的地理坐标中，表现在小说中即空间场景。《繁花》中有引言和尾声，正文三十一章，作者截取时间的两条线——20世纪60年代和90年代，用穿插闪回的写法，使两个空间交替，描述了背景各异的少年阿宝、沪生、小毛在上海这座城市成长历程和城市变迁。单数章节讲少年眼中"文化大革命"十年的城市空间中发生的故事，偶数章节讲改革开放、经济繁荣后城市的纸醉金迷。到第二十八章，两条时间线索合而为一。小说呈现的是地理空间上海的场景。按照戈特弗里德·本的理论，把这种场景比喻为像橘子的瓣，在一个橘子的橘皮下包裹着的一个个单独的橘瓣，既是独立的个体，也是被橘茎和橘皮连接、包含的整体。③上海是小说的大背景，小说中一切的叙事都完成在这个固定的封闭的空间。而在城市的像橘子的皮一样包裹的大空间中，又分割出小的空间，弄堂街道就是橘子的茎，所有小的空间犹如橘子的瓣，并置或再包围，构成生动形象的地理空间。

① 金宇澄.繁花[M].上海：上海文艺出版社，2013：372.
② 巴赫金.小说的时间形式和时空体形式[M].桂玉芳，王森，译.上海：上海译文出版社，1992：38.
③ 吴冶平.空间理论与文学的再现[M].兰州：甘肃人民出版社，2008：4.

　　小说前半部分中的空间关系是随着人物的命运变化在城市中转换的。沪生的父母是空军干部，他们开始住在茂名路的洋房，然后搬迁到拉德公寓一个英式的公寓，暗示沪生父母的职位的高升，接着搬到了武定路。小说交代 1971 年发生了飞机失事事件，几年后，沪生父母受到牵连，被隔离审查，沪生在城市内的空间位置呈环状转移。阿宝家的地理位置也发生了变化，阿宝的爸爸被怀疑是特务，全家被下放到曹杨新村的"二万户"劳动改造。沪生的空间是从城里到城外移动的。小毛从大自鸣钟一带搬到了春香家。主人公的这种分离、聚合，推动故事情节的发展。关联人物每一个点的物理变化，表明人物生活境遇的转变，暗含作为大背景的社会的变化影响人的空间位置的变化。这些点构成小说基础层面的空间结构，为更高的空间奠定基础。

　　作者对空间的叙述在小说的第一章。作者用白描的手法首先交代了主人公之一阿宝眼中的上海："眼里是半个卢湾区，前面香山路，东面复兴公园，东面偏北，看见祖父独幢洋房的一角，西面后方，皋兰路尼古拉斯东正教教堂……"[1] 这是通过两个少年像摄像机一样的眼睛，缓慢扫过真实的上海空间，像坐标图一样，东西南北全交代清楚。看似不经意的地理位置描述，背后呈现的是有序的上海的街道、上海的建筑，字里行间充满平和与温情，青梅竹马、两小无猜的男孩儿、女孩儿定格在作者的第一幅手绘图画里。除了有大场景的空间交代，作品中还有许多地方对小场景做了细致入微的刻画：

　　　　此种房型，上海人称"两万户"，大名鼎鼎，五十年代苏联专家设计，沪东沪西建造约两万间，两层砖木结构，洋瓦，木窗木门，楼上杉木地板，楼下水门汀地坪，内墙泥草打底，罩薄薄一层纸筋灰。每个门牌十户人家，五上五下，五户合用一个灶间，两个马桶座位。对于苏州河旁边泥泞"滚地龙""潭子湾"油毛毡棚户的赤贫阶级，"两万户"遮风挡雨，人间天堂。[2]

　　这种空间场景的描写就像照片一样真实，交代了阿宝一家在曹杨新村改造生活的环境，同时一句话跳到另一个上海的"下只角"苏州河畔的环境，用两个空间迥异的

---

① 金宇澄. 繁花 [M]. 上海：上海文艺出版社，2013：14.
② 金宇澄. 繁花 [M]. 上海：上海文艺出版社，2013：137.

对照，交代了时代背景下两个阶层的对比，凸显了作者深刻的空间记忆。

场景一般是对话式的，习惯上被认为代表着叙事时间与故事时间的等同状态。①从中可以看到场景空间包含了叙事时间，文本的阅读状态呈现的是空间性的。

> 二楼爷叔探出窗口说，小毛，我讲过多少遍了，此地不许生煤炉，拎得远一点好吧。小毛不响。听到二楼娘子问，做啥。爷叔说，这帮剃头乌龟，赤佬，最最垃圾，专门利用笨小囝做事体。二楼娘子说，啊呀呀呀，有啥多讲的，多管闲事多吃屁。小毛拎起煤球炉。楼上窗口探出二楼娘子银盆面孔，糯声说，小毛呀，唱得真好，唱得阿姨，馋唾水也出来了，馋痨虫爬出来了，全部是，年夜饭的好小菜嘛，两冷盆，四热炒，一砂锅，一点心。赞。②

这是一个三人在场、两人对话的场景，虽然故事的时间在继续推移，但运行的速度极慢，几乎凝滞。读者在阅读时不会感到时间的流动，但通过对话得到了空间的信息：爷叔在二楼的窗口处，楼上还有娘子，两个人在空间的上方，小毛在空间的下方。读者可通过阅读感知一个空间。

2. 社会空间

小说展现的故事发生、发展的地理空间是固定的，但其孕育生成的社会空间异常浩瀚。空间不仅存在可见的地理区域，还诞生了无形的、摸不着看不见的、弥漫在地理区域中的社会关系、文化形态，空间是社会文化的意识形态折射到现实的具体镜像。所以，它们相互作用，互为表征。社会空间的客观性一方面表现为自然的属性（社会空间单纯指人们活动的场所），另一方面表现为抽象性（社会空间是在人们的交流过程中体现的非物质的空间）。它以人们的生存和交往为目的。

《繁花》里的社会空间，经历了平静—动乱—繁荣—堕落几个阶段。

3. 魔幻空间

魔幻现实主义是拉美文学重要的特征，也是在我国文学界有极高接受度的文学流

---

① 热奈特. 叙事话语：新叙事话语[M]. 王文融，译. 北京：中国社会科学出版社，1990：11.
② 金宇澄. 繁花[M]. 上海：上海文艺出版社，2013：23.

派。魔幻现实主义被西方现代派文学推崇,包含独特的拉美风格,将神话、幻想、现实糅合在一起,产生光怪陆离、色彩斑斓的虚幻场景,制造现实与非现实的空间。《繁花》中的阿婆和蓓蒂是重要的人物,出现在小说的第一章,在小说的第十三章就消失了。按照鲁斯·罗农的观点,魔幻空间是一种异质的空间,同小说中的其他空间交流需要特殊的条件。蓓蒂家的绍兴阿婆用寓言故事和梦境建立起魔幻空间。阿婆在第一章就叙述了两个同"心"相关的故事,第一个是被偷走心的大老爷荡马路时被买菜的老女人呵破了菜心和人心的定义,人心没有了,人就没有了。老爷听后当场翘辫子死了。这个故事的完成是阿婆讲了个开头,小蓓蒂接续了后半段,可见阿婆已经讲了不止一次。第二个故事实际同第一故事是一个版本内容,传说妲己让商纣王剖出比干七窍玲珑的心给她观赏。因姜子牙用法术保护了比干,让他服下神符,所以比干即使无心也可活命。但是如果遇见卖菜的卖无心菜,比干要问他:"人如果没了心会怎样?"卖菜的人若回答"人无心可活",比干会安然无恙;如果卖菜的人回答"人无心即死",比干会立刻毙命。结果没有了心的比干遇见的卖菜妇人回答"人无心即死",他立刻血流如注,大叫一声,断了气。比干死后,其墓旁长出许多空心菜和空心柏树。作者为什么在开篇要设置这个人物,讲这样一个荒诞的故事呢?它同后面的作者对上海民俗、街道的详说细解的现实主义写法格格不入。实际上作者用寓言故事设了一个预言,在书中形成暗流:人无心——人失去了崇高的灵魂,堕入物质欲望的深渊,只有面临死亡。这是作者第一次触到了"死亡"的主题。

第三章、第七章两次讲到阿婆梦见阿婆的外婆——一个揣着金元宝从太平天国天王府逃出的宫女,外婆的金子没了,只剩下棺材板和像一根鱼刺的外婆。作者构建了一个阿婆的外婆的魔幻空间中的太平天国天王府,王府里到处是金子:金天金地,马桶、苍蝇拍子、女人衬里裤子、马车、碗、筷子、拖鞋等统统是金子做的,整个王朝金碧辉煌,光芒万丈。

> 天国国庆节一到,百官观礼,天王老爷勾了金面,黄蟒玉带,出宫门开庆祝会,朝广大劳动模范挥手,底下就哭了,三呼万岁万岁,接下来,就是开游园会了,金锣开道三十对,金盔金甲,飞金字肃静牌,回避牌,清路旌旗,飞虎旗,飞龙旗,前后撑金扇,红缎子金伞,也叫"红日照"。①

---

① 金宇澄. 繁花[M]. 上海:上海文艺出版社,2013:14.

（三）《繁花》的语言风格

1.娓娓道来的自然叙述语言

在《繁花》中，作者的角色（类似早期作品中的"我"）从未出现，更没有类似旁白或自言自语式的语句出现，作者的角色退回最隐秘的位置，作者在写作技巧上追求自然、不刻意。

《繁花》的叙述特点还表现在《繁花》中的"不响"上。作者将"不响"贯穿整篇，并不刻意凸显或刻意指明人物的心理活动及动作意图。综观整部《繁花》，共有1 000多处"不响"。如《繁花》第二章里的这一段：

> 早春的一夜，汪小姐与宏庆，吃了夜饭，闷坐不响。汪小姐说，我这种枯燥生活，还有啥味道。宏庆说，又来了。汪小姐说，讲起来，我有小囡，等于是白板。宏庆不耐烦说，已经跟我娘讲了，小囡，可以搬回来住。汪小姐说，算了吧，还会亲吧，我预备再养一个。宏庆说，不可能的。汪小姐说，我要养。宏庆说，如果超生，我开除公职。汪小姐说……我只想养小囡。宏庆打断说，乡下表舅，要我去踏青，一道去散散心吧。汪小姐不响。宏庆说，风景好，房子大，可吃可住。汪小姐说，是两个人去。宏庆说，两人世界嘛。汪小姐说，我想三人世界，有吧。宏庆不响。①

频繁出现的"不响"，把汪小姐夫妻关于生孩子的话题推来挡去，描述得十分传神。汪小姐的丈夫宏庆是公职人员，根本不想冒超生风险再要孩子，二人围绕这个话题展开对聊。宏庆多次"不响"，由此不难看出，这些"不响"里充满不耐、反对，甚至厌烦。汪小姐并非不知道宏庆的态度，然而她佯装不知，软磨硬泡，二人为此在看似平淡的对话中多有交锋。把丰富的人物心理悉数隐藏在对话之下，这是《繁花》叙述语言的一大亮点。

2.方言里的上海特点

梳理《繁花》中的方言运用，可以发现里面的语言基本可以划分为两种：一是叙

---

① 金宇澄. 繁花 [M]. 上海：上海文艺出版社，2013：28.

述语言，基本上是普通话，有利于读者进行阅读和理解；二是对话语言，较多地插入了上海方言，带着一股浓郁的上海气息，这些对话给读者带来一种身临其境的感觉，味儿很足。

《繁花》中的方言基本是一些日常用语，如"做啥""阿姐""晓得""是吧"等，都是简单而传神的，因而不会造成非上海读者的阅读困难。一直以来，方言写作最大的难点就是要想方设法让非方言读者跨越理解上的隔阂。对此，金宇澄的处理方法很值得借鉴：并非所有的语言都进行方言转化，叙述语言基本用普通话，在人物对话中有选择地采用方言，且只采用那些简单而传神的词语，如"好吧""立起""挺尸""黄鱼脑子""脑子进水"等，这些上海方言词语，就算非上海读者也能迅速领会其意思，这种对方言的选择性应用，在方言写作中尤为重要。

通读《繁花》，还能发现一个有意思的字眼，那就是"赞"。"赞"对今天的读者并不陌生，是时下很流行的一个网络用语。金宇澄小说中的"赞"，与作为网络用语的"赞"有何关联？评论家陈建华认为，在《繁花》这部小说里，"赞"其实是上海话中的"薪"，也就是"妙"的意思。在对话中，"赞"往往表达高度认同。金宇澄其实是"借鉴时下的网络用语"，对上海方言进行了一种改良式使用。①

《繁花》运用上海方言讲故事，在对话语言中有选择性地插入方言，对小说的叙事及对白方式进行了大胆的尝试，同时，巧妙地将晦涩难懂的地道方言与普通话融会贯通，降低了普通读者的阅读难度。在写作《繁花》时，金宇澄很注意这个问题，"避免使用沪语的拟音字"，而更突出沪语的内在精神。所以，《繁花》中的上海话，应该连北方人都能读懂。如《繁花》中的这一段：

> 小毛说，大妹妹跟兰兰，是再以后的一路的小"赖三"，又懒又馋，要打扮，天天荡马路，随便让男人盯梢，跟'摸壳'男人，七搭八搭，喜欢痴笑。沪生说，为啥叫"摸壳"。小毛说，就等于以前的阿飞，留J勾鬓角，黑包裤，市里的跳舞场，溜冰场早就取缔关门，只能到马路上，做"马浪荡"，养鸽子朋友懂的，雄鸽子要"盯蛋"，雌头前面走，雄头后面盯，走也盯，飞也盯，盯到雌头答应为止，也是二楼爷叔讲的，这就叫"盯赖三"，或者"叉赖三"。"赖三"前面走，"摸壳"后面盯，搭讪，这个过程，也叫"搓"。沪生说，为啥呢。小毛不耐烦说，打麻将，上海叫"搓"麻将，为啥。

---

① 陈建华. 世俗的凯旋：读金宇澄《繁花》[J]. 上海文化,2013(7)：15-28.

沪生说，不晓得。小毛说，"叉"就是用手，乱中求胜。因此这种男人，就叫"摸壳"。[①]

　　《繁花》中的方言，即使读者合上书，也仍然能回荡脑海。为什么？因为金宇澄在书中选用的这些词句，在不同的场景和对话中，能延伸出不同的意思，而且词句本身就很有表现力，能把说话人的语气、神态透过字里行间活灵活现地呈现出来。如上段文字中的"赖三""摸壳""马浪荡"等词，都有这样传神的效果。《繁花》以高密度的上海方言进行写作，为读者奉上一本味道浓郁的老上海画册，让来自五湖四海的读者都能精准地体验到纯正的上海文化、上海魅力，对推广上海文化有非常积极的作用。从这个角度来讲，金宇澄在方言写作上的探索很有借鉴价值。

◎ 课后思考

1. 描述《繁花》如何通过地理空间来构建故事。

2. 讨论上海景观在塑造小说氛围中的角色。

3. 分析《繁花》中上海方言的特点及上海方言对地域文化的反映。

4. 探讨小说中社会空间与个体命运的关系。

5. 探讨《繁花》中的魔幻元素如何服务于主题表达。

6. 比较《繁花》与其他当代中国小说中的城市书写。

7. 探讨《繁花》中的语言风格对读者体验的影响。

---

① 金宇澄. 繁花 [M]. 上海：上海文艺出版社，2013：319.

第六讲　苏童《黄雀记》

◎ 知识结构图

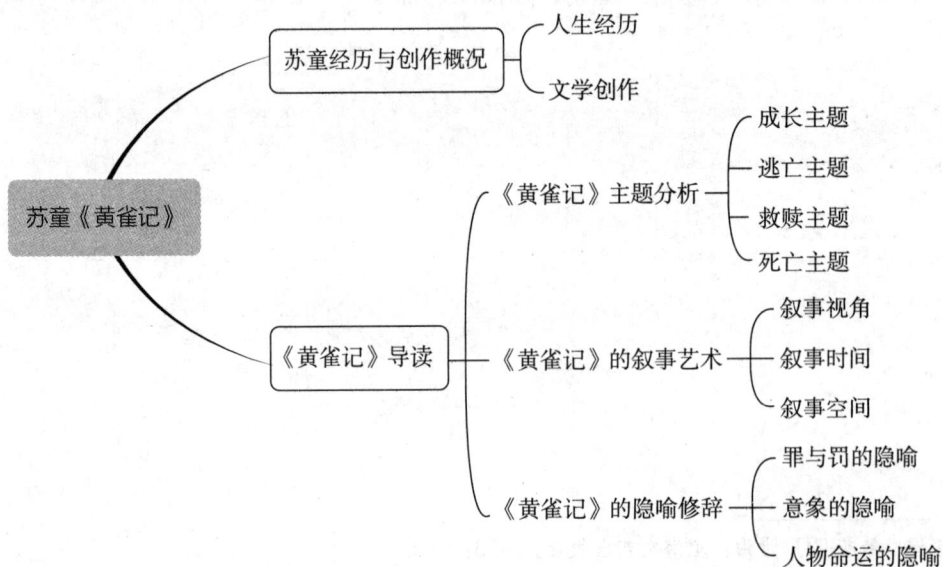

一、苏童经历与创作概况

苏童，原名童忠贵，1963 年出生于苏州——一个具有深厚文化底蕴的城市。他的父亲是一名公务员，母亲在当地的水泥厂工作。1969 年，年仅七岁的苏童入学齐门小学，然而不幸的是，在九岁那年，他患上了严重的肾炎和并发的败血症，这段经历让他不得不休学并在家中疗养，他从此对生命的脆弱有了切身的体会。1975 年至 1980 年，苏童在苏州的 39 中就读，表现出特别的文学才华，尤其在作文方面。1980 年，他考入北京师范大学中文系，这标志着他文学之路的正式起步。在校期间，他开始尝试写作，虽多次被退稿，但未曾放弃。

1983 年，苏童在《青春》杂志上发表了他的短篇小说处女作《第八个是铜像》，这标志着他作为小说家的正式出道。1985 年，他加入了《钟山》杂志社，成为该杂志社年轻的编辑之一。1987 年，苏童与中学时代的同学魏红结婚。同年，他的作品《桑园留念》发表在《北京文学》杂志上。苏童认为，这是他第一部真正意义上的小说。1988 年，苏童的作品集《1934 年的逃亡》由上海社会科学出版社出版，其中的《妻妾成群》后来被改编成电影《大红灯笼高高挂》，该片在国际上获得了很大的成功，如获得了威尼斯电影节银狮奖和奥斯卡最佳外语片提名。

20 世纪 90 年代以来，苏童的文学创作进入了一个新的高峰期。他开始尝试写长篇小说，并陆续发布了多部作品，如《妇女生活》《米》《我的帝王生涯》和《城北地带》等。这些作品深入探讨了中国社会的多层面问题，显示出苏童对人性的洞察力和敏锐的社会观察力。2003 年至 2004 年，苏童的国际影响逐步扩大。他参加了新加坡"作家节"和法国图书沙龙等国际文学活动。这些活动不仅展示了他的作品，也使他得以与更多的作家交流思想。2005 年，他出版了长篇小说《碧奴》，该作品不仅在中国引起广泛关注，还被推向了国际市场，成为全球同步出版项目中的中国神话作品，后来在全球十五个国家推出。这一作品体现了苏童对中国传统文化的深刻理解与现代表达的融合。

2013 年，苏童发布了他备受期待的长篇小说《黄雀记》，首发于《收获》杂志。这部作品由于篇幅限制，作者不得不进行了删减，但完整版由作家出版社出版，迅速成为中国文坛的重要作品。《黄雀记》不仅是苏童文学道路上的一个重要里程碑，也是他创作生涯中的高峰。此书深入探讨了个人与社会、传统与现代之间的复杂关系，以及历史记忆对现代生活的影响。2015 年，苏童凭借《黄雀记》荣获第九届茅盾文学奖，这是中国文学界的最高荣誉之一，标志着他在中国文学史上的重要地位。同年，苏童被聘为北京师范大学的驻校作家，加入了贾平凹、余华、严歌苓等著名作家的行列，这不仅是对他文学成就的认可，也是对他在文学教育中潜在贡献的期待。

苏童的作品广泛涉及中国社会的多个层面，从家庭到社会结构，从个人情感到历史变迁，他的小说充满了对中国现实的深刻洞察和对人性的细腻探索。通过对传统文化的重新诠释和对社会问题的批判性思考，苏童不仅在文学上赢得了高度评价，也在文化上产生了深远的影响。他的国际交流活动，如出席新加坡作家节、法国图书沙龙等，都显示了他在全球文学舞台上的活跃身影。通过这些平台，苏童不仅将中国文学介绍给了世界，也使得全球读者更好地理解和欣赏中国的文化与社会。

二、《黄雀记》导读

《黄雀记》是苏童创作的一部长篇小说，讲述了 20 世纪 80 年代发生在香椿树街的一个悲剧故事。故事围绕三个主要人物展开，分别是普通少年保润、纨绔子弟柳生和一位名叫仙女的少女。

小说的开始部分讲述了保润祖父为了保持遗照的"新鲜"而年年拍照的故事。保润在取遗照时意外看到了一张愤怒的少女脸，这张脸让他产生了深刻的印象。随后，保润被柳生陷害犯罪，坐牢十年。后来，柳生改邪归正，并替保润照顾他的祖父。保润出狱后，三人尝试和解，但最终未能成功，保润杀死了柳生。小说通过这三个不同当事人的视角，构建了一个三段体的叙事结构，展现了他们后来的成长和不断碰撞。这个故事反映了当时社会的变迁，以及个体在其中的生存状态和心理变化。

《黄雀记》不仅是一部关于罪与罚、自我救赎、绝望和希望的小说，也描绘了那个时代的社会风貌和人们内心的复杂性。通过这部作品，苏童展现了他对那个时代社会变迁的深刻洞察。

（一）《黄雀记》主题分析

小说的主题是一部小说的灵魂，是小说内容构成的核心，是作家对现实生活和人生体验进行整理和提炼后得出的思想结晶。小说的主题通常寄寓在小说的故事情节以及人物形象当中。《黄雀记》的文本内容丰富，故事情节跌宕起伏，刻画了三个主要人物形象，蕴含了诸多主题，小说中的成长、逃亡、救赎、死亡四个主题就是通过这个故事而展开的。

1.成长主题

保润、仙女、柳生都是香椿树街上典型的少年，懵懂、躁动、青涩。正处于青春期的他们，对未知的世界有着十足的新奇感。身体也开始急速地发育，促使他们急不可耐地想要探知奇境，尝遍新奇的滋味。保润青春期在生理上的躁动围绕着与仙女相关的梦境呈现出来。《黄雀记》的故事开始于春暖花开的季节，祖父每年的这个时候都要去鸿雁照相馆拍照，保润便要跑腿去取回祖父的照片。但这一次，照相馆错将一名少女的照片装进了本该装有祖父照片的小纸袋里，保润因为无名少女脸上的愤怒而萌发出了朦胧的爱意。苏童通过描述保润与无名少女争吵，保润梦见 S 形的仙女穿着溜冰鞋在一张巨毯上划着 S 形的线路，并且被一群陌生的男生围观，可是自己怎么也碰不到仙女，表现保润渴望仙女却不能拥有的愤怒和挫败。梦境不仅是保润青春期情感上的投射，还给保润带来了青春期生理上的反应，"梦联结着身体，他感到肩膀上的刺痛，那刺痛缓缓地往下传递，一直传到腹部以下，然后，他醒了"[①]。

保润青春期在情感上的萌动围绕着和仙女的相处展开。保润的性格木讷、羞涩，并且敏感、易怒。仙女无礼、任性且势利。保润不会表达对仙女的喜欢。仙女对保润的喜欢不屑一顾。二人在井亭医院的初次相遇，便以相互谩骂开始。但是保润对仙女的爱慕之心，使他本能地对仙女产生更多的关注。他心中构想着给仙女的第一封信，鼓起勇气和仙女打招呼，去车站接仙女看电影时感到莫名胆怯，会因为自行车后座的仙女偶然触碰了自己的身体而感到内心的明亮和温情。出电影院和仙女在同一件雨披下行走，小心地将二人的电影票根当作纪念留了下来，保润不禁沉浸在喜悦的情感中。然而，在旱冰场上仙女完全无视保润，注意力全部被另一个技艺精湛的男孩子吸引，这样的情景让保润产生了巨大的心理落差。他挑衅不成，反遭仙女嫌弃，只能选择离开。他找仙女讨要旱冰场上的八十元押金，仙女赖账不还，二人发生争执。既然对仙女的爱慕得不到对等的回报，保润决定向仙女实施报复。他以仙女的两只兔子作为要挟条件，换取一次和她跳一场小拉的机会，以此完成二人的和解，同时满足自己对爱

---

① 苏童.黄雀记 [M].北京：作家出版社，2013：17.

情的浪漫幻想。但是，因为仙女的再次不配合和威胁，保润愤怒地用狗链子将她捆起来。《黄雀记》中的"我爱你"三个字被苏童加粗，并且在保润偷走仙女的兔笼时、保润将兔笼藏到水塔时、保润和仙女争夺兔笼时、保润捆完仙女跑出水塔时反复出现了四次。"我爱你"三个字代表了年少的保润对仙女的青涩感情，但"我爱你"在小说情节中出现的位置同时证明了保润对仙女情感上的莽撞。保润对仙女的感情算不上完美，这不完美的感情不仅给保润带来了厄运，也令仙女和柳生的青春不得安宁。

仙女追求时尚，打着浅绿色的阳伞，脖子上挂着紫色塑料蝴蝶挂件，手臂上戴着廉价的仿绿松石手链；她爱面子，喜欢和香椿树街大名鼎鼎的柳生一起玩儿；喜欢罗医生儿子的摩托车；喜欢用收音机收听最新的歌曲；并且崇拜旱冰场上技惊四座的男孩子，愿意和他一起滑冰。仙女的这些小心思，充满了青春期少女的懵懂和期待，她以此来证明自己的魅力。小说对柳生的青春期生活正面描述得不多，但从柳生和保润的交谈的细节中会发现，柳生喜欢用一些暧昧的字眼，他的青春也被欲望包围着。三人懵懂的青春给他们的生命增加了动力，但错误的行为方式使得他们的成长不得已而终止。

保润的家庭本就不和睦，母亲霸道，父亲懦弱，祖父疯癫，他性格中的易怒特征，也使得他与母亲的沟通极不顺畅，争吵不断，他的成长缺少了来自家庭的温暖。保润十八岁正当青春年少时，本该在烹饪学校学习，却因担负起照顾祖父的责任，把大好时光全部浪费了。井亭医院隔绝了保润与同龄人的正常相处，在旱冰场上，他的着装、表情和神态都与同龄人格格不入，他没有可以交流的朋友。而出于年轻人好奇的心性，保润一直关注着仙女，对仙女萌生喜爱之情，但他的敏感和自尊又使得他不会表明自己的爱意，这造成了他与仙女之间的诸多不愉快，间接酿成了水塔的悲剧。亲情、友情、爱情都无法给予保润成长中该有的温暖和支撑，保润成了一个被孤独和苦闷操纵着的不幸个体。而后保润的十年青春被迫在枫林镇监狱度过。在监狱中，他与时代呈现出一种脱轨的状态。保润出狱后，对社会日新月异的变化没有太多关心，对自己的未来也没有规划。他回到了满载他少年回忆的井亭医院。他困惑于仙女对自己的仇恨，惦念着文化宫的旱冰场，执着于同仙女跳一场小拉，沉湎于同仙女和柳生过去的情感纠葛。保润在井亭医院和枫林镇监狱被动地脱离时代潮流，而出狱后，他专注于过去、主动疏离时代的选择，则意味着他的青春成长已经终止。

仙女的成长充满了意外和坎坷。她的成长环境、影响最大的水塔事件以及改名为白小姐后的生活，都使得她的成长偏离了正常的轨道，她的成长也无法顺利进行下去。仙女自幼被老花匠夫妇领养，并在井亭医院里度过了她的青春时代。老花匠夫妇不能给予仙女正常父母的温暖和关爱，井亭医院封闭的空间使她的成长与孤独为伴，她显得无依无靠。仙女常把病人当作玩伴，在一次玩耍中误把病人给的药丸吞下肚导致了昏睡，从此排斥任何人，并以愤怒和谴责的态度对待这个世界。在水塔事件后，仙女的成长再一次偏离了正轨，她不得已早早地挥别自己的少女时代。仙女改名为白小姐后，从一个刁蛮任性的小女孩儿长成为一个非常社会化的、时代化的女性。

柳生和保润是朋友，可是当灾难来临的时候，柳生却将自己的罪行扣到保润头上。柳生能够独善其身，却也陷入了对朋友不仁不义的境地，在精神上背负着背叛朋友的枷锁。对仙女的伤害也成为束缚柳生精神的重要部分，以至于他刻意地躲避当年的案发地水塔，在十年后第一次见到仙女时感到恐惧。柳生对自己的家庭是充满亏欠的，家里为了捞他出狱而负债累累，因此他时刻谨记父母的唠叨，为人处世小心翼翼。柳生隐藏了罪行，躲过了牢狱之灾，获得身体行动的自由，但他的精神被深深的负罪感和恐惧束缚着，他的青春不再恣意快乐，他的成长被"夹着尾巴做人"填满。

2.逃亡主题

苏童的《黄雀记》通过描绘不同人物的逃亡经历，展现了人在极端压力下的生存挣扎和精神探索。逃亡作为小说的核心主题，不仅体现在物理上的逃离上，也体现在精神和心理层面的逃避与自我救赎上。

柳生将犯罪嫁祸给无辜的保润，免去十年牢狱之灾。可是柳生并没有在外面世界里逍遥自在，他承受着无比沉重的法律之外的道德压力与自责，画地为牢，成了精神的被缚者和逃亡者。他必须时刻夹着尾巴做人。他替保润尽孝，照顾祖父的同时，在为自己赎罪。表面上柳生在社会上是个头脑聪明、成功的商人，但在他内心"罪犯"的标签没有因他的赎罪而褪色。所以，当张师傅提起当年的水塔事件，柳生受到了伤害，"一戳就痛"。柳生在监狱之外，但俨然已成了逃亡之人，追逐他的是青春的罪恶，是无尽的愧疚和羞耻。柳生的逃亡体现了道德与心理的双重负担。在错误地将犯罪归咎于无辜的保润后，他虽然逃脱了法律的制裁，却始终未能逃离内心的自责和道德的谴责。这种心理的枷锁使他无时无刻不在为过去的罪行赎罪。尽管在外人眼里他是成功的商人，但内心深处的罪犯标签始终未能抹去。他的逃亡是对自我认知的逃避，也是对过去无法挽回错误的持续忏悔。

仙女的逃亡更加曲折和复杂。仙女在精神病院跟着养父母长大，院里的水塔包裹着黑暗、神秘的气氛，她漂泊多年后又宿命般回归了原地。她以白小姐的身份再次回到香椿树街。作为"仙女"，她联结着被伤害的屈辱和历史，是一个值得同情的角色。而"白小姐"的身份与社会转型时期经济发展潮流对应，成为香椿树街秩序的闯入者和破坏者，使得本不宁静的香椿树街再度波澜四起。她间接地逼死了处在低谷的驯马师瞿鹰，扰乱了庞先生家人的平静生活，最后又不知不觉成了保润杀害柳生的帮凶。这导致的必然结果便是她成了香椿树街的公敌，最终被围攻，被逼上逃亡之路。从精神病院出逃后，她在社会和精神上经历了多次的回归与再逃亡。她的身份从仙女转变为白小姐，象征着从纯洁到世俗的转变，也反映了社会变迁和经济潮流的冲击。她的逃亡路线是对个人历史的重演，也是对现实社会压力的无奈应对。她的行为虽然导致了周围人的痛苦，但也是她在寻找身份认同和生存空间中的无奈选择。

逃亡不仅影响逃亡者本身，也对周围人产生深远的影响。在《黄雀记》中，每个人物的逃亡行为都以不同的方式影响了他们的社会关系和个人命运。例如，柳生的行为不仅影响了保润的未来，也复杂化了他与周围人（包括仙女和他照顾的祖父）的关系。虽然逃亡行为是个人的选择，但其结果和影响是社会性的，波及家庭、朋友甚至整个社区。逃亡主题在小说中还呈现了一种复仇的循环。虽然柳生的逃亡暂时使他逃离了法律的制裁，但他的过去行为最终引发了保润的复仇。这种因逃亡而产生的复仇再次证明了逃亡无法真正解决问题，而只是推迟了冲突的爆发。逃亡成为一种悲剧性的循环，既无法带来真正的解脱，也无法结束内心的痛苦和外界的追逐。小说的结尾并没有给出一个明确的解决方案或完美的结局。逃亡者的命运多是悲剧性的，但苏童通过这些故事向读者提出了关于生存意义、人性的复杂性和社会正义的深刻问题。

3. 救赎主题

苏童的《黄雀记》是一部探讨罪行与惩罚、救赎与绝望交织的复杂小说。通过柳生的角色，作者描绘了救赎之路的艰难与复杂性以及这一过程中的心理变化和社会互动。

柳生对替自己顶罪的保润，是心存恐惧和愧疚的。为了向保润赎罪，他两次去枫林镇监狱探望保润。他第一次去监狱探望保润，带着精心挑选的礼物，却因为凑打桌球的热闹错过了监狱的会客时间。他第二次打着陪祖父看望保润的旗号来到监狱，以钱作为给保润的见面礼，却在接待室即将见到保润时临阵脱逃了。两次失败的枫林镇监狱之旅体现出柳生的胆怯心理。他无法做到坦然地面对保润，只能以物质来弥补对保润的亏欠和内疚。同时，柳生把对保润的亏欠都还到了祖父的头上。他接替保润担起照顾祖父的责任。保润出狱后，柳生带他去见祖父，带他去墓地扫墓，给他讲香椿树街的变化，但只字不提过去的恩怨。柳生还极力促成了保润想与仙女跳一场小拉的心愿。他以为他这样做，保润就可以不计前嫌，两人便互不相欠。对于仙女，柳生一直试图做出补偿。柳生在与仙女的交往中小心谨慎，接受她的任性、粗暴，对她言听计从，帮她上门讨债，为她寻找住处，为她向庞先生要钱而出谋划策。仙女对柳生来说更像是道义上的负担，柳生恐惧仙女会旧事重提，他对仙女的百般讨好实则是为了逃避自己曾经犯下的错误，摆脱道德上的负罪感。柳生的救赎之旅充满了内心的矛盾与挣扎。尽管他试图通过访问监狱、送礼物、照顾祖父等行为来弥补过去的错误，但这些行为常常显示出他的胆怯与不安。他的访监行为揭示了他对面对保润的恐惧，这种恐惧促使他用物质礼物来代替真正的心理救赎。柳生的救赎不仅仅是对保润的，柳生也试图通过对祖父的照顾来减轻内心的愧疚，这反映出他救赎行为的复杂性与多重性。

柳生的救赎行为未能让他得到真正的救赎，他的内心仍遭受着愧疚和恐惧的惩罚。保润的阴影时刻跟随着柳生。他看到从火车上飞下的尼龙绳圈会想到保润；他能听到井亭医院水塔中幽灵的呼唤；他看到保润自行车后架上的一圈绳子，就看到了保润粗壮的身影，听到了保润对他的召唤；他在水塔里躲难时，仍旧有一个神秘的幽灵不允许他睡觉，泵房上当当的声音仿佛是幽灵对他的控诉。这些都是对柳生自以为得到救赎的嘲讽，他无法摆脱保润的阴影。白小姐的魅影也跟随着柳生。柳生留恋并接近白小姐，却又畏惧白小姐随时会影响自己现在的生活光景。所以，当保润和白小姐跳小拉时，柳生又把白小姐推向了保润一边，不再考虑她的感受。柳生身上残存的赎罪意愿和利己本能在不断地相互拉扯，他徘徊不定，最后还是后者占了上风。尽管表面上柳生在社会上保持着一定的形象和地位，但是他的内心深处充满了罪恶感和恐惧。从火车上飞下的尼龙绳圈到井亭医院水塔中的幽灵呼唤，这些幻觉和声音不断提醒他无法逃避过去。这些内心的幻影成为柳生救赎之路上的阻碍，揭示了虽然物质上的赎罪已经完成，但是心理上的救赎远未实现。仙女是柳生救赎旅程中的核心人物之一，她的存在不仅是柳生道德负担的体现，也是他内心欲望与赎罪愿望冲突的舞台。柳生对仙女的接近出于对过去罪行的补偿，也是因为无法抗拒她的吸引力。他对仙女的态度反映了他在赎罪与满足自我欲望之间不断挣扎的复杂心理。

柳生的行为表面上看是在尽力赎罪，但实际上他更多的是在保护自己的利益和现有的生活。当面对真正的挑战和选择时，柳生往往会选择保护自己而非彻底救赎。这种利己的行为与他的救赎愿望之间的冲突，使他的救赎之路显得艰难和充满讽刺。最终，柳生的救赎尝试未能带给他内心的平静，反而让他更加深陷于自我矛盾和心理困境之中。他的救赎之路被各种个人利益撼动，揭示了在现实世界中寻求心灵救赎的困难。柳生的救赎失败不仅体现在他无法克服内心的恐惧和罪恶感上，还表现在他无法真正理解救赎的深层含义上。

4. 死亡主题

苏童认为："死亡从某种意义上来说是一种摆脱，所以在我的小说中，死亡要么是兴高采烈的事，要么就是非常突兀，带有喜剧性因素。死亡在我的小说里不是可怕的事。"[1] 死亡在苏童的小说中随处可见，在《黄雀记》中也多次出现。

无常的死亡犹如天灾人祸，突如其来，防不胜防。保润的父亲在人生路途上遇到的种种厄运，皆因在井亭医院照顾保润的祖父而起。他在井亭医院照顾保润的祖父半年，精神和身体都意外地遭到了重创。保润的父亲突然对挖坑产生了兴趣，他听得见土坑里的声音，那声音扰乱了他的思想，他也丢了魂。日夜照顾保润的祖父，却只能睡躺椅，他的脊柱出了问题，加之突然的中风拖垮了他的身体。保润的父亲此后共经历了三次中风。他临死前要去拿一只拖鞋，就在这一瞬间，死亡不期而至地与他相遇了。苏童在文中多次暗示了柳生的结局。当柳生的父母谈论起保润出狱后对柳生的态度时，柳生表示出了能和平最好，不能和平就同归于尽的态度。柳生透过保润的家信，也隐约地看到了自己冒着一缕神秘青烟的未来。仙女觉得柳生就像是她曾经养的兔子，如今睡在保润的笼子里。在《黄雀记》的尾声，柳生自以为还清了同保润、仙女的三角债，一身轻松，并且买了新面包车，准备迎娶新娘。但就在他人生中又一次春风得意之时，他在自己的婚礼上却突然遭遇了保润的报复，他的生命至此终结。苏童认为，意外死亡是一种命运，不可预测、不可抗拒。柳生的人生起起落落，他在自己生命力

---

[1] 苏童，王宏图. 苏童王宏图对话录[M]. 苏州：苏州大学出版社，2003：197.

最旺盛的时刻与死亡意外地相遇，这不仅体现了苏童对命运无常的无奈感叹，也验证了他笔下死亡宿命的不可抵挡。

在《黄雀记》中，人物面对死亡的另一种状态是对死亡的向往。《黄雀记》的开篇便讲述了祖父的多次寻死事件，祖父突然活腻了，对死亡充满了向往。东风马戏团的瞿鹰风光不再，妻离子散，无家可归，并且陷入无钱还债的困境，只能将心爱的白马用来抵债。他绝望至极，最后以自我毁灭式的死亡来结束现状，获得解脱。

> 柳生看见瞿鹰的半张脸露出白色的罩单，像一轮苍白的月亮，他头上的马尾散开，一绺卷发垂在他尖削的额角上，随着担架的颠簸，微微颤动。柳生注意到担架上有血滴落，血像雨珠一样缓缓地洒下来，一沾地，那些血就变黑了。[①]

苏童以温和的笔调和诗意的情境来描写死亡的场面，不仅让人在平和的审美中感慨生命的脆弱，也深化了人物的悲剧性命运。白小姐在河水里逃亡，逐渐沉入水底，幸而被岸边的民工抬上岸。白小姐向命运妥协了，相信唯有死亡才可以洗刷自己身上的羞耻、罪恶，渴望得到救赎的灵魂令她无畏死亡。然而命运弄人，白小姐的死亡意愿并未达成，她生下红脸婴儿后，回到了井亭医院，最终以给孩子买奶粉为由，将孩子托给祖父照顾，从此神秘地失踪了。"死亡与失踪在终极意义上是相通的，死亡就是失踪，而失踪在某种程度上说也是死亡。"[②]白小姐最终的命运也可能与死亡有关。

苏童笔下的"死亡"只是死亡本身，没有重大的意义，不存在深刻的内涵。他仅仅将"死亡"看作一种生活遭遇。生命和死亡，在苏童笔下不过是一种平常的现象。他不歌颂生命的价值，也不遗憾死亡的结局，生生死死都抵挡不过命运的安排，生命的反抗力量消解在具有宿命色彩的死亡结局之中。柳生死亡，保润手刃柳生后，或再次坐牢，或被枪毙，仙女留下红脸婴儿后失踪，三位主人公一辈子的纠葛终于以死亡画上了终止符。苏童用死亡来终结人物坎坷、荒诞的一生。死亡成为人物获得解脱的途径。他解构了死亡的意义，消解了生命的崇高色彩，展现了独特的死亡认知和生命感受。

---

① 苏童.黄雀记[M].北京：作家出版社，2013：189.
② 吴义勤.苏童小说的生命意识[J].江苏社会科学,1995(1)：116-121.

现实生活被表现的方式，取决于作家的价值目标和对现实生活的理解。《黄雀记》中成长、逃亡、救赎和死亡四个主题，不是孤立存在的，而是呈现出一种顺承接续的逻辑关系。保润、仙女和柳生三人首先经历了未完成的少年成长，接着选择了不同形式的逃亡，在逃亡的失败中找寻救赎的方法，在救赎的希望破灭后，走向死亡的结局。苏童在小说故事中，以此来表现人物的一生。小说中人物的一生被置于成长、逃亡、救赎和死亡的主题中，具有了象征性意义。

（二）《黄雀记》的叙事艺术

《黄雀记》这部作品的叙事艺术主要体现在叙事视角、叙事时间和叙事空间的独特性上，这些元素共同构成了小说的叙事结构，影响着读者对故事的理解和感受。

1. 叙事视角

《黄雀记》的叙事视角复杂多变。该小说采用了多重叙述者的方式。保润、柳生、仙女三位主角分别担任自己章节的主要叙事者，并在不同的视角下重复细节，这颇似《诗经》里的重章叠句之法。重章叠句本是诗歌中常见的一种表现手法，原指诗歌的各章句法基本相同，仅对少数语句加以变换，在反复吟唱中渲染感情、烘托意境以及深化主题。苏童创造性地将这一诗法用于小说叙事，以视角的变化推进悬念的发展，并在视角的切换中提炼生活的诗意。从上部"保润的春天"到中部"柳生的秋天"，故事的叙事者突然由保润切换为柳生，读者在上部最关心的两个问题就此束之高阁：保润蒙冤入狱，在监狱中的十年如何度过？水塔风波后，仙女一家去往何处？叙事者柳生同样对这两个问题感到迷茫。在柳生的视角里，他无从得知高墙内的保润的现状，也不知道仙女与老花匠离开井亭医院之后去往何方。柳生多次设想过与保润相遇的场景，独独没有设想过会与仙女再次相见。在读者降低了对柳生与仙女重逢之景的期待时，这个女孩儿突然以公关小姐的身份现身于井亭医院。一个悬浮于空中、面目模糊的悬念突然揭开谜底，成为叙事者情感爆发的刺激点与故事情节的转折点。直至仙女回到井亭医院，中部"柳生的秋天"才正式拉开帷幕，从这往后的故事，又是关于保润、柳生、仙女三人的故事，不再是柳生的独角戏。随着视角的切换，三个主要人物一直在作为故事叙述者的自我与作为故事参与者的自我之间来回切换，打乱了故事的叙事时序，将读者欲知之事遮掩起来，因而在故事真相揭晓之时，令停滞的情节喷薄而出，在调整叙事节奏的同时强化了读者的阅读体验。

多重叙事者的设置同样为小说增添了许多细节之处的悬念。例如，保润的家在保润、柳生、仙女三人的视角中都曾反复出现。保润与柳生生长于香椿树街，在他们的视角中，小说直接呈现了保润家的面貌：一楼一分为二，祖父的房间租给了马师母一家，只给保润留下了一条狭小的过道。穿过这条过道后是客堂，再往后是天井，墙边摆着保润的旧自行车。柳生在仙女写下遗书之时给了她生的希望，在香椿树街上给她租了个房子，让她安心待产。仙女进门之前，先遇见了隔壁药店的老板娘，进门后又见到了客堂里散发着霉味的八仙桌。她透过窗户看天井，天井里满是青苔，一辆老式的 26 寸自行车倚着墙。如此之多的巧合，不动声色地将悬念置于读者眼前：地理位置相似，屋内摆设也相似，仙女住的地方，会是保润的家吗？第二天，马师母上门拜访仙女，大方地向读者坦白：没错，这就是保润的家。这一细节性悬念揭开了谜底，却又为另一情节性悬念埋下了伏笔。仙女未在香椿树街上生活过，也从未到访过保润的家，她对苏童留下的线索一无所知。叙事者的切换造成的信息差又给读者设置了另一悬念：仙女若知道柳生给她租的是保润的房子，会做何反应？二人要是在此重逢，又是怎样的场景？果不其然，向来恃美傲物、不可一世的仙女，在房间里撞见保润以后大声惊叫，不啻撞见一个鬼魂，为命运的反复无常、扑朔迷离惶惶不安。

在《黄雀记》的视角切换中，可见苏童在小说中对重章叠句诗歌技法的化用。苏童有意在不同的视角中重复必要的细节，讲述相同的情节，又借用多重视角形成的所知差异营造悬念，在同与不同的回环往复中，逐步将故事的情节推向高潮，也引领读者对命运、人生等重大命题进行深入思考。最后，苏童借叙事视角的变换，实现了在悬念形式上的创新设置。《黄雀记》中既有影响情节的悬念，亦有藏于细节之处的悬念。它们不是孤立的个体，环环相扣，情节因细节变得更加真实，细节为情节的发展埋下伏笔，两者共同把控着叙事的节奏，并让文本熠熠生辉。

2.叙事时间

《黄雀记》在叙事时间上采用了非线性的叙述方式，通过回忆、闪回和时间跳跃等手法交织进行叙事。这种叙事时间的安排使得叙述不是按照实际发生的时间顺序展开的，而是通过人物的回忆和叙述者的介入来重组时间线。

《黄雀记》中春、夏、秋对应保润、白小姐、柳生的不同人生，大胆的时间改写贯穿了整个叙事结构，将故事引向多视角讲述。处于青春躁动期的保润在照相馆外第一次见到"仙女"的照片时，就对她产生了异样的情愫，而之后朦胧的感情以一种错误的方式加诸少女身上，最终他的故事终止于春天——被柳生父母送进监狱。柳生在小说中具有"催化"的作用，作为一个行动要素，他代替进入监狱的保润照看祖父来赎罪，他的故事是在故事线的第三阶段——秋。仙女（后期称白小姐）的故事处于序列的第二阶段——夏。前期仙女作伪证，将保润送进了监狱，后期她在医院产生的误会将保润再次送进监狱，她也是使柳生由生到死的关键点。如果说春、夏、秋是文本的现实逻辑，那么冬就是贯穿他们故事结尾的人物走向：生生死死、非生非死。

《黄雀记》中拍照使祖父失了魂，也使保润失了魂，这是故事的起点，由此引向不同事件不同方向的发展。以保润的故事为参照，保润后期出狱后与白蓁、柳生的纠葛作为单个事件节点不定时地出现于叙述中；与此相同，其余二人在自身的主叙述时间内占主导地位，其余分叙述时间往往作为一个片段或者一种"行动迹象"不断交错。这种复杂的叙事时间改写体现为穿插往返式的故事讲述，在确保故事的完整性之外，又增加了叙事张力，文本与现象之间的复杂交错构成了碎片化的叙述话语。在每一个故事的尾声又进行了叙述强调，在强调中承接叙述。叙述时间在线性的时间发展中被重构，时间的交替更迭与碎片化使得故事发展呈现出一种断裂的效果，小说以多重主题、故事的补充形成的积极定向心理暗示，引向虚构叙事空间，时间最后变为了一种空间导向。

3. 叙事空间

苏童在《黄雀记》中构建了一种三角支撑关系，空间顺着香椿树街这个起点向外延伸，在城市的一端连接着鸿雁照相馆，在郊区的一端连接着井亭医院。鸿雁照相馆与井亭医院象征着虚构的、充满戏剧化的舞台，香椿树街代表着现实的、日常化的生活。苏童构建起新的空间关系，让现实与虚构交相辉映，由此扩大小说诗性想象的空间。

《黄雀记》开篇推出了一个新的空间——鸿雁照相馆。每逢春日，保润的祖父都会前往鸿雁照相馆拍照，只为能留下最满意的遗照。鸿雁照相馆位于市中心，与香椿树街相隔甚远，年迈的祖父难以步行前往照相馆，需要搭乘公交车才能抵达目的地。祖父花这么大力气跑到市中心去拍照，从另一角度说明，照相馆并未在他们居住的城市充分普及，许多人要从自己生活的地方跑到市中心才能拍照。因此，无论是豆蔻年华的少女，还是垂垂老矣的老人，都有会集于鸿雁照相馆的理由。有一次意外，照相馆将祖父与少女的照片混淆，少女的照片被保润还了回去，祖父的照片却不知所踪。鸿雁照相馆是一连串 意外的开端，也是一对连环扣的交缠点。保润站在这个交缠点之上，预判了仙女与祖父将要发生的位置互换，"垂垂老矣的祖父变换成一个豆蔻年华的少女，这样的变换，说不清是一次祝福，还是一个诅咒"①。没过多久，祖父就因为丢魂离开香椿树街，住进了专治精神疾病的井亭医院；仙女因为水塔风波暂时离开井亭医院，后来又阴差阳错地入住香椿树街。鸿雁照相馆为仙女与保润的相识埋下了必要的引子，也预见了二人之后纷繁复杂的纠葛。在完成了自己的使命之后，鸿雁照相馆便悄然离场，在小说里销声匿迹。

井亭医院的出现，让保润、柳生、仙女齐聚一堂，为情节的继续推进提供了必要的公共空间。在香椿树街上，柳生一家本沐浴在众人羡慕的目光中，然而柳生姐姐的怪病使柳生一家蒙羞。柳家人将柳娟送往井亭医院治疗，柳生不得不向保润求助，请求保润将自己的姐姐绑起来。保润对柳生的示好无动于衷，柳生想到了新的交换筹码——帮助保润追求仙女。在井亭医院，保润、柳生、仙女三人有了更深入的接触。在水塔，故事情节完成了首尾呼应。井亭医院的水塔一直注视着三个少年，看着他们在这里犯下罪过，也看着他们多年之后在这里重逢。少年柳生在这里伤害了仙女，又因为畏惧承担罪责，将好友保润送进了监狱；数年后，成年柳生为了弥补自己对保润的亏欠，强行将仙女再次带到水塔，让保润与仙女跳完小拉。井亭医院也是一面灵魂之镜，折射出苏童关于人类生存困境的思考。原本精神正常的仙女、保润、柳生，因为长期生活在井亭医院，脱离了正常的社会秩序，逐渐被病态的井亭医院同化。虚构的井亭医院也是一份实在的人生问卷。在人生道路上，人人皆会遇见井亭医院，它不可言状、不可捉摸，却会让人在欲望与本心的拉扯中备受煎熬。

《黄雀记》将小说世界一分为二， 边是根据现实描绘的世界，一边是借助想象绘制的世界。于是，香椿树街、鸿雁照相馆、井亭医院，形成了一种类似等腰直角三角形的三角支撑关系。香椿树街上有拥挤的街道、嘴碎的街坊邻居，是现实生活的真实反映。鸿雁照相馆与井亭医院则是苏童在虚构中开辟的陌生空间，是读者从未到达的衍生世界，也是苏童内心世界的映照，它们犹如一台缝纫机，保润、柳生与仙女就像

---

① 苏童 . 王琦瑶的光芒：谈王安忆《长恨歌》的人物形象 [J]. 扬子江评论,2016(5)：13-16.

缝纫机上排列的丝线，面对缝纫机的操控，他们无可奈何，却又无法抵抗。苏童一直以香椿树街为起点，扩展南方世界的疆界。鸿雁照相馆、井亭医院是对南方世界的一种补充。它们是充满戏剧性的舞台。在舞台之上，一切瞬息万变，一切合情合理，一切富有深意。

（三）《黄雀记》的隐喻修辞

苏童的《黄雀记》运用了隐喻修辞技巧，这些隐喻不仅增强了文本的文学美感，也深化了小说的主题和象征意义，使小说在叙述人物经历和揭示深层社会文化意义上更加丰富。

1. 罪与罚的隐喻

《黄雀记》中"罪与罚"成为小说总体上的气息。苏童有意将传统的因果轮回观念置于小说中，向传统文化致敬，人物的命运围绕着因果关系轮回。小说《黄雀记》分为三个部分，分别是"保润的春天""柳生的秋天"和"白小姐的夏天"。关于"罪"的隐喻集中体现在"保润的春天"中。在这部分中，苏童写到了"罪"，以此作为铺垫，在顺接而下的部分"柳生的秋天""白小姐的夏天"中渗透"罪与罚"的交织。

看似普通的青少年成长故事，实则暗潮涌动、波折不断，其中夹杂着的青春期的懵懂，使得人物的成长波折、多难。小说中三个主人公几乎都是有各自"罪"的。在水塔，保润和柳生对仙女造成了不同程度的伤害。在水塔事件中，仙女以受害者的身份出现在小说的视域中，但她并没有直指元凶柳生，反而因钱财诱惑将矛头指向朴实、敦厚的保润。在"罪"这一环节中，三人无一例外地参与进来。那么，"罪"在小说中有何种隐喻呢？"罪"隐喻着贿赂、诬告、冤屈。苏童执意将"罪"的因子埋在三人少年时期，为十年后的"罚"埋下伏笔。

小说中的人物掉进"罪"的陷阱，也就落入了"罚"的深渊，那么"罚"从何而来？三个主人公在犯"罪"之后，在精神和肉体上从未间断过对自己的折磨。保润获得长达十年的牢狱之苦，内心的痛苦和隐忍让他备受失去人身自由的痛苦。柳生侥幸逃脱牢狱之灾，但道德的谴责和良心的不安让他时常在懊悔中受苦。"懊悔是一种面对欠罪的有目的的情感活动，它指向那种积压在人身上的罪过。"[①] 柳生除了背负对仙女

---

① 舍勒. 舍勒选集：下 [M]. 刘小枫，选编. 上海：上海三联书店，1999：696.

的罪，还承受着对保润的愧疚。仙女由受害者转变为施害者，也逃脱不了命运的轮回。一次意外的怀孕，让仙女重新回到了香椿树街，在此又与柳生、保润产生纠葛。因为仙女，柳生被杀，保润再次入狱。不可否认的是"罚"的意味对三人是不同的，保润的再次入狱、柳生的死亡、仙女的离开，实则隐喻着"困""亡""逃"。在对人物"罚"的面纱隐喻下，苏童有意用困顿、死亡、逃离来构筑小说的终极指向。

《黄雀记》是一部卓越的社会心理小说，从罪与罚的总体隐喻中来窥视三个人物的成长和命运，三个人物没有完全的坏人，也没有完全的好人。善与恶的因子都存在，这样便很难从善恶概念上来定义人物形象，而透过人物复杂多变的性格和内心潜在的良知，用有罪即有罚的因果方式，考量人物的命运。在罪与罚的隐喻中，人物的命运百转千回地回到了原点。苏童将罪与罚的总体隐喻娴熟地使用在小说文本中，在他所绘形的 20 世纪 80 年代的香椿树街，寄予了深刻而丰富的内涵。

2.意象的隐喻

苏童擅长运用意象来表达深层次意蕴及意义。他对隐喻意象的选取及运用，反映了对人物精神内核的深层思考。在当下的小说创作中，已形成了独具魅力的"苏式风格"。《黄雀记》中的隐喻主要体现在"绳索""失魂"这一实一虚的意象上。绳索这一灵动的意象，在苏童早期小说中便晃动了它的魅影。早在小说《把你的脚捆起来》中，苏童便写了一个父亲为了将儿子留在自己身边而放言要将儿子的脚捆起来，绳索在这里具有捆绑和束缚的含义。在《黄雀记》中，绳索以意蕴丰富、灵动的姿态出现。保润以擅长用绳子捆人而在井亭医院出名。此外，保润还推陈出新地绑出"民主结""如意结"等，绳索的花样和命名丰富多彩。起初，绳子捆住的是年迈且丢了魂的祖父，被绳索捆绑的祖父失去了身体上的自由。小说以保润捆住祖父作为伏笔，在之后的故事中，绳索继续发挥它的作用。在水塔里，保润用绳子捆住仙女。

绳索的捆绑和束缚意义不言而喻。绳索不仅成功地捆住了近似疯癫的祖父，捆住了他的白山；也捆住了仙女，导致她的命运悲剧。在这些表象的捆绑之下，接二连三的命运纠葛开始不停地打结。此外，绳索除了具有捆绑与束缚的隐喻，还隐含着"打结"的意思。保润、柳生、仙女三人被绳索打结，这种"剪不断，理还乱"的打结关系牵绊人的命运。小说最后出现了一个关于绳索的细节，保润在杀死柳生之后，丢下一地的绳索，再次入狱。这里饶有意味的是通过保润之手，将跟随三人长达十年的绳索丢下。使三人纠缠半生的命运之绳，随着柳生的死亡、保润的入狱，最终消失。苏童用绳索来隐喻人物的成长轨迹。命运的绳索捆住了保润的身体，让他失去了人身自由，保润从温柔、敦厚、时而犯傻的少年变成了命运的替罪羔；道德的绳索捆住了柳生的精神，让他变得谦卑、世故，夹着尾巴做人来赎罪；轮回的绳索捆住了仙女，让她十年后再次回到香椿树街，面对当年的苦痛回忆。不论是深陷牢狱的保润，因身体被捆绑与束缚没了自由，还是精神上被道德束缚的柳生，抑或变成成年白小姐的仙女，他们每个人身上似乎都有一根如影随形的命运绳索，命运绳索将他们的肉体或精神紧紧的捆绑。

与具体物象绳索相比，"失魂"这一带有神秘、空灵、隐晦色彩的想象，无疑给小说平添了氤氲气息。"失魂"本属于精神疾病范畴。在小说中，作者用"失魂"这一意象来象征其背后的意义。谈及"失魂"，不可忽视的人物便是祖父。作为"失魂"的主要对象，祖父"以家族的名义幸存于世"。乍读小说，祖父突然"活腻了"，一心求死，求死不得之后甚至"每年春暖花开的时候，祖父都要去拍照"[①]，恋上拍遗照。苏童的叙事充满了戏谑之感。就是这样看似可有可无的祖父，实则在小说中担当了关联性的角色。祖父在鸿雁照相馆突然"失魂"，"脑子里的气泡突然破了"，就这样不明不白地"失魂"了。祖父开始找寻自己的"魂"，于是在香椿树街掀起了一场"挖金运动"。在整个"挖金寻魂"的过程中，祖父还原了以往香椿树街的历史风貌和原始地图。苏童透过祖父"失魂"来追溯历史岁月。在"寻魂"的过程中，祖父堪称记忆清晰、完好、准确地还原了香椿树街以往的地图，这暗示着过往历史和时代变化。"失魂"的祖父一无所有，最后连"魂"都没有了，便也没什么可畏惧的。被遗忘的历史随着"失魂"再次浮现。"失魂"这一意象不仅给小说增添了一种幽暗、迷幻的色彩，也隐喻着香椿树街的时代背景。作者将"失魂"意象融入文本中，透视香椿树街里人物的命运和时代变迁。

3. 人物命运的隐喻

在小说《黄雀记》中，作者将目光投向20世纪80年代和他一直钟爱的香椿树街。当以回望的视角审视发生在这条香椿树街极为普通又波折不断的少年成长故事时，活跃在这条香椿树街的人物隐喻着不同的意义。小说分为三个部分，以季节时令的差异

---

① 苏童. 黄雀记[M]. 北京：作家出版社，2013：48.

隐喻不同人物的命运，塑造了青春懵懂与失落的保润、成熟世故与精神困厄的柳生、焦灼张扬与堕落无奈的仙女，少年的懵懂以及真切在文本中一一体现出来。

　　保润隐喻着青春的懵懂与失落，如同小说的"保润的春天"一般。刚开始是万物复苏、青春懵懂，之后便是慢慢失落。因一次意外，保润拿错仙女的照片，照片中女孩儿发怒的表情，让青春期懵懂的保润对这个未曾谋面的女孩儿产生了情愫。这似乎也开启了他波折的一生。在水塔事件之后，保润经历了长达十年的牢狱之苦。十年之后，出狱的保润在遇到仙女之后，命运似乎再次轮回。出狱后的保润原本可以自由生活，却最终选择杀害柳生，报当年牢狱之仇。第二次入狱是保润自己的选择。

　　相比较保润而言，柳生则隐喻着成熟、世故、精神困厄下的苦涩。他的命运在整部小说中出现了反转。在水塔事件之前，柳生是香椿树街的"大哥"，家庭富裕，外表帅气，自负，成熟、世故。在水塔事件中，柳生通过钱财打通关系并安抚仙女一家，侥幸躲过一场牢狱之灾。在这一事件中，柳生的确充当了"黄雀"。然而，看似躲过牢狱之灾的他，实则危机暗涌，身体的自由却加剧了精神的窘境。为了赎罪，柳生去井亭医院照顾近似疯癫的保润的祖父，减轻内心煎熬。不论对保润还是对仙女，他的愧疚与悔恨都足以让他在精神的牢狱中苦苦煎熬。时时刻刻的良心谴责让他在精神上彻底地做了囚徒。柳生这一人物隐喻着秋天，成熟、世故，最后是凄凉。新婚之夜，柳生最终丧命于保润之手，正应了他当初所说他和保润要么和解，要么同归于尽。

　　在季节时令中，介于春天与秋天之间的便是炎热的夏天。在小说中，仙女以"夏天"的姿态介于"保润的春天"和"柳生的秋天"之间，隐喻着焦灼、张扬之后的堕落、无奈。对比少年时期，仙女的形象在成年时期出现了转变。少女时期的仙女极具"魔女"的潜质，"她像一丛荆棘在寂静与幽暗里成长，浑身长满了尖利的刺……她对谁都骄横无礼，大家不懂她的愤怒，通常就不去招惹她"①。小说对她焦灼、张扬、骄纵无礼的性格用文字进行了明了的匡正。作为《黄雀记》中的女性，仙女在女性自我的性别悲剧和轮回的命运悲剧里，一步步走向生活与精神的绝望。

---

① 苏童. 黄雀记 [M]. 北京：作家出版社，2013：48.

◎ 课后练习

1. 分析《黄雀记》中叙事视角的多样性如何影响故事的展开。

2. 探讨小说中的逃亡与救赎主题，并给出具体例子。

3. 讨论《黄雀记》中的生态与自然描写如何增强该小说的文学效果。

4. 分析《黄雀记》中死亡主题的表达方式及象征意义。

5. 探索小说中叙事时间的构建对读者理解的影响。

6. 讨论小说中人物命运的隐喻如何体现作者的世界观。

7. 评价苏童在《黄雀记》中的语言艺术及其对主题的强化。

第七讲 梁晓声《人世间》

◎ **学习目标**

★ 理解《人世间》中家国情怀与悲悯情怀的表达。

★ 分析小说中的人物形象刻画及象征意义。

★ 探讨梁晓声的叙事技巧，尤其是多线叙事结构的使用。

◎ **重点与难点**

★《人世间》的主题意蕴和人物形象。

★ 分析小说中多维叙事视角的复杂性。

◎ **知识结构图**

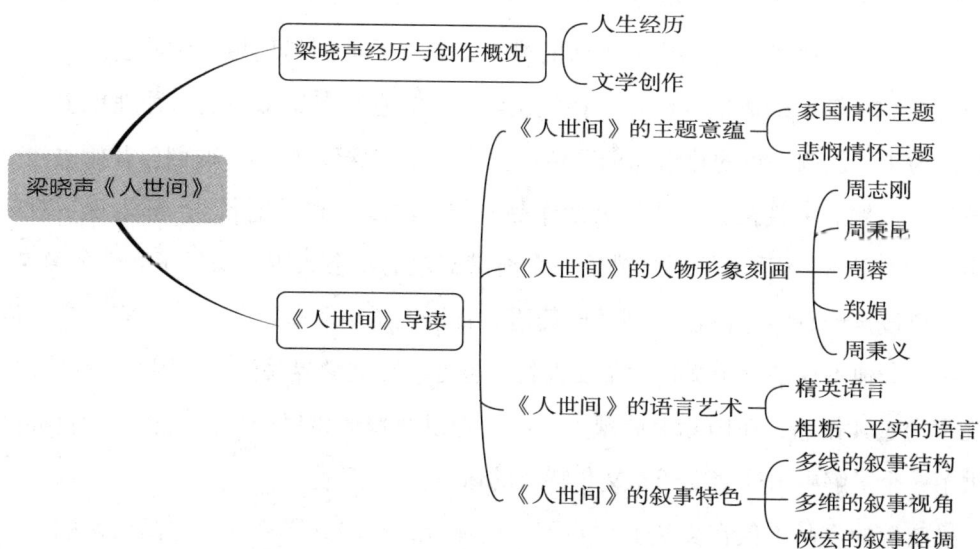

101 <<

一、梁晓声经历与创作概况

梁晓声，原名梁绍生，中国当代著名作家，也是中国作家协会的会员。梁晓声出生于黑龙江省哈尔滨市，祖籍山东威海市泊于镇温泉寨。他的作品涉及广泛的主题和形式，包括小说、散文、随笔以及影视剧本，均以深刻的社会洞察和人文关怀而受到赞誉。梁晓声的文学作品不仅描绘了中国社会的变迁，也体现了他对底层人民命运的关注。

梁晓声 1966 年毕业于哈尔滨第二十九中学后，于 1968 年下乡到黑龙江生产建设兵团，开始了长达七年的劳动生活，其间担任过农工、小学教师和报道员。这段经历深刻地影响了他后来的文学创作。1971 年，梁晓声开始在《兵团战士报》和地区报纸上发表小说和散文。1974 年，梁晓声考入复旦大学中文系，进一步系统地学习文学理论和创作技巧。1977 年毕业后，他被分配到北京电影制片厂工作，先后担任编辑、编剧，并曾任中国儿童电影制片厂艺委会副主任。在影视界的工作经验，让他的创作视角更加多元和深邃。

1982 年，梁晓声以短篇小说《这是一片神奇的土地》成名，此后陆续发表了多部影响深远的作品，如《今夜有暴风雪》《父亲》《白桦树皮灯罩》。他的长篇小说《人世间》赢得了第十届茅盾文学奖，被认为是对近半个世纪中国城市平民生活的深刻反映，展现了社会底层人物在巨变中的生活和希望。

梁晓声的作品以"知青小说"著称。他的许多作品聚焦 20 世纪六七十年代的知青上山下乡运动，通过对这一代人生活的描写，展现了他们的理想和对社会的贡献。虽然 20 世纪 70 年代末他也曾涉足"伤痕文学"，但他的作品总是以一种理想主义的高昂格调为主，强调青年的热情和创造精神。进入 21 世纪，梁晓声的创作开始关注更广泛的社会问题和人性探讨。他的后期作品，如《浮城》和《生非》，都表现了对现实社会深刻的思考。《浮城》通过描绘一个充满幻想的社会景观，探讨了人性的复杂性。此外，梁晓声的许多作品已被翻译成英语、日语、法语和俄语等多种语言，广泛流传于国际上。他不仅是中国文坛的重要人物，也是国际文学界关注的中国当代作家之一。梁晓声通过其作品，在国际上展现了中国知青以及普通市民的生活面貌，为世界读者提供了一个了解中国社会变迁和文化特色的窗口。

梁晓声的作品不仅在文学上得到了高度评价，也因其影视改编作品而影响了一代又一代的观众。例如，他的小说《雪城》被改编为电视剧后，广受好评，通过电视荧屏进一步扩大了他的影响力。

在学术和教育领域，梁晓声同样有着卓越的贡献。自 2002 年起，他担任北京语言大学人文学院的教授，致力文学教育和研究。2012 年，他被聘为中央文史研究馆馆员，这标志着他在文学研究和历史文化保存方面的专业认可。梁晓声的创作风格独特，他能够细腻地捕捉并表现人物的内心世界和社会环境中的细微变化。在处理社会和历史题材时，他常常采用复杂的叙事结构，将个体命运与社会变迁紧密相连，展示了个体与社会、历史的相互影响。

二、《人世间》导读

《人世间》（三卷本）是著名作家梁晓声历经数年创作完成的长篇小说，由中国青年出版社出版。该作品以北方省会城市一位周姓平民子弟的生活轨迹为线索，从 20 世纪 70 年代写到改革开放后的今天，多角度、多层次地描写了中国社会的巨大变迁和百姓生活的跌宕起伏，艺术而雄辩地展现了平民百姓向往美好生活的人生努力和社会的进步，堪称一部"五十年中国百姓生活史"。作者感同身受，满怀深情，立足底层，直指人心，于人间烟火处彰显道义和担当，在悲欢离合中抒写情怀和热望。该作品有筋骨、有道德，是近年来不可多得的一部长篇小说佳作，更是梁晓声长篇小说创作的一个新的高峰。《人世间》由中国青年出版社于 2017 年 11 月正式出版发行，为中国作家协会 2017 年度重点作品扶持项目、"十三五"国家重点出版物出版规划项目图书。2019 年，《人世间》荣获第十届茅盾文学奖；2020 年，荣获中华优秀出版物奖；2021 年，荣获第五届中国出版政府奖。

（一）《人世间》的主题意蕴

《人世间》是梁晓声的代表作之一，不仅获得了茅盾文学奖，也因其社会意识和文学成就受到广泛赞誉。该小说以中国近半个世纪的社会变迁为背景，通过描绘一系列复杂的人物关系和社会事件，探讨了多重主题，尤其突出了家国情怀和悲悯情怀这两大主题。

1.家国情怀主题

家国对每一个人来说是动态的精神实体。它在每一个人和它的精神联系中形成和发展。梁晓声致力将国家的现实变化和爱国热情反映在他的著作里，特别是《人世间》，讲述了近五十年的个人史、家庭史、民族史。"在小说中，各个阶段家庭内部各种关系的嬗变、冲突等往往是现代与传统、进步与保守、个人主义和民族主义等新旧价值观最集中的表达，文学中的家庭是大历史的微观缩影。"①国家政策的制定会影响到每一个家庭的生活，而家庭又反过来折射出国家的发展。一方面，小说一开始，除去故事背景的介绍，周家发生的第一件大事是周秉义、周蓉奉行国家政策而上山下乡。从此，他们离开家而过上了集体生活。其实，不只是上山下乡的政策会使人离开家乡，"大三线"建设、改革开放后去南方"走穴"都让周家的家庭成员长期离家。另一方面，梁晓声以家庭对话的形式说明国家几十年的快速发展。2001年腊月三十晚上，郝冬梅和周蓉一家三口聚在周家，蔡晓光感慨万千地说："够丰盛的，真是年年难过年年过、家家难过家家过啊。咱们七个亲人中，四个没有工作，居然还能吃上这么丰盛的一顿年夜大餐，不能不承认，国家毕竟往好了变。"②

国家的前途、命运和每个人的前途、命运息息相关，因此国家的发展就要求每个国民都必须牢记自己的使命、担当，脚踏实地完成自己的本职工作，不断汲取优秀知识，丰富自己的内心。梁晓声作为一个始终书写百姓现实生活，反映社会现实问题的文学创作者，一直以来都心系中国的发展前景，时刻谨记自己遵循客观、冷静的创作原则，用真实的笔触书写一个个打动人心的爱国故事，构筑中国人民特有的家国观念和心理机制。坚定理想信念，心系国家未来发展命运，这对个人的人生道路有着十分重要的影响，每个国民都需要在脑海里树立爱国主义观念，无论受到怎样的外部诱惑，都不动摇爱国信念。周蓉在国外和女儿生活时，仍会经常告诫女儿不要忘了自己中国人的身份，不能忘了自己的民族根基。周秉昆在装修自己的家时，有意识地选取大量红色元素作为装修主色，因为那是每个中华儿女眼里最鲜艳的家国色。周秉义将为国家勤恳工作一生作为对国家发展的最大献礼。他们都是梁晓声笔下优秀中华儿女的缩影。

---

① 周师师.作为叙事的家庭：1980年代小说研究[D].厦门：厦门大学，2018.
② 梁晓声.人世间：下部[M].北京：中国青年出版社，2017：262.

2.悲悯情怀主题

《人世间》描绘的人物通常是那些生活在城市中的普通小人物。该小说通过这些人物近五十年生活的变迁，反映社会发展中底层人物的生活状态。尽管他们处于社会底层，很平凡，每日为柴米油盐等日常生活琐事苦恼。但他们每一位的人生都闪闪发光，原因在于他们从来都是不卑不亢、堂堂正正、踏踏实实地行走在社会中。作者想通过这样的人物形象塑造，向大众传递出尽管时代风云变幻，纵使历史存在"阵痛"，可是人们的善良与质朴的心灵从未改变。这样的人物形象塑造，不仅贴合时代的发展，也能满足大众对人世间的美好期冀，以激励更多的人，希望更多的人能够在生活中永远保持一颗善良且坚毅的心。

虽然梁晓声的《人世间》以北方的 A 城为地点，以周家三代人的生活为叙述中心，叙述了这个城市近五十年的沧桑巨变，可是谁又能说这不是改革开放以来中国的时代缩影？小说中的人物丰富多彩，有高官、知识分子、老干部、家庭妇女、民警等众多人物。小说描述的时代跨度较大，涉及中国 20 世纪 70 年代知青上山下乡，也涉及工业转型、改革开放等重要的历史事件。在小说中，作者通过小人物及他们的生活，展开了对整个中国的现实主义描绘，通过叙述小人物在社会中不断奋斗，揭示社会发展过程中存在的新问题、新矛盾。同时，作者以美好、善良的人道主义追求为依托，讲述熟悉又陌生的中国历史。作者通过作品，让更多的人可以清醒、客观地认识这个时代。中国在摸索的道路中前进，如今的美好生活来之不易，是无数人为之倾情付出的结果。在这一点上，作者主要通过周秉义一个人，展示出在时代发展中成长起来的新一代干部。周秉义这位为了证明自己价值而不断努力的干部，既在国营的工厂里做过党委书记，拯救厂子，完成真正转型；也在省内第二大城市做过市委书记，实现城市规划改革；后来到中央机关工作。这位一直秉公执法的国家公职人员本应受到广大群众的爱戴，可是在时代发展的大潮中，他受到了群众的质疑，甚至辱骂，可是面对质疑与辱骂，周秉义直至生命垂危依旧不忘嘱咐："如果有人议论我、攻击我，也千万不要辩解，不要打抱不平。"[①]作者向读者展现的是一位忠诚、清廉且正义的新一代党的领导干部形象。从周秉义的身上，读者可以看到在复杂的社会环境中，一名国家公职人员即使受到争议，也应坚持原则与使命，用实际行动感化人心，成为人民公仆的良好

---

① 梁晓声.人世间：下部[M].北京：中国青年出版社，2017：493.

形象。

梁晓声作品的现实主义从不回避社会问题。正如他在小说中的所述，重工业转型时期，大量工人下岗，下岗后底层人物生活、住房、子女上学等一系列问题的连锁反应，在梁晓声笔下都客观且真实地呈现出来。梁晓声也是一位有社会良知与责任担当的现实主义者，他向社会传递出的不只是美好，也是正能量，是对人们向善、向美的期冀。

（二）《人世间》的人物形象刻画

在梁晓声的长篇小说《人世间》中，人物形象刻画极为细腻和深刻。该小说通过这些角色的生活经历、心理变化和相互关系，反映了中国社会几十年的巨大变化。

1. 周志刚

《人世间》中周志刚这位老工人的形象被塑造得惟妙惟肖。一方面，他个性刚强，很有个性，对人、对事比较传统，自尊心比较强，凡事他都不会问第二遍。他认为，全家住的破屋如果不再缝缝补补，就不是家了。于是，他在"大三线"退休后，坚持不懈地对自己的家进行改造。他执拗的性格令人产生敬意，连光字片的民警小龚见了他都不由得向他敬礼。另一方面，他深明大义，通情达理。他虽然对孩子要求严格，但也非常疼爱孩子。可以说，他是宽严相济的典型父亲形象。比如，周志刚看到郑娟因服侍周母而长满老茧的手，充满了心疼，但更多的是自责。郑娟是一个好姑娘，周秉昆如果不娶郑娟，就对不住郑娟对周家的恩情。再如，周志刚的女儿周蓉瞒着他独自去了贵州大山里支教，他心里再多的不满意，在他再见到女儿的那一刻都烟消云散了。周志刚个性刚强、通情达理的形象引起了许多人的共鸣。

值得关注的是，周志刚作为中国第一代工人，特别看重荣誉。他兢兢业业，勤勤恳恳，因而赢得了很多奖状。比如，周志刚把荣誉当成至高无上的荣耀，认为高干金月姬唯一比不上他的就是她的证书没有他多；又如，周志刚的儿子周秉昆曾是酱油厂工人，当他从工人摇身一变成为杂志编辑后，将工人身份看得很重的周志刚吃不准这是一件好事还是一件坏事，不清楚该不该为儿子高兴。"依他想来，工人的社会地位以及在人们心中的可敬程度，是高于那样一份杂志的编辑的。"[①]作为工人的周志刚往往因

---

① 梁晓声. 人世间：中部 [M]. 北京：中国青年出版社，2017：64.

为自己的工人身份而感到骄傲。

实际上，尽管"大三线"工人周志刚骄傲于自己的工人身份，但他从来没有因为自己是工人阶级而看不起任何人。他深深明白：

> 就整个阶级而言，工人阶级是领导阶级；就每一名具体工人而言，只不过就是普通劳动者。普通劳动者就得有普通劳动者的样子！ ①

他特别尊重知识分子，就算是曾经让女儿背井离乡的冯化成，他也不会做出任何出格的事，更不会扇知识分子的耳光。可以说，在身份认知上，周志刚为他同时代的工人做出了表率。以周志刚为代表的第一代建筑工人为国家做出了特殊贡献。作为被抽调的"精锐部队"中的一员，他们不畏贵州深山腹地的艰苦，进行"大三线"建设。"除了不必经历枪林弹雨，其他方面的艰苦程度不亚于革命年代大军团开创根据地的情形。"②梁晓声将周志刚等工人为国家做出的贡献写进作品中，不仅为父辈树碑立传，也表现了他对中国建筑工人历史的关切，体现了他作为现实主义作家的责任感。

2.周秉昆

通读《人世间》可以发现，周秉昆是小说的中心人物。不管是周家人，还是曹德宝、春燕等人，都是由周秉坤串联起来的。然而，这个中心人物少了一些生活上的幸运与事业上的顺遂。他没有如姐姐一般对文学的热爱，也没有哥哥一般对政治的敏感，有的只是在困难面前的默默承受与乐观面对。作者通过对周秉坤这一人物形象的塑造，反映的是成千上万个底层人的生活缩影。周秉昆这个人物形象不是片面、孤立的，而是丰满、复杂的。他既有热诚、善良的优点，又有容易冲动、不够沉稳的缺点。尽管如此，他还是能够以乐观、开朗的态度去面对各种矛盾、问题和困难。在周家三兄妹之中，周秉昆是唯一没有读大学的人。

> 爸，你给我听明白了，打小我在各个方面就不如我哥我姐，老天就是这么安排的。我认命，你也得认，不认也没法子。③

---

① 梁晓声.人世间：上部 [M]. 北京：中国青年出版社,2017：162.
② 梁晓声.人世间：上部 [M]. 北京：中国青年出版社,2017：161.
③ 梁晓声.人世间：中部 [M]. 北京：中国青年出版社,2017：74.

在面对父亲的责备时，周秉坤道出自己的想法，那就是认命，他承认自己不够优秀，并接受了命运的安排。周秉坤与郑娟的爱情、婚姻虽是因二人的心动，但更多的是他对现实的一种接受。在作品伊始，周秉坤的婚姻就已被做好了安排。工友涂志强去世，周秉昆受人所求，去帮助他的家人。在这里他见到了郑娟，一个美丽动人的年轻寡妇。他同情她悲惨的遭遇，这使周秉昆这个尚未经历过爱情的青年无法自拔。而当周秉昆从爱情的冲动中清醒过来，他便明白如果他选择郑娟，就必须接受她的诸多身份——年轻的寡妇、杀人犯的遗孀，也要接受她的盲人弟弟、年迈的母亲。这重重阻碍对一个青年来说似乎太沉重。直至郑娟母亲离世，他才真正明白"男人若爱一个女人那就必须连同她的一切麻烦全部负担下来"①。因此，他选择了勇敢地接受郑娟。周秉昆对郑娟的感情与日俱增。与其说是周秉昆最后学会了如何去爱、如何去包容郑娟的一切，不如说是他在爱郑娟的基础上选择了接受自己的人生。

在整部作品中，周秉坤的人生可以称得上是不幸的、悲惨的。他为了照顾母亲、支撑家里的一切，没有走上求学的道路。他心存善念，给人留下的印象永远是那么积极，那么阳光。

3. 周蓉

周蓉是周家唯一的女儿，漂亮、大方，学历高且知识丰富，但是天生叛逆。她的叛逆体现在两个方面。一方面，她认为自由重要，"不自由，毋宁死"②。她小时候这一特征就表现得非常明显。她为了去离家近的初中读书，甚至故意在升学考试中考低分。这件事的后果是不仅她受罚，就连哥哥和弟弟也受到了父母的责罚。后来，在婚姻方面，她认为爱情至上，可以克服种种困难远赴贵州，目的是和被划为"右派"的诗人冯化成结婚。人至中年，她为了挽救女儿，不顾国内的一切，在冲动之下一去法国就是十二年。另一方面，周蓉叛逆是她努力摆脱"他者"身份的外在表现。不甘平庸的她在叛逆的过程中渐渐成长为一个成熟的女性。"她对自由的向往，如同蜜蜂和蝴蝶天生要寻找花蜜和花粉一般。"③她追求自由、平等。努力实现身份认同是她作为知识分子的天性。她通过申请读博士来完善自我，向世人证明了，女性也可以和男性一样，拥

---

① 梁晓声. 人世间：上部 [M]. 北京：中国青年出版社，2017：451.
② 梁晓声. 人世间：中部 [M]. 北京：中国青年出版社，2017：87.
③ 梁晓声. 人世间：中部 [M]. 北京：中国青年出版社，2017：87.

有高知识水平、高学历。这意味着女性通过知识完善自我的意识正在觉醒。

岁月可以沧桑她的容颜，但是改变不了她的精神气质。正是她独特的精神气质让她和冯化成离婚后还可以重新拥有爱情，比如，她获得了蔡晓光和国外绅士的追求。周蓉并没有依靠容貌美丽而得到什么特殊的优待。

> 一个女人仅仅年轻漂亮，不足以让蔡晓光一往情深。周蓉所具有的特质正是她们所欠缺的，也是蔡晓光精神上最需要的。他表面上是个好好先生，其实思想深处自有圭臬，而周蓉是唯一了解并与他共同稀释精神苦闷孤独的女性。[①]

这也从侧面证明了容貌不是人世间的通行证，只是个人的加分项。同时，周蓉不是典型意义上的传统女性，她思想独立且充满理性，敢于取舍。冯化成的诗歌创作进入了瓶颈期后，他对诗歌产生的失望情绪导致他走向了堕落，于是周蓉果断选择与冯化成离婚。而蔡晓光深受父辈特殊时期问题的影响，并没有上过大学。虽然称不上高级知识分子，但是作为文艺工作者，他深知文艺存在的种种弊病，仍对文艺充满希望。周蓉和蔡晓光的结合无关外貌，只关乎灵魂。

然而，即使周蓉再独立、再理性，她也不能完全摆脱家庭对她的影响。周蓉在成为母亲后，变得越来越像一位母亲。远赴法国寻找女儿，体现了周蓉作为一位母亲的担当。当自己的女儿不愿意跟自己回到中国时：

> 周蓉两天不吃不喝，没有离开房间一步。她患了重病般躺在窄床上，头脑里空空荡荡，没有回忆，也无思想。她植物人似的躺着，实在困了便闭上双眼睡过去；一旦醒来，睁开了眼睛，泪水又像拧开龙头的自来水似的流淌不止。此前，从没有任何人任何事，居然能使一向意志坚定、性格高傲、精神乐观的周蓉，变得那么可怜兮兮。[②]

可怜天下父母心，摊上了不听话的儿女，读过再多的书也无济于事。特别看重亲情的周蓉没有办法将女儿看成独立于自我之外的个体，而把女儿当成自己人生的一部

---

① 梁晓声．人世间：下部 [M]．北京：中国青年出版社，2017：265.
② 梁晓声．人世间：下部 [M]．北京：中国青年出版社，2017：100.

分。看起来绝对理性的周蓉，面对家庭时，也有感性的一面。虽然周蓉是理想化的女性知识分子，但是她没有办法拒斥现实，只能在理性和感性之间寻求一种平衡。这种平衡体现了她作为独立个体的自由性，但更多地体现了她作为一位母亲的无奈。

4. 郑娟

郑娟与郑母是中国传统女性的代表。郑娟可以说是作者着墨很多的人物。她有着传统女性的善良、孝顺、无私奉献，又具有在困难中坚强、隐忍，体恤丈夫，爱护儿子等众多贤妻良母的标志。虽然郑娟并未受到高等教育，也并非出生在高干家庭，这使得她无法与姐姐周蓉、嫂子郝冬梅相比，可就是这么一个底层女性，却具有区别于其他底层大众女性的气质，"她不像春燕，春燕有心机，她绝没有。她不像吴倩，吴倩太小心眼。她也不像于虹，于虹自我保护意识很强，而她几乎没有什么防人之心。"[1]郑娟是一位好妻子、好母亲，这样的品质一方面有郑母潜移默化的影响（郑母以卖冰棍为生，养活郑娟与光明二人，为子女无私奉献，含辛茹苦地将姐弟二人养大），另一方面还来自郑娟自己的追求，她始终希望做一位贤内助："我可乐意当家庭妇女了，做做饭，拾掇拾掇屋子，为丈夫儿子洗洗衣服，把他俩侍候好，我心里可高兴了。我觉得自己天生是做贤妻良母的，不是那些喜欢上班的女人。"[2]同时，郑娟作为贤妻良母，不仅仅善良、无私，更具有一种隐忍与坚忍。在周秉昆两次长期缺席中，郑娟勇担重任，维护了家庭的完整。一次是周秉昆在纪念周总理的活动中被带走，郑娟没有名分地住到周家，悉心照顾植物人周母；另一次是周秉昆失手误杀周楠的亲生父亲，在周秉昆长达十二年的牢狱之灾下，郑娟再一次支撑家庭，照顾孩子。周秉昆的两次缺席，将郑娟的坚忍、隐忍展现得淋漓尽致。尽管生活多灾多难，可是郑娟还是乐观、坚强的。在儿子周楠意外死亡后，郑娟远赴美国处理事宜，并拒绝美国给予的奖励赔偿，这更加凸显这个底层女性的坚强。作为传统女性的郑娟及其母亲的贤妻良母气质是作者对传统女性温情的流露。

5. 周秉义

周秉义是梁晓声眼中的好干部。作者塑造周秉义这样清正廉洁的干部形象，展示

① 梁晓声. 人世间：上部 [M].北京：中国青年出版社，2017：387.
② 梁晓声. 人世间：下部 [M].北京：中国青年出版社，2017：263.

了当代好干部的标准。周秉义是周家的长子，做事有原则，性格随和。周秉义见到人，会谦卑地微笑、点头，一副斯斯文文的样子。周母以前是街道干部，"秉义身上母亲的性格特点多一些，凡事从不认死理，若能灵活一下求得一团和气，那就以和为贵，从不放弃争取"①。凡事不认死理、以和为贵正是干部需要的品质，这些品质为周秉义走上干部之路提供了原始积淀。

周秉义在官场上如履薄冰，背负骂名。他在任职期间受到了三次重大的非议。

第一次是任军工厂书记期间，他不惜豁出性命来维护军工厂的利益，使军工厂避免破产而成功转型，结果他调走，去其他地区任新职时：

> 职工宿舍区许多人家放起了鞭炮，曾经的几名电工在电线杆上安装了一只大喇叭，反复播放毛泽东的诗词歌曲《送瘟神》。那些口口相传的关于他是一名好干部的种种事迹，也变成了他收买人心、虚伪、狡猾、善于施展蒙蔽手腕的确凿证明。②

第二次是光字片改造，虽然周秉义做出了实事，但是因为光字片的住户由城市近郊搬到了城市远郊，所以很多光字片的乡亲不理解周秉义的行为，以为周秉义从中谋取了私利。

第三次是国家反腐的过程中，检举周秉义的揭发信多得像雪片似的。他们很难相信经手上亿工程款的周秉义不仅政绩斐然，还公正廉洁，两袖清风。实际上，周秉义从来不做贪污、受贿等腐败之事。

> 除了没有直接给群众涨工资，一位书记所能做的利民惠民好事，他基本上都竭尽所能做到了。③

他一生只做过两件令他良心不安的事情，一件是他帮助周聪解决了工作问题，另一件事是光字片改造的时候，他提前通知周秉昆搬去新区。周秉义有人情味，并不是完全的"两袖清风"，这提高了人物形象的可信度。此外，他从不拒绝下属求见，并

---

① 梁晓声.人世间：中部 [M].北京：中国青年出版社，2017：86.

② 梁晓声.人世间：下部 [M].北京：中国青年出版社，2017：11-12.

③ 梁晓声.人世间：下部 [M].北京：中国青年出版社，2017：133.

且热心地帮助下属解决官场上的烦恼。有一位女副区长想不通为什么下级一如既往尊敬她、服从她，有时还争着来表现，但是每年干部述职后总有些下属给她的工作表现打上"×"号，因此她感到很委屈。周秉义以自己妻子的工作为例子来帮助她疏通心理上的矛盾，并给出了灵活的解决措施。他在倾听干部烦恼的同时，为干部工作带来了实效。在周秉义任市委书记时期，不少工作踏实而长期被忽视的老科长、老副处级干部"枯木逢春"，意外地得到提拔，又焕发了工作热情。梁晓声描写周秉义的工作细节，其实是想激励青年干部。梁晓声认为："《人世间》也值得干部们来读一读，特别是对从前的中国及民间缺乏了解的年轻干部们。我希望能向他们提供一些鲜活的、有质感的认知内容。"[①]

周秉义的多重身份和他本着不谈主义、面对实际问题的原则，使得"周秉义有许多同级干部缺乏的一种能力——他与老百姓说话时说得下去，与青年们说话时说得进去，与知识分子说话时也说得上去，与前任老领导说话时从来不会被软钉子顶回去"[②]。周秉义学以致用，编写《中国历朝历代反腐大事件》，将学习到的历史知识运用到反腐倡廉的工作中去，为国家打"老虎"和"苍蝇"做出了贡献，也就是说，"他的精神人格，势必也因袭了中国知识分子悠久的历史积淀——读好书，做好人，当好官"[③]。

清官周秉义受到了许多非议。梁晓声借陶平之笔为周秉义的人生画下了一个句号："盖中国官场，从政者无非三类：一类是被文化所化之人，后来从政。这类人若不彻底告别文化影响，做不了大官。侥幸做大了，对自己也未必是好事。周秉义本质上属于这一类，他能安全着陆，已属幸事。第二类人曾经是被政治所化，后来也想被文化所化。倘若官已做得很大，对自己对政治对官场都会有些好处；但官还未做大，进步反而就慢了，因为太容易被指责为不务正业。第三类人是始终政治化的人，而且被'化'得很成功、很彻底，若再有背景、善于迎上，在官场上则往往如鱼得水。"[④]可以说，周秉义作为被文化所化的干部，能够清清白白、平平安安地度过一生，是他的幸运，也是国家的幸运。

（三）《人世间》的语言艺术

"文学是语言的艺术，文学的基本特点就是以语言材料来构筑艺术形象，表现社会

① 梁晓声.关于小说《人世间》的补白：自述 [J].小说评论,2019(5)：63-65.

② 梁晓声.人世间：下部 [M].北京：中国青年出版社,2017：134.

③ 方晓枫.被缚的普罗米修斯：《人世间》周秉义形象试析 [J].枣庄学院学报,2018(3)：12-19.

④ 梁晓声.关于小说《人世间》的补白：自述 [J].小说评论,2019(5)：63-65.

生活和人的思想情感。"①在《人世间》中，较突出的是雅俗兼具的语言艺术。

尽管精英语言带有精英阶层的优越感及自大感，但不可否认的是它往往站在思辨的高度上探讨人生真理、生命价值等，给人带来哲理性的思考、思想的启迪。知识分子周蓉站在回归传统文化的立场强调《三字经》《千字文》等早期蒙学文本的教育价值与文化价值。《三字经》作为早前的识字教材，开篇的十二个字便蕴含着人性真谛。她对《千字文》也深有体悟："有些道理我也认同，比如'知过必改，得能莫忘''罔谈彼短，靡恃己长'……我有自知之明，了解自己有时看问题偏激，甚至诚心偏激气人，这样一些道理对我很有帮助。"②《三字经》与《千字文》作为识字育人的教材，是中国传统文化的载体，都宣扬儒家"五常"等伦理道德的教化作用。"仁、义、礼、智、信"作为篇名在小说开头和结尾处都有特别强调，作为一种道德准则贯穿小说人物的言谈举止，也要适时地靠精英语言来解读、宣扬。小说通过副教授周蓉之口阐释早期启蒙书籍在立德树人方面的精妙，更能强调传统文化在人成长过程中的营养作用。

周蓉归国后，汪尔森教授对周蓉进行一场语重心长的谈话，陈说大学教师岗位竞争的激烈性以及文史哲学科的边缘化现实状况。在这个话题的基础上，蔡晓光条分缕析地帮助周蓉认清人文社会科学研究者的学术发展问题，义正词严地批判周蓉"学而不思则罔"的看书弱点，通过对比20世纪二三十年代的环境，他言之凿凿地使她认清中国的文史哲研究现状，打破她学问大师的幻想：

> 今后不是那样的时代了，不战乱不息，图书馆多了，研究资料空前丰富，文史哲研究领域的空白也少多了啊！你往故纸堆里钻吧！一边钻一边左瞧瞧右看看，哪儿都留下了别人梳理过的耙痕，你还不肯断了当大师的想头吗？③

蔡晓光鞭辟入里的见解除了得益于日常书本的滋养外，离不开光明的影响。他每次请光明按摩时，总要向这位佛门弟子请教人生哲学。光明曾对周秉昆说，周蓉重新找工作的事要多听晓光的意见。蔡晓光在发表关于妻子求职意见时深得佛法要义，联系实际，抽丝剥茧地分析人文社科研究现状，为她指点迷津、拨开云雾以驱散好事破

---

① 童庆炳. 文学概论 [M]. 武汉：武汉大学出版社，1989：74.
② 梁晓声. 人世间：中部 [M]. 北京：中国青年出版社，2017：145.
③ 梁晓声. 人世间：下部 [M]. 北京：中国青年出版社，2017：296.

灭之苦。

小说还通过粗粝、平实的语言将民间元素融入叙事中，展示出民间生活的真实面貌和人物的真情实感。民间语言最大的特点是它的使用者是社会中的普通人，故民间语言不免带有简单、通俗等特点。《人世间》的民间语言具有粗粝性，粗粝中夹有粗俗、粗鄙意味，表达生活中真实的民间情绪。周秉昆一直按照书中做人的道理保持特立独行的行事风格，当他担心因"冷"的性格而无法在编辑部里转正时，郑娟给出的意见是，"性格怎样和人心怎样往往是两回事。性格像皮肤，大太阳下晒久了谁都黑了，关在屋里一年半载的谁都会变得白了点儿。皮肤黑了白了，只要心没变，还是一颗好人心，那就还是先前那个好人"[1]。周秉昆对国庆和赶超两位老友家的处境忧虑时，郑娟提出的建议是往前看，"我们保证只要大家一齐往前走，前边就不再是脏水洼了，那咱们就蹚着脏水随大溜往前走呗！有人说往前看总比连说这种话的人都没有强吧"[2]。小说选择日常生活中常见的事物"皮肤""脏水洼"作为喻体，将抽象的思想具象化，朴实自然，生活气息浓郁，除能形象地反映百姓生活现状，给读者带来感官冲击外，还可达到阐明民间事理的目的。这种生存智慧作为一种民间导向力量，能够鼓舞迷茫中的人，传达民间坚强生存的希望。

（四）《人世间》的叙事特色

梁晓声的《人世间》在叙事技巧上表现出了极高的艺术成就。立体化的叙事结构、多维的叙事视角以及恢宏的叙事格调是这部作品吸引读者的重要因素。《人世间》通过叙事展现了一幅中国当代社会变迁的宏大画卷，描绘了人物的心理发展和社会背景。

1. 多线的叙事结构

梁晓声在《人世间》中采用历时性叙事方式，对社会、时代的变迁进行精确的再现，叙事恢宏且视野广阔，将当代中国在重大历史转折前后的"身姿"艺术化地呈现出来，这体现出作家较强的驾驭社会历史题材的能力。梁晓声以时代的变迁为叙述的经线，以此来串联起故事中的每一个人物和每一件事。若梳理小说中主要人物的主要事件，则能感受到时间赋予所述事件的独特印记。综观《人世间》整部小说，可以发

---

① 梁晓声 . 人世间：中部 [M]. 北京：中国青年出版社，2017：54.
② 梁晓声 . 人世间：中部 [M]. 北京：中国青年出版社，2017：228.

现作者有意以时间为线索叙述整个故事。梁晓声以虚构的周家三代人的命运为叙事主线，通过家庭成员的悲欢离合、命运沉浮折射时代恢宏发展的历史，通过家庭成员勾连起故事的其他人物，体现出主线分明的叙事特征。周家的周秉昆作为小说的核心人物，起到聚敛其他人物的作用，在他周围形成了辐射状人物网。分析小说中的文本时间与故事时间，既能体悟作者对材料的取舍，又可印证历时性结构小说的创作方法。深入小说文本中，读者便可轻易地察觉其中历时性的时代视角。这种时代视角在小说文本中主要体现在两个方面，一为时间刻度的精确记述，二为事件中的时代印记。

小说主体部分以 20 世纪 70 年代起始。作者描写了小人物的生活，如知识青年上山下乡、"三线"工人辛勤劳作、蔡晓光特权由来的调查、夏季风对陶平的政治报复、周家兄妹的恋爱。随着故事情节的推进，小说以时间为线索，表现了"文化大革命"结束后的知青返城、改革开放、企业改制、工人下岗、出国潮、城市改造等发生在中国的大事件。这些重大的历史变革在小说中被作家淡化处理为一种背景，每一个事件都成为展现人物命运的契机和舞台。小说的人物随着故事情节的推进都充分表现了自己的命运和选择，或者挺立时代潮头，或者被社会浪潮淘汰，或者被历史车轮碾压。小说人物众多，身份各异，命运也千差万别，但是梁晓声"事无巨细"地为每一个出场的人物都交代了最后的结局。故事情节看似千头万绪，但在历时性时间线索里，每一个人物以及发生在人物身上的每一个故事都清晰、明确，这体现出一位著名作家应有的缜密的艺术思维和较强的叙事能力。

尤其值得注意的是，虽然小说人物众多，线索纷纭，故事时间跨度大，但是每一个具有转折性的故事都有明确的时间节点，作者有意识地在大跨度历史书写中添加了精确的时间刻度。如小说第二章开篇即用"一九七二年冬季的一天"[1]精准地记录涂志强行刑的日子。小说采用大跨度时代中的精确时间节点，犹如在游览历史长廊时的驻足，这属于典型的情节"横断面"的写作技法，就是用最具代表性的"瞬时"情节涵盖一段时期的社会风貌和生活状态。这样的时间节点在《人世间》中多次出现。梁晓声以人物为轴，牵动小说中的时间变化，并且在叙事中经常"提醒"读者要注意故事时间发生的变化，如"每一年的上半年都比下半年过得快""一九七六年的春节来了"。精确的时间叙事带给读者清晰的故事感受，时间的"仿真性"可以增强故事的真实感，在历时性的时代叙事中使小说故事更具历史感、接近历史的真实"还原"，提高小说

---

[1] 梁晓声.人世间：上部[M].北京：中国青年出版社，2017：11.

的可信度。

相比于用明显的历时性叙事方式来体现《人世间》的历史性和时代性,梁晓声在小说中还采用共时性叙事手法,只是这样的叙事特征往往不那么引人注意。产生这种情况的原因是,梁晓声在进行创作时,几乎在每一章都标明了时间,而进入故事层面之后,梁晓声却对时间只字不提,转以细腻的笔法描述人物发生的事件,这使得整部小说在宏观上有明确的历时性特征,在微观上则是由共时性的叙述构成的。共时性叙事就是小说在表现市民的生活时,对小说中人物的生活用近乎"平行"的视角进行观照,具体来说就是在某一时期,不单单表现周家的生活,而以周家生活为中心,使叙事视野呈现辐射状,观照小说中的其他人物的生活,尤其是周秉昆周围的一群社会底层人物的充满烟火之气的凡俗的生活。若以"时距"理论对小说进行分析,则会发现《人世间》的大部分情节以场景描述为叙述的手段,通过人物之间的交流,体现小说的共时性风貌。例如,小说的下部有蔡晓光与周蓉的通电话事件,这是这种共时性叙事的典型例证:

> 周蓉在马赛问:"说话不方便?"
>
> 他说:"是啊,你打来的真不是时候。"
>
> 周蓉那端将电话挂了。
>
> 关玲问:"谁打来的?"
>
> 他说:"一个昨晚惹我生气的死党。"[1]
>
> 马赛的夏季气候宜人。
>
> 下午四点多钟时,夕阳高悬在老港口的上方,余晖洒满码头,湛蓝的海水变成了槟榔红,被凉爽的海风吹拂起红鲤鱼鳞片似的波纹。[2]

"小说作为一种文学形式,天生就具有地理属性。小说的世界也由方位、场地、场景边界、视角和视野构成的。小说的人物处在形形色色的地方和空间之中,叙述人和读者亦然。"[3]一通电话将身隔两地的蔡晓光、周蓉两人联结了起来。此时的周蓉正在马赛。二人身处两地,这是地域上的隔绝,梁晓声却用电话将二人距离拉近。二人所做

---

[1] 梁晓声. 人世间: 下部 [M]. 北京: 中国青年出版社, 2017: 83.

[2] 梁晓声. 人世间: 下部 [M]. 北京: 中国青年出版社, 2017: 84.

[3] 朱立元. 当代西方文艺理论 [M]. 上海: 华东师范大学出版社, 2014: 426.

的事情不同，却因为这通电话，将由蔡晓光主导的故事情节转到了周蓉一边，使得故事情节发展陡然转向，小说内容在这一时段变得异常丰富，显示了作者极强的笔力。

又如，龚维则被"双规"这一故事。如果将此节故事拆开，那么大致可以得到四件事情。一是龚维则被"双规"。二是朋友齐聚周秉昆家讨论此事。三是周秉义被群众举报。四是曹德宝实名举报周秉义违纪。这四件事虽然有先有后，但是几乎是在同一时间进行的，时间的跨度并不算大。梁晓声的共时性叙事，使得这段时间的故事密度远超其他章节。若按时间将这段文字捋顺并且补完，可以依次看到，龚维则的违纪行为、周秉义对进步的"照顾"、曹德宝的实名举报、龚维则被"双规"、周秉昆亲友的讨论、周聪与周秉昆的对谈。具有如此丰富情节的故事在同一时间展开，是由于梁晓声对共时性叙事的精准把握。这段时间的故事借由龚维则被"双规"一事而展开的，显示了作者精熟的笔法。

小说充满了生活化的描写，大量的细节刻画将中国北方城市的社会生活展现得淋漓尽致。在这些充满温情的描写中，作家更倾向于对个体生命和个人生活的价值与意义的探寻，用充满激情的笔触，对北方城市的市民生活的衣、食、住、行等进行生动的再现，全方位、多角度呈现城市生活的丰富与繁杂，立体式展示人物的多层次生活。譬如，小说多次写到正月初三在周家进行的聚会，这不单单是小说中一个重复出现的故事情节，也是北方生活习俗的一种客观反映。尽管正月聚会被描写多次，但是每一次都有不同。从梁晓声对每一次正月聚会描写的变化中可以清晰看到社会的发展。例如，最初饮食简单，后来餐饮丰富，聚会人员逐渐增多，最后减少，朋友的情感以及生活的起伏，都深深影响聚会的热闹程度。作者不厌其烦地描写正月聚会，每一次聚会都是底层民众生活状态、精神状态的集中展示，这样的描写可以节省大量的笔墨，让每一个人物都说自己的事、充分展现爱恨情仇，将原本应该分别叙述的故事集中在一次短暂的聚会中，这种经典的"横断面"叙事手法使叙事空间得到最大限度的扩展。

梁晓声在日常生活叙事中，不仅使具有烟火气的生活化的情节在具有相同命运的人物（周秉昆及其朋友、同事等）身上展开，还共时性地表现了城市中的具有较高水准的人们的生活状态，这样就完成了对城市生活的立体型表现。譬如，周秉义及其岳母一家的生活以及周蓉的海外生活等，都充分显示了社会生活的缤纷多彩以及社会阶层的逐步分化。梁晓声并没有因为"俯就"生活而将全部视野都投向社会的底层，而全方位地表现城市生活的整体风貌，立体式呈现北方城市生活发展的脉络。

2. 多维的叙事视角

梁晓声在《人世间》中运用了多维的叙事视角，这意味着故事不仅仅从单一的视角进行叙述，而融合了多个人物的视角。《人世间》站在全知视角，立足整体，统领全书，涉及具体篇章段落的某些情节安排时，对限知视角进行穿插使用。在全知视角与限知视角的变换间，小说叙事内容的表述与叙事情感的传递达成和谐、完美的平衡。

小说《人世间》中人物众多，事件线索细碎、复杂，牵涉时间跨度大等因素都是宏大叙事的组成部分，只有全知视角才能更好地帮助梁晓声有条不紊地对叙事内容的主体结构、故事情节和叙事节奏进行整体统筹。例如，在《人世间》中部的开头处，梁晓声将自己置于俯瞰式的全景镜头中，以一种讲故事的方式诉说周家人近年来的人生发展史：

> 周志刚的人生只发生过一次决定性的改变，即由农民变成了新中国的
> 第一代建筑工人。他儿女们的人生，则一变再变。这是因为中国已经进入
> 了无法继续故步自封、闭关锁国的时代，时代之变促使人的改变。[①]

梁晓声在这一段的叙述中向读者交代了周家三兄妹未来人生发展道路一定会有翻天覆地的变化，并直指原因即时代的推动。至于人物命运、故事情节将会向何处发展，梁晓声并没有仔细言明，读者的好奇心被激起，这也是梁晓声全知视角巧妙运用的一种体现。在叙事进程中，叙述者通过对观察范围的适当约束，造成悬念和空白，也为后文埋下伏笔。

《人世间》也充分体现出全知视角能"从容地把握各类人物的所作所为、所思所想"[②]的优势。例如，晚年生活里的蔡晓光和周蓉乐于去省内村庄给留守孩子上课、送书，疏导孩子的心灵，身体力行地走在公益的道路上。"他俩准备年复一年地做下去，想让晚年生活得有些意义。"[③]梁晓声借自己的口吻表达主人公的想法，将未来周蓉夫妇对公益行动的坚守一览无遗地呈现到大众面前，这既是对人物结局的清晰交代，也呼应了温情叙事的悲悯情怀主题，即力所能及地给需要帮助的人些许温暖关怀。这里更

---

① 梁晓声. 人世间：中部 [M]. 北京：中国青年出版社，2017：1.

② 胡亚敏. 叙事学 [M]. 2 版. 武汉：华中师范大学出版社，2004：25.

③ 梁晓声. 人世间：下部 [M]. 北京：中国青年出版社，2017：503.

为巧妙的还有情节的安排，梁晓声安排的帮助对象是留守儿童，孩子正是国家未来的希望，帮助孩子，就是为国家的繁荣发展贡献出自己的微薄力量，这紧扣家国情怀主题。小说的最后，梁晓声最后一次提及周家人的春节聚会，主动地参与进文本，以旁白的方式传递他对周秉昆一家人命运的感怀，学历、个人机会等在不同程度上改变了他们的命运，但背后最为重要的因素即时代的发展。梁晓声画外音式的议论表明对小说中主人公而言，他们的个人命运固然与一系列偶然性因素相关，但社会制度在其中起到决定性作用。中国百姓的幸福感不断增强。《人世间》饱含深切的爱国情感。

不难看出，梁晓声采用的第三人称全知视角为故事发展注入了灵魂，它能帮助叙述者在适宜的时机进入人物的内心世界，并能汇聚各种信息以达成无论何时何地都能发声的功用。读者可以从深层次的文本叙述中，感受到作者温情叙事的立场：立足并关注现实生活里百姓的点滴小事，帮助他们直面时代变迁。

《人世间》多是以第三人称叙事口吻来叙述的，但叙述者时常也会潜入主人公的内心世界，并自由穿梭于第三人称叙事和人物情境叙事之间，使得叙事节奏抑扬顿挫、叙事生动灵活，将多种视角叙事汇聚到一部作品中，从而达到意想不到的叙事效果，这是梁晓声创作特色之一。多重内聚焦视角叙事，简单来说是指同一事件被叙述多次，每次根据不同人物各自的位置来展现同一件事的不同面貌，从而形成互补或冲突性的描述，例如，对郑娟儿子楠楠去世这个事件的描写就是一种多重内聚焦叙事。小说中部第五章的最后通过周秉昆儿子周聪通知家人哥哥周楠去世的消息来向读者传递这一悲剧事实，随即对父子抱头痛哭、周秉昆因伤心过度而晕倒住院以及郑娟打起精神仍要留院照顾周秉昆这些外部动作进行描写，加深事件的悲情色彩程度；紧接着重点从周秉义和周蓉这些旁系亲属的视角来剖析、审视周楠离世这件事：周秉义视角里的周楠是模糊的，他潜意识里对周楠的印象仍停留在周楠是周秉昆养子这个身份特征上，因此当他得知周楠去世的原因是见义勇为、周楠勇敢地用自己胸膛替教授挡子弹时，他是敬佩、震惊的；在周蓉的眼中，周楠这样勇敢的行为完全是周家人的行事风格，她对周楠舍己为人的行为敬佩不已。转到第七章的开头，梁晓声将自己置身于一个局外人的位置，用全知视角客观地叙述郑娟将周楠骨灰从美国带回来并递给周秉昆这个事件，用第一人称叙事视角将周秉昆的心理活动表达出来："楠楠，爸爸的好儿子。"[1]

① 梁晓声.人世间：下部[M].北京：中国青年出版社，2017：206.

接着又跳转第三人称叙事，借周蓉的口吻表示对郑娟的同情："让她哭个够吧。"① 在短暂的时间里不断变换人物视角，在主人公与旁观者的视角变换中表现大家对周楠之死的强烈悲痛感，梁晓声通过叙事视角的多重变化，极大地缩短了叙事距离，充分表现出周家一家人得知周楠离世消息到处理完丧葬事宜后心情悲伤、痛苦的复杂变化，给人强烈的代入感，读者的心理也随着叙述者安排的叙事情境而变得起伏不定。小说情节看似略显慌乱、拖沓，实则淋漓尽致地揭示了人在面对至亲离世时真实、直接的反应。

3. 恢宏的叙事格调

《人世间》的叙事格调恢宏而深远。该小说通过宏大的社会背景和个体经历的紧密结合，展示了中国社会从"文化大革命"到改革开放，再到 21 世纪初的巨大变化。梁晓声通过细腻的笔触描绘了社会各层面的变化，不仅关注个人的命运，还关注整个国家和民族的命运。《人世间》作为一部现实主义文学作品，具有对普通人生活细微审视的叙事意图。梁晓声在创作中尽可能进行符合日常行为习惯的自然时间叙事，即按照线性叙事方式进行创作。《人世间》由上、中、下三部组成，故事内容再现了 1972 年到 2016 年的历史发展图景。面对冗杂、繁复的时间脉络，将整部小说按照一定时间节点划分为三个部分，保证故事情节集中、具体，体现了梁晓声对叙事策略的灵活运用。

《人世间》的每部都代表着一个特定时期的历史发展。上部主要描写 1972 年到 1978 年城市留守青年的生存境况，对"大三线"建设等事件也有提及。相较于梁晓声以往对农村知青题材的大力描绘，《人世间》可谓对城市青年关注的补白。中部主要展现 1986 年到 1989 年国家政策和百姓生活状况，例如，知青返城、改革开放期间深圳的示范作用、商品交易更为方便及企业转型的举步维艰等。下部集中展示 2001 年到 2016 年经济发展大潮下社会的跨越式发展和人民生活水平的不断提高，事件丰富，民营企业的蓬勃发展、老城区的拆迁改造、反腐倡廉运动等都被梁晓声列为观察对象进行考察。作者通过线性叙事，能够使小说脉络明晰，对时间段进行拆分描绘，能帮助读者深层次挖掘作者创作思想的表达，感受作者对普通大众生活困境的悲悯、关怀和对弱小力量的温情关照。但线性叙事也有缺点，因此需要增添非线性叙事来完善小说，从而令小说更具有审美价值和赏析意义。

对庞杂事件的书写和对人物内心情感的客观再现需要作者匠心独运地对叙事技巧

---

① 梁晓声. 人世间：下部 [M]. 北京：中国青年出版社，2017：206.

进行灵活运用。除了对线性叙事方式的使用，梁晓声对叙事时间的巧妙安排还体现在"回形针式"叙事结构上。预叙和倒叙作为两种通过变换叙事时间的方式达到创作自由的叙事策略，既可以弥补单线叙事不够细致、全面的不足，又可以使小说更为饱满。"如果事件还没有发生，叙述者就预先叙述事件及其发生过程，则构成预叙；事件时间早于叙述时间，叙述从'现在'开始回忆过去，则为'倒叙'。"[①]《人世间》的开篇就对众人围观死刑犯被执行枪决的场景进行仔细描写，死刑犯名叫涂志强，因为杀人而被判处死刑，问题是大家眼中的涂志强并不是一个无恶不作的坏人，"没谁知道他为什么杀人，公安局也没审出较复杂的原因"，"但他成为杀人犯是另有原因的，他没如实交代"[②]。梁晓声在故事刚开始就运用预叙方式设置悬念，激发读者的好奇心。事实上为涂志强死亡原因埋下伏笔，是为了后续故事顺利推进。在小说的后面叙事中，梁晓声适时借助某一人物的视角解释了涂志强死亡原因是涂志强为保全兄弟而独自承担所有过错，也由此体现出城市底层青年之间令人震撼、动容的情谊。至于倒叙，小说中也有多次体现，如在周秉昆父亲去世后，郑娟多次不经意间回忆起周秉昆父亲对她的好。梁晓声借助郑娟的回忆将叙事时间迁到过去，从而再现周秉昆父亲为家人、邻里无私奉献的温暖时刻。周秉昆父亲的正直、善良令每个读者感动，美好的人性闪光点通过梁晓声倒叙手法的运用得到展现，这同样是对温情叙事主题意蕴的表达。

◎ 课后练习

1. 讨论《人世间》中家国情怀主题如何通过人物关系展现。

2. 分析小说中悲悯情怀的文学表达及对读者的影响。

3. 探讨小说中周家人物的形象刻画。

4. 分析《人世间》的多线叙事结构如何增加故事的深度。

5. 探索小说中的语言艺术如何支持小说主题表达。

6. 比较梁晓声与其他作家在处理社会主题上的不同。

7. 讨论《人世间》中叙事视角的变换对故事理解的影响。

---

① 申丹，王丽亚．西方叙事学：经典与后经典 [M]．北京：北京大学出版社，2010：116．
② 梁晓声．人世间：上部 [M]．北京：中国青年出版社，2017：15．

第八讲　陈彦《主角》

◎ 知识结构图

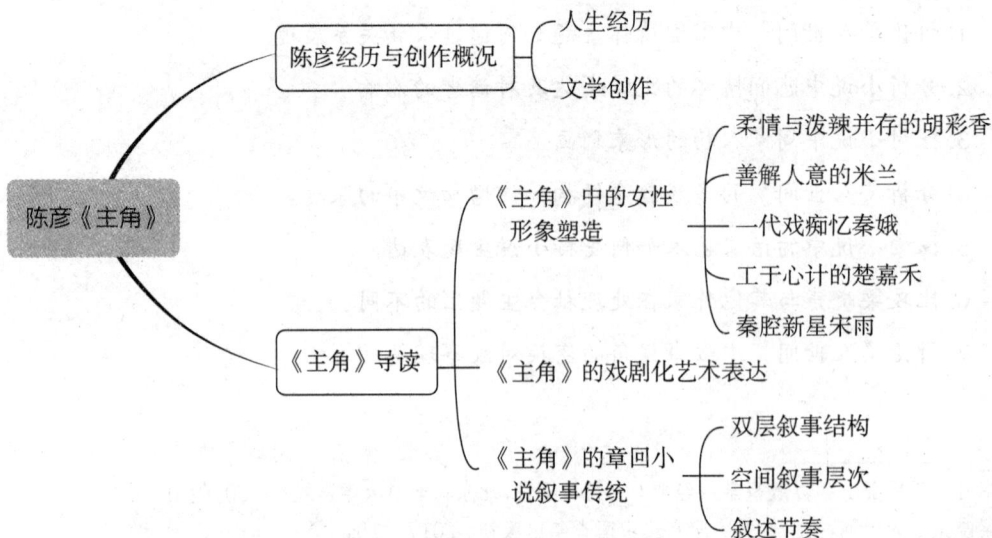

一、陈彦经历与创作概况

陈彦，1963 年生于中国陕西省镇安县，是一位杰出的作家。他的职业生涯覆盖了剧本编写、小说创作以及电视剧制作等多个领域。他因出色的文艺创作而在中国乃至国际上享有盛誉。

25 岁时，他已在家乡的剧团创作了十多部戏剧作品，其中四部作品被多个剧团选中上演。这种早期的成功显示了他的才华，也为他后来的职业道路奠定了坚实的基础。从剧团的编剧到陕西省戏曲研究院的院长，陈彦的职业生涯体现了他在戏剧创作和理论研究上的深厚功力。陈彦的剧作《迟开的玫瑰》《大树西迁》和《西京故事》组成了"西京三部曲"。这三部作品不仅赢得了广泛的好评，还多次获得包括"曹禺戏剧文学奖"在内的重要奖项。他的戏剧作品之所以受到推崇，一方面是因为他深刻的社会意识和对人性的细腻描绘，另一方面得益于他精湛的语言运用和对传统戏剧元素的创新性融合。

在小说领域，陈彦也有非凡的成就。他的长篇小说《装台》和《主角》均获得了很高的评价，《主角》获得了第十届茅盾文学奖。《装台》被评为"2015 年度中国好书"。这些荣誉反映了他在文学创作上的卓越才能。陈彦的小说通常以深刻的社会洞察和丰富的情感描述为特点，能够触及读者的心灵深处。除了戏剧和小说，陈彦还编写了多部电视剧的剧本，如根据他的同名小说改编的《大树小树》在央视播出，并获得了"飞天奖"。这部电视剧的成功，不仅展示了他故事叙述的才能，也证明了他的作品能够适应不同媒介的表现需求。

陈彦的作品不仅在国内受到推崇，在国际上也有一定的影响力。他的多部作品被翻译成多种语言，广泛传播于世界各地，促进了中西方文化的交流。

二、《主角》导读

《主角》是一部动人心魄的命运之书。作者以扎实、细腻的笔触，尽态极妍地叙述了秦腔名伶忆秦娥人生的兴衰际遇、起废沉浮，及其与秦腔及历史的起起落落之间的复杂关联。小说中各色人等于转型时代的命运遭际无不穷形尽相、跃然纸上，既发人深省，亦令人叹惋。丰富的故事情节、鲜活的人物群像、方言口语的巧妙运用，体现出作者对生活的熟稔和叙事的精准与老道。小说在诗与戏、虚与实、事与情、喧扰与寂寞、欢乐与痛苦、尖锐与幽默、世俗与崇高的参差错落中，熔铸照亮吾土吾民文化精神和生命境界的"大说"。作者上承中国古典文学及思想，于人世的大热闹之中，写出了千秋万岁的大静。作者通过对一个人的遭遇的悉心书写，让更多人的命运涌现在他的笔下。忆秦娥50余年的人生经历及心灵史，也成为古典思想应世之道的现代可能的重要参照：虽然经历曲折、身心俱疲，偶或有出尘之思，但对人世的责任担当使她在儒家式的奋进中觅得精神的终极依托。作者笔下的世界，不乏人世的苍凉及悲苦，却升腾出永在的希望和精进的力量。

(一)《主角》中的女性形象塑造

长篇小说《主角》中不乏个性鲜明的人物角色，但其中女性群体更为突出。小说不仅以忆秦娥为主角，还围绕着争夺女主角这一中心事件叙述了新老两代旦角的故事，以及一颗秦腔新星的冉冉升起。通过塑造一系列女性形象，陈彦丰富了小人物的内涵，反映出秦腔艺人这个群体在时代洪流冲击下的生存状态。她们和万千普通女性一样，会在乎美丽容颜的逝去，需要在家庭和事业的两难中抉择，担负着传统道德理念中生育儿女的职责，等等。但不论是泼辣、任性的胡彩香，温柔、理智的米兰，寡言、内敛的忆秦娥，还是张扬跋扈的楚嘉禾，她们都充满了人性的光辉，一生都在坚守自己的热爱和追求，传承秦腔，并推动秦腔的发展。她们用女性的力量保护了传统戏曲的精华。

1.柔情与泼辣并存的胡彩香

陈彦对胡彩香复杂性格的描写注重的是一种过程感和发展性。不管是胡彩香对米兰抢主角表示痛恨、离开后又十分怀念的情感，还是在对胡三元和张光荣关系的处理中表现出的纠结和考量，每一种情绪都合理地发生变化，能够实实在在地感染读者。

胡彩香这一人物形象，让读者充满了喜爱和尊敬之情，正是因为这样一个兼具刚直、泼辣和万般柔情的形象对争名夺利的剧团来说，是一股清流般的存在。胡彩香的刚直、泼辣表现在对破坏艺术行为的反抗和对自己本心的坚守上。面对黄成大夫妇不按能力选主角，她直言不讳，表达出不满；在秦腔衰落，剧团其他人转向追求流行文化时，胡彩香还是坚持唱窦娥，演《打金枝》里的公主，在茶社里唱戏来谋生计。胡彩香的柔情和深情更多的是体现在对忆秦娥的呵护和对秦腔的热爱上。胡彩香不仅教忆秦娥本领，把她带进唱戏的大门，还关心她的心灵成长，在忆秦娥动摇的时候，给她支撑，在忆秦娥消沉的时候，给予她鼓励，在忆秦娥迷茫的时候，为她指明方向。胡彩香用自己的善良和母性，带给忆秦娥无尽的关怀与爱。

　　随着情节的推进，读者更能看到胡彩香的敢爱敢恨、有情有义，她有着万般柔情和善良心地的一面。作者从胡彩香一出场就着重刻画她的泼辣、狠毒。她直接称米兰为"米妖精"，还在知道胡三元并没有把戏"敲烂"之后，照着脸上就是一耳光，而后来她却焦急地到处找人为胡三元担保。她的万般柔情早已化为对秦腔和人生的用心解读。胡彩香不仅为秦腔培育出了新的人才、新的希望，还早已将秦腔融进了血液里，秦腔成为她近 60 年生活中不可或缺的一部分。不断增长的年岁和丰富、起伏的人生经历为她的嗓音增添了底蕴和内涵。她在百老汇所唱的四句苦音，苍凉又精神昂奋，不仅成为演出的"大亮点"，也成了胡彩香表达对秦腔热爱之情的一个"大句点"。

　　2.善解人意的米兰

　　"干咱们这行的，婚姻不幸的居多。看着追你的排长队哩，可真心跟你过日子的能有几个鬼？"①小说借古存孝之口道出了一些唱戏女艺人的生存状态。"秦腔皇后"忆秦娥追求者不计其数，她却一生都在为先后经历的三段悲剧爱情流泪；楚嘉禾把男女之间的交往当成谋利和攀比的手段，最后人财两空。只有米兰一人，不仅拥有了美满的婚姻和优越的生活，还实现了自己多年的梦想，最先走出了宁州，将心里无法放下的秦腔带到了国外，最后又回归故里。获得家庭和事业的双丰收是米兰必然的结果，因为她既果敢，又保持谦逊，既懂得抉择，也敢于放弃。她会为了追求梦想而探索不同的道路，面对两难会选择对自己最有利的决定。身处文化氛围不够浓厚的剧团，米兰选择翻字典识字、阅读名著，提升自己的文化水平；在事业逐渐走上坡路的时候，米兰选择放弃已有的主角位置，远走国外，把秦腔带进百老汇。在打拼出一番事业后，米兰选择回国。这一次次岔路口的选择，构成了她灿烂生命中的一次次华丽的转身。

　　如果说胡彩香和忆秦娥一直在国内坚守着秦腔的"根"，那么米兰则去国外探索了秦腔的发展前景，这样一个果敢、谦逊且对秦腔充满热爱的女性，成为推动中国戏

---

① 陈彦.主角：中部 [M]. 西安：陕西师范大学出版社，2018：382.

曲艺术向外发展的强大动力。"她的生命内核里，终还是一个唱戏的戏子。"① 秦腔对米兰而言，不单单是一种职业，还承载着童年的回忆、姐妹的深情，代表了满腔的热爱、纯净的初心，提供给她的是安稳的家园和心灵最后的归属。

"我有一个梦想，希望能在美国看到秦腔。是忆秦娥唱主角的秦腔。"② 这句话道出了米兰对秦腔的感情是一种深沉的大爱。从自己拼命地想要站在舞台中央到听见胡彩香纯正的秦腔而落泪，再到决定要将忆秦娥唱主角的秦腔推向国外，米兰早已经跳出了个人的名利圈，为秦腔提供了一个走向世界的宽广舞台。

3. 一代戏痴忆秦娥

秦腔剧本情节生动、复杂，情感丰富，演唱时多角重唱，被称为"唱乱弹"。演出时，生、旦、净、丑等各类角色轮番上场，展现出各自的技艺和绝活，具有不同的特点和作用。生角和旦角分别由男演员、女演员装扮，常演对手戏；净角多扮演性格刚直、粗暴凶猛的人物；丑角幽默、滑稽，起着调节气氛的作用。小说里代表着老戏精华的"忠""孝""仁""义"四位老艺人就包括了"红生""文武不挡的大男旦"、武将和专门说戏的"导演"。他们共同培养了武旦忆秦娥。

陈彦描写了主角忆秦娥与众不同的特点：她单纯而孤僻，木讷寡言，不求名利，一心学戏，她的这种独特，造就了秦腔新的希望。"大角儿是需要一分憨痴与笨拙的。"③ 她的"痴"和"笨"体现在唱戏上是十年如一日的苦练和恪守传统老戏的本质。起初忆秦娥只把练戏当成逃避外界和自我保护的方式，试图用身体的劳累来避免消极情绪的蔓延。四位老艺人对秦腔精益求精的态度和为艺术奉献生命的伟大举动，让忆秦娥逐渐认识到学艺的意义——更好地演绎出戏剧的美是对师傅期望和教导的回报。忆秦娥逐渐从只是被动地接受秦八娃的建议，到自己主动在重排中领悟到不能轻视传统的道理，再到去大西北遍访老艺人，排"失传戏"，一步步成长起来。性格上的"痴"和"笨"的特质让她对外界感知迟钝、不懂得应变，而恰恰因为如此，她以不变应万变，几十年始终坚守着戏曲的基本程式和套路，让秦腔这门有着上千年历史的戏曲历经岁月的冲刷仍然保持住了精华的本质，这也正是她成为名副其实秦腔代言人的真正原因。

---

① 陈彦. 主角：下部 [M]. 西安：陕西师范大学出版社，2018：826.

② 陈彦. 主角：下部 [M]. 西安：陕西师范大学出版社，2018：833.

③ 陈彦. 主角：下部 [M]. 西安：陕西师范大学出版社，2018：1085.

在 50 余年的时间里，忆秦娥和秦腔早已成了一个相互成就的共同体，秦腔的兴衰和她的荣辱息息相关。忆秦娥需要练功，练功可以让她忘却现实生活的苦楚；忆秦娥需要唱戏，唱戏能改变她的命运，使她从没有像样衣服穿的农村女娃变成万人追捧的"秦腔皇后"；忆秦娥需要舞台，通过舞台得到的赞美可以点燃她的自信和激情，带她走出彷徨和苦闷；忆秦娥需要秦腔，秦腔给她平凡的人生镀上了一层金边。秦腔也需要忆秦娥，唱念做打俱佳的忆秦娥对秦腔而言，是独一无二、不可替代的存在。她不仅能吃苦，还能把唱戏当成真正的艺术。她把自己理解的爱通过唱戏传达给更多人，在生活不断的磨难中逐渐成长为通人心、懂人性的表演艺术家。忆秦娥是秦腔真正的希望，能够给这门艺术带来转运。

忆秦娥之所以被扣上"憨"和"笨"的头衔，原因就在于她和大多数人的选择不同，她眼里没有对名声和利益的欲望，她追求的是自由和快活。忆秦娥的"笨"其实是一种对待生活的"智"和对秦腔的"爱"，她对秦腔的挚爱使她摆脱了世俗的羁绊。

4. 工于心计的楚嘉禾

楚嘉禾和忆秦娥两人的人生轨迹紧密交织，却有着截然相反的走势。忆秦娥实现了从无人问津的"烧火丫头"到光鲜亮丽的"秦腔皇后"的蜕变；而楚嘉禾则从"几乎所有人都在说，这是一个好苗子"[①]开始，到只得了"幕后伴唱：本团演员"的名分而落幕。忆秦娥的辉煌是无尽汗水和泪水浇灌的结果。缺少刻苦和坚持的品质，让楚嘉禾品尝了苦果。

楚嘉禾的起点比一般人高，加上优越的家境和自身条件，让她形成了骄傲自满的性格。她虽然有着要唱主角的明确目标，但在生活里挑三拣四，在工作中挑精拣肥，只想享受成为主角后的光环，却不想承担要成为主角必须付出的压力和艰辛。同样练"吹火"，她"嫌烤脸、烧眉毛；练在小生腿上、背上站桩，又嫌害怕；还嫌累死人"[②]，一个多月之后没练出半点眉眼。她和米兰一样，在争夺主角的道路上都遭遇了"劲敌"，但不同的是，米兰分得清友情和工作，在竞争的同时细心维持着友谊，甚至能向对方虚心请教。但楚嘉禾不同，她有着自己狭隘的骄傲，从一开始就瞧不起忆秦娥这个烧火丫头，后来忆秦娥能力大幅度提高后，楚嘉禾生发出嫉妒和怨怼情绪。楚嘉

① 陈彦. 主角：上部 [M]. 西安：陕西师范大学出版社，2018：39.
② 陈彦. 主角：上部 [M]. 西安：陕西师范大学出版社，2018：187.

禾只是认为是因为忆秦娥的阻挡，自己才没有了光彩，而从未意识到自己缺少的是真正的实力和正确的心态。

楚嘉禾的"灵"和忆秦娥的"瓜"形成了鲜明的对比，楚嘉禾为人处世灵活、圆滑，懂得察言观色、投机取巧。在忆秦娥成为无法撼动的主角后，楚嘉禾立马离开，去了省城剧团；在省城受到排挤和偏见时，她鼓动宁州剧团的人和省城的规矩对着干；当秦腔受到冲击，日渐衰落，她加入轻音乐团。成为主角，对楚嘉禾而言，只是一种对名利的追求和能受到他人追捧的吸引，主角逐渐演变成了她攀比和嫉妒之心的载体。

楚嘉禾是陈彦塑造的一个"变形人"。她作为一个反面例子，向读者展示了一个没有真才实干、整天执着于钩心斗角的旦角，衬托出忆秦娥坚守本心的可贵。作者真切地描写了一个面对名利无法自守、充满嫉妒心理的女性形象，在充满竞争的典型环境中塑造了一个典型的、丰满的负面人物，体现出现实主义的批判精神。

5. 秦腔新星宋雨

宋雨的人生和忆秦娥的人生有着很大程度的吻合。两人都在重男轻女的家庭里成长，以烧火丫头的身份被带进唱戏的大门；都受到老艺人的扶持，以《打焦赞》亮相；性格都内敛、沉默，有着埋头训练、坚韧不拔的干劲；都以秦八娃的原创剧本立稳脚跟，受到了观众的喜爱。这种刻意的"重复"强调了小说"传承"的主旨。即便忆秦娥让秦腔红破了天，但个人的生命在戏曲源远流长的发展进程中还是显得渺小。剧团需要继续生存，秦腔需要继续发展，就需要有源源不断的新生力量。宋雨便是推动文化发展的一颗新星，但"小忆秦娥"和"秦腔皇后"忆秦娥有着本质上的不同。忆秦娥的沉默寡言是对陌生环境产生的自卑和胆怯，而宋雨的一声不吭是在为最后的爆发做充足的准备。在忆秦娥糊里糊涂被带进剧团的年纪，宋雨早已有了要改变自己生活的强烈意愿。宋雨对唱戏的向往不仅仅停留在想化戏装、穿戏服，而是直接扎起板带练功。她比忆秦娥多了一分对自己人生主动把控的力量。忆秦娥留在剧团是胡彩香和米兰两人特意去九岩沟挽留的结果，而宋雨受到外界的阻拦，反而更加卖力，练到尿出血和脚踝骨骨折，也从未有过放弃的念头。

如果要通过宋雨来判断秦腔之后的发展态势，那一定是积极向上的。宋雨作为第三代旦角，不仅有着与忆秦娥一样的勤恳和刻苦，还有着米兰具备的坚定和果敢，能够抓住可贵的机会去摆脱烧火的生活，站上光鲜亮丽的舞台。此外，她还有着楚嘉禾身上的"狠劲"和"上进"，一直对成名和发光充满了向往，这一切都将成为正面的因素，推动剧团的发展。往前站、做示范、当主角是宋雨对自己的规划。可见，宋雨代表的不仅仅是忆秦娥生命的延伸，更是秦腔这门艺术的赓续。

（二）《主角》的戏剧化艺术表达

陈彦在《主角》的写作中不仅将秦腔丰富的文化内涵作为小说的主要内容，也能深入小说的内在肌理进行戏剧化的书写。秦腔的文化浸润、戏剧人生的经验积累、文学创作的自觉追求，使《主角》艺术表达的戏剧化成为可能。艺术表达戏剧化指的是"对戏剧特殊的表现手段和艺术技巧的借鉴和对艺术效果的利用，从而使小说的本体呈现出戏剧艺术的审美特征和艺术魅力"[1]。中国传统戏曲的人物塑造的动作化、情节发展的戏剧性、舞台表现的写意性等特征，都对陈彦的小说创作有一定的影响。《主角》艺术表达的戏剧化主要表现在人物塑造、情节结构、场景营造三个方面。陈彦小说的戏剧化是陈彦对中国传统戏曲的借重，更是陈彦对中国小说写作的探索。

人物塑造的戏剧化主要体现在副末开场、用典型戏剧动作塑造形象和借用剧团生活环境的典型性构成人物设置的二元化上。在《主角》中，陈彦借鉴了戏曲中副末开场这一手法，通过一个全知全能的叙事者将人物的身世、经历等向读者集中介绍，以引起读者注意。作者在忆秦娥出场时写道：

> 那是1976年6月5日的黄昏时分，一代秦腔名伶忆秦娥，跟着她
> 舅——一个著名的秦腔鼓师，从秦岭深处的九岩沟走了出来。
> 那天，离她十一岁生日，还差十九天。
> 忆秦娥是穿着乡亲们送的一双白回力鞋上路的……[2]

小说通过一段"纪传体"的介绍，将忆秦娥一生的经历集中地介绍了出来，为后面的长线叙事做了铺垫。刘四团第二次入场时，陈彦写道：

> 看官可曾记得，当年给忆秦娥拍戏的老艺人古存孝身后那个小跟班？
> 就是给古导接大衣、披大衣的那位。想起来没？

① 孙淑芳. 鲁迅小说与戏剧[D]. 武汉：华中师范大学，2012.
② 陈彦. 主角：上部[M]. 西安：陕西师范大学出版社，2018：5.

那人叫"四团"，姓刘名四团。是古存孝的侄子。[①]

寥寥几句话，就将前面出场的刘四团"草蛇灰线"般勾连了起来。典型动作也是陈彦人物塑造戏剧化的一大特点。例如，"敲鼓"一个动作就将忆秦娥的舅舅胡三元"敲鼓佬"的人物形象鲜明地立了起来。胡三元在河里石头上练敲鼓，在伙房的案板上练敲鼓，在肚皮上练敲鼓。胡三元的敲鼓、忆秦娥的低头捂嘴笑、古存孝排演时的抖大衣和披大衣、薛桂生的兰花指，这些人物的典型动作，都给人留下了深刻的印象，具有鲜明的个性特征。陈彦在集中塑造这些人物形象的时候，将人物置于剧团生活环境的描写之中，注重在两两对比中揭示人物的共性和特性。例如，忆秦娥和楚嘉禾、胡彩香和米兰、周玉枝和惠芳龄、龚丽丽和忆秦娥，这些人物由于争夺主角而形成对比，并由矛盾冲突而显示出各自的性格特征，忆秦娥乖、笨、实，楚嘉禾靓、灵、懒，胡彩香泼辣、冲动，米兰内敛、寡言。还有胡三元与郝大锤的敲鼓之争，黄正大与朱继儒、单仰平与丁至柔的正副团长之对比，古存孝与封子的导演之争，对比手法的运用，塑造出了个性鲜明的人物形象。

情节结构的戏剧化是通过兴衰荣辱的循环起落、悲欢离合的轮替推动情节的发展。陈彦以秦腔史为写作线索，秦腔史蕴含着兴衰荣辱的循环起落。在清代乾隆年间（1736—1796年），魏长生三次进京，第一次没唱响便被人赶出了京城，第二次进京引起花雅之争，却又被打压，直至第三次进京，技艺更加纯熟，才使秦腔发扬光大。《主角》着重描写了新时期秦腔的发展，秦腔经历了从沉寂到复苏、再从辉煌至落寞和21世纪文化复兴的过程。在近百年的时间框架下思考秦腔的兴衰及可能的命运[②]，成为一条内在的情节结构线索。在讲述忆秦娥的人生历程时，作者以悲欢离合的轮替来推进情节的发展。忆秦娥学徒期间，待过伙房，受过欺辱；唱红北山之后，进入省秦腔剧团，唱响国际，却也承受着秦腔带来的磨炼；后被人诬陷，只能默默忍受。忆秦娥在成为"秦腔皇后"的道路上，经历过师父苟存忠的离世、剧团团长单仰平的意外离世、儿子的惨死、第一任丈夫的背叛、第二任丈夫的自杀。主角的人生充满悲欢离合。秦八娃曾对忆秦娥说："谁让你要当主角呢。主角就是自己把自己架到火上去烤的那个人。因为你主控着舞台上的一切，因此，你就需要有比别人更多的牺牲、奉献与包容。有

---

① 陈彦.主角：下部 [M]. 西安：陕西师范大学出版社，2018：834.
② 徐勇.传统戏曲的现代性难题及其隐喻：关于陈彦的《主角》[J]. 长江文艺评论，2019(6)：27-32.

时甚至需要有宽恕一切的生命境界。唯有如此，你的舞台，才可能是可以无限延伸放大的。"①

"悲喜沓见，离合环生"的情节结构模式与忆秦娥的人生体验是一致的。《主角》的结构安排与情节安排具有中国传统叙事的特点，该小说以"故事整一性"结构、"二元补衬"模式来展开描写。"在人生的一个较长的时间段中观察故事主人公的兴衰起跌、'否泰互转'的叙事过程。"②

场景营造的戏剧化注重小说场景的现场感、剧场性和写意性。戏剧表演要求观看者身临其境、感受情节带给人的紧张感。忆秦娥第一次表演《打焦赞》的时候，作者以第一视角将读者拉入剧场后台，让读者感受戏剧表演的紧张感。化妆、包大头、上头面，然后唢呐吹响，忆秦娥手持"烧火棍"出场，起飞脚、接卧鱼、"大绷子""刀翻身""棍缠头"，亮相于观众面前。一个回合下来，胡老师给她喂水，米兰老师给她擦汗，接着又上场了。作者通过一系列的动作描写，营造出一种"戏剧性的紧张刺激"，将一个主角上场、下场的准备工作展现在读者面前，激起了读者对主角表现的期待。跟着作者视角的游走，读者仿佛置身于舞台幕后，体验了一场大戏的演出。陈彦还擅长增强场景的剧场性。所谓剧场性指的是"受众与演员同在一个时空中，不仅在感官上能够获得强烈的主体感受，而且与演员之间形成了生动而现实的交流"③。《主角》中多次出现对戏曲表演场景的描写，面对不同的剧场，观众与演员的现场交流也是不同的。苟存忠的《鬼怨》面对的是多年记挂着自己的老观众，"一口，两口，三口，四口……由慢到快，由弱到强，直至'连珠火'将贾化、贾似道、贾府全部变成一片火海，继而天地澄净，红梅绽开"④。接着，观众的掌声便如浪潮一般涌上了舞台。苟存忠凭借自己的技艺，通过表演技术难度的层层增加和戏剧舞台情绪的层层渲染，使观众与舞台表演形成了一种情感共振，使观众感受《鬼怨》带来的审美体验与心灵触动。进京演出的忆秦娥面对的是陌生的观众，她通过一个长达三分钟的卧鱼征服了观众。"当身子扭转到三百六十度，呈'犀牛望月'状时，恰似一尊盛着盈盈波光的'玉盘'，琥珀粼粼，却点滴未漾。"⑤终于，掌声如雷鸣般响彻整座剧场。在三分钟的卧鱼之中，

① 陈彦.主角：下部[M].西安：陕西师范大学出版社，2018：780.
② 董上德.古代戏曲小说叙事研究[M].广州：广东高等教育出版社，2011：56.
③ 刘家思.剧场性：戏剧文学的本质特征[J].四川戏剧，2011(1)：43-48.
④ 陈彦.主角：上部[M].西安：陕西师范大学出版社，2018：275.
⑤ 陈彦.主角：上部[M].西安：陕西师范大学出版社，2018：406.

舞台已是"星光惨淡风露凉"，忆秦娥柔软地下沉，恰似生命的沉潜。在舞台意境的烘托下，观众已进入一个艺术审美空间。米兰回国后，在秦腔茶馆听到胡采香唱《白娘子》："西湖山水还依旧，憔悴对满眼秋。霜染丹枫寒林瘦，不堪回忆旧游。"她想起了和胡采香一起在剧团的日子，为了争夺主角，姐妹俩反目成仇，而今回国再听到《白娘子》，不禁有一种往事不堪回首的感觉，这几句唱词正是她此时的感情共鸣。陈彦在小说文本的写作中，通过双重视角，既关注了演员的表演，也看到了观众的反应。读者在阅读小说的过程中，也如身临其境地感受到了演出的氛围。多重视角带来的观剧体验，通过陈彦的叙事被放大了。

"写意性表现为一种诗化的倾向，不重视情节，甚至淡化情节，追求意境，追求意趣隽永。"[1]忆秦娥在遭遇主角易转、养女宋雨离开之后，内心崩溃，郁闷无法排遣。在深夜，忆秦娥独自徘徊在古城墙上，听到了低沉的伴唱声，跟着唱了起来，唱出了几十年演艺之路的辛酸遭遇。从苦音慢板转到散板，到快"二六板"，再到最后的板胡苦音，随着板式的变化，忆秦娥的唱词曲调显得深沉、哀婉，一种悲愤、凄哀的情绪氛围萦绕在古城墙上，让人久久不能平静。在老城根下，一声老腔传来：

> 人聚了，戏开了，
> 几多把式唱来了。
> 人去了，戏散了，
> 悲欢离合都齐了。
> 上场了，下场了，
> 大幕开了又关了。[2]

这也意味着忆秦娥的主角时代结束了。中国古代戏曲，台上热闹，台下凄凉，人去楼空，好戏散场，就是一种人生如戏的体现。张爱玲《倾城之恋》中白公馆咿咿呀呀的胡琴声，白先勇《台北人》中氤氲着的戏曲唱词背景，都是在热闹中又有凄凉。声音作为背景，在虚空的舞台上飘着，这正是戏剧舞台常用的效果。张爱玲笔下的苍凉、白先勇笔下的凄凉、陈彦笔下的悲凉，都是由此营造出来的。"如曰小说文本是元

---

① 石昌渝. 中国小说源流论：修订版 [M]. 北京：生活·读书·新知三联书店，2015：87.
② 陈彦. 主角：下部 [M]. 西安：陕西师范大学出版社，2018：809.

文本，穿插出现剧目、唱词、念白的戏剧则是一种潜在的文本，它以另一个先行存在的意义空间，扩大了元文本意义空间的生命。"① 陈彦在小说中引入很多的剧目、唱词、戏曲演出场景、戏曲片段，完成了多文体写作的融合，这种融合使得整个文本呈现一种浩浩的生命气象。

（三）《主角》的章回小说叙事传统

《主角》对中国文学叙事传统的继承是多元而广泛的。陈彦在秉持史传创作原则的同时，在小说形式上吸收章回体的经典叙事策略。下面主要从叙事结构、空间叙事层次以及叙述节奏三个方面着手，考察《主角》如何在形式上继承古代章回体小说的叙事传统。

1.双层叙事结构

辐射式的单体叙事结构是长篇章回体小说常见的叙事结构，即石昌渝所言"由一个故事构成的小说"②。这种框架以一个中心大故事为主轴，环绕这个主轴，发展出多个小故事，这些小故事存在着密切的因果逻辑关系，必须保持固定的顺序和位置，共同推进主线故事的发展，形成了类似树枝般分叉的叙事结构。

作者在推动《主角》主枝干情节发展过程中，采用了过关斩将式的连续叙事手法。这种叙事方式在经典作品《西游记》中有所体现，作者主要通过唐僧师徒一路上的苦难、挑战以及一系列设定的关卡来串联起整部小说的叙事结构。孙悟空利用召唤土地神和过关斩怪的模式多次推动故事发展，最终成功取得真经。《西游记》中各关卡的难度并没有明显的递增或递减规律，《西游记》显示出一种波动式的叙事推进模式。在此基础上，《主角》不仅继承了过关式叙事结构，随着情节的推进，还不断提升关卡的难度，展现出了一种纵向的升级叙事结构。如果将《主角》的主枝干情节形象化，那么这一"形态"可以概括为忆秦娥从一个简单的放羊娃、烧火丫头逐步成长为秦腔的顶级演员，最终得到"秦腔皇后"的地位的人生历程。整个叙事脉络是通过不断过关、升级来串联起来的，秦腔成为推动叙事向前发展的关键元素。在分支情节的构建上，《主角》呈现了对长篇章回体小说辐射式单体叙事结构的一种归纳和回归。在

---

① 俞晓红.《红楼梦》"戏中戏"叙事论略 [J].红楼梦学刊，2018(1)：264-284.
② 石昌渝.中国小说源流论 [M].北京：生活·读书·新知三联书店，1994：31.

主线情节的推进过程中，小说延伸出多种多样的分支情节。这些分支小故事的排列顺序是固定的，不能随意更改。例如，在忆秦娥还是一个烧火丫头的阶段，四位老艺人"忠""孝""仁""义"的出现，帮助她对表演艺术和秦腔有了初步的认识和理解。随着忆秦娥成长，封潇潇、刘红兵和石怀玉三人分别在她的少女时期、青年时期和中年时期出现。每个时期的人生体验和生命感悟都不同，导致她的情感选择和发展路径也各不相同。这些人物的出场顺序是不可以调整的。

陈彦认为，中国小说的整体风貌应该类似《红楼梦》那样，情节与情节之间"松松软软、汤汤水水、黏黏糊糊，丁头拐脑"①。《主角》的每一个分支情节都与主干情节密切相关，有效地支撑着整体情节的推进，展现了向长篇章回体小说靠拢的明确自觉。这种叙事结构的严密性，体现了作者在构建复杂情节时的高度控制能力和艺术追求。除此之外，分支情节的设定和展开不仅仅为了丰富故事的层次，还具有推动主线情节发展的重要作用。例如，在忆秦娥的人生早期，她作为一个烧火丫头，对艺术和文化有着浓厚的兴趣，但缺乏系统的学习和指导。此时，"忠""孝""仁""义"四位老艺人的出现，不仅为她提供了艺术上的启蒙，也为她后来的艺术生涯打下了坚实的基础。这些分支情节在表面上看似独立，实际上却是主线情节不可或缺的组成部分，它们相互影响，相互促进，共同构成了一幅复杂的叙事画卷。在忆秦娥人生各个阶段的推进中，每一次关卡突破都不仅仅是个人成长的象征，更是整个故事情节向前推进的关键节点。从县剧团的烧火丫头到秦腔艺术的顶峰，忆秦娥的每一步都伴随着新的挑战和新的关卡。这种连续过关叙事模式，不仅增强了故事的张力和观众的期待感，也使得整个叙事结构更加紧凑和充满动力。进一步看，《主角》中的过关叙事结构并不是简单的障碍设定和解决，而是每一个关卡都深刻地反映了主角的内心世界和社会环境的变化。这种叙事技巧使得每一次过关不仅仅是表面的成功，更是主角内在成熟和自我实现的过程。例如，在"游西湖"这一章节中，忆秦娥不仅在艺术上达到了新的高度，也在精神和情感上获得了极大的提升，这一段人生旅程的成功，标志着她从一个地方级演员成长为国家级演员。

《主角》这部作品还继承了章回体小说中环形叙事的传统结构，这种结构在经典的《三国演义》中已经得到了显著的体现，即以"天下大势，分久必合，合久必分"为开篇和结尾，形成了一种首尾呼应的环形叙事，也映射出了一种对世事无常、循环往复

---

① 陈彦.主角：下部[M].西安：陕西师范大学出版社，2018：898.

的体现。在《主角》中，作者选择了九岩沟这一地点作为叙事的开始地点和结束地点。《主角》具有明显的环形叙事特征。

小说的起点设在 1976 年，主人公忆秦娥还是易招弟，她随舅舅胡三元离开九岩沟，结束了放羊生活，开始学习戏曲。到了 2016 年，已经成为著名戏曲演员的忆秦娥再次回到九岩沟，在舅舅的引导下再度离开，小说的叙事在此圆满结束。通过将九岩沟作为固定的起止点，小说在结构上展示了环形叙事的特点，并在整个布局中贯穿了规律性的循环，构成了若干个首尾相接的叙事单元。这些叙事单元，以三代主角之争为线索，形成了大环形叙事结构。首代的主角之争发生在胡彩香与米兰之间，米兰离开宁州县剧团象征着这一叙事单元的结束，过渡到下一个叙事单元。叙事焦点转移到忆秦娥与楚嘉禾之间的第二代主角之争，与前一代的冲突主要限于舞台不同，楚嘉禾采用各种手段在暗地里对忆秦娥进行抹黑和陷害，将冲突的范围扩大到了现实生活。忆秦娥的最终宽恕标志着这一代主角之争的结束。第三代主角之争发生在忆秦娥与她的养女宋雨之间，尽管忆秦娥的及时退出使这一次角色争夺战迅速结束，但宋雨的行为暗示着主角之争永无止境，代际传递成了命运的轮回。这三代主角之争构成了三个环形叙事单元，形成了一种叙事秩序，将情节各部分紧密连接起来，每一代的主角都不可避免地陷入同代内部的竞争，以及被下一代取代的循环。

通过聚焦忆秦娥的个人命运，小说也展现了一种荣辱相生的小环形叙事结构。这种叙事特点在《红楼梦》中也有所体现，即人物命运中的悲喜交替。"小说情节安排之特点，不是遵循一个从困境到结局，或从幻灭到觉醒的辩证发展过程，而是从'悲中喜'到'喜中悲'、从'离中合'到'合中离'的无休止轮替。"[①] 陈彦在《主角》中有意采用《红楼梦》的笔法与写作技巧，让忆秦娥的人生故事中荣辱、毁誉、悲喜、成败、进退等元素在辩证关系中循环展现。例如，忆秦娥的艺术生涯中，她的成就经常与负面评论或诋毁并存。当《白蛇传》在北山地区巡演并获得巨大成功时，一则关于忆秦娥在宁州县剧团被轻视的谣言开始流传。当《游西湖》在京引起轰动时，抹黑忆秦娥的言论疯传。当她凭借《狐仙劫》赢得梅花奖之后，负面的舆论攻击再次加剧。她的个人生活同样遭受攻击，尽管她在舞台上光芒万丈，但私生活中的恶意揣测和诋毁更加猛烈。此外，虽然她的演艺生涯达到顶峰，她享受众多戏迷的支持和热情，但一次舞台坍塌事故导致了团长和几名儿童死亡，使她再次被卷入公众争议和批评之中。

---

① 浦安迪. 浦安迪自选集 [M]. 刘倩，译. 北京：生活·读书·新知三联书店，2011：210-211.

这样的荣毁相生的循环，形成了多个小环形叙事单元，使得对忆秦娥的人生描写形成了一种充满悲喜交替的环形叙事结构。通过这些叙事单元，陈彦成功地描绘了人物命运的复杂性和多维性，展示了生活中不可避免的起伏和挑战。这种环形叙事结构不仅增加了小说的艺术深度，也反映了人类经历的普遍性和周期性。正如浦安迪所述的"奇书文体"中的"结构秘法"，这种以绵延不断的回转形成无了局的结构，让读者感受到生活的连续性和循环性，进而引发读者对人生、命运和历史循环的深入思考。

2. 空间叙事层次

引诗词、戏曲与梦境入文是中国古典小说常见的叙事技巧，不仅使叙事文学呈现出文备众体的特征，还极大扩展了小说意蕴表达的空间。《主角》借鉴这一笔法，融合现实空间、戏曲与诗词空间形态，使不同的空间形态承担不同的叙事功能，呈现出虚实相生的叙事特征。尤其是戏曲的引入，不仅发挥"他山之石，可以攻玉"的表达作用，也体现了陈彦对民间艺术传统的继承。

在《主角》这部作品中，现实空间不仅是叙事的舞台，也是推动情节发展和人物性格塑造的重要因素。小说通过忆秦娥的生命历程，呈现出地理空间的多次转换，从而描绘了她的成长与变化。小说被划分为上、中、下三部，每一部分都围绕忆秦娥所处的不同地理环境展开叙事，反映了她在生活和职业上的不同阶段。在小说的上部，故事主要围绕忆秦娥在宁州县剧团的生活展开，地理空间主要集中在九岩沟与宁州县。这一部分描述了忆秦娥的早期生活和她在戏剧世界中的初步探索。随着故事的发展，忆秦娥离开了县剧团，被调到省秦腔剧团，故事的空间焦点随之转移到省城西京。此外，通过参加全国调演，忆秦娥使舞台从省城扩展到了北京和上海，小说将更广阔的地理空间纳入叙事。在小说的中部，忆秦娥经历了个人生活的多重打击，如刘红兵的背叛、舞台坍塌事故以及儿子的智力障碍。这些事件使她精神几近崩溃，她选择前往尼姑庵寻找精神慰藉。这一部分中，空间焦点从繁忙的省城回到了相对宁静的九岩沟。在住持的点化下，忆秦娥决定复出，地理空间从九岩沟回到西京，并最终扩展到国际舞台，即百老汇。小说的下部描绘了忆秦娥再次回归九岩沟。这一次，她面对的是职业生涯的终结和养女宋雨的离去，她选择回到了她的避难所九岩沟。然而，她的故事并未就此结束。在舅舅的劝慰和开导下，忆秦娥整理心情，准备重新出发，这预示着现实地理空间将再次发生变化。九岩沟在忆秦娥的生命中扮演着重要的象征角色。每当她的生活遭遇困境时，她都会回到这个地方寻找心灵的平静和解脱。忆秦娥共四次回到九岩沟：第一次是在她初入宁州县剧团时，因为舅舅的问题而被排挤；第二次是在她成为省剧团的明星后，由于楚嘉禾的嫉妒而遭受谣言攻击；第三次是在舞台坍塌事故后，她无法承受心灵的重负；第四次是在她作为老旦角让位给年青一代后，她面对职业和个人生活的双重打击。

陈彦在小说中精心设置了城市与乡村的空间，不仅描绘了忆秦娥在这两种截然不同的环境中的生活状态，还表现了这些空间对她人生轨迹的深刻影响。九岩沟作为她的故乡，象征着根本、归属以及心灵的避风港，是她在人生遭遇挫折时寻求安宁的场所。相对地，省城西京则象征着她职业生涯的高峰和公众生活的中心，这里充满了机遇与挑战，也是复杂人际关系和职场竞争的舞台。这两个地点及其对应的生活方式为忆秦娥的成长提供了不同的资源和挑战，塑造了她复杂的性格和生命故事。通过这种对城市和乡村空间的交织使用，陈彦成功地展示了一个从乡村到城市，再从城市回到乡村的循环叙事模式，这不仅反映了忆秦娥个人命运的波折，也象征了生活中不断回归起点的循环主题。尽管忆秦娥在城市中取得了巨大的成功，但是她的心灵归宿和最终的解脱仍在乡村。这体现了陈彦在城乡描写上避免了简单的二元对立，而呈现了一种更为复杂和细腻的对人物内心世界和生活实境的探讨。在忆秦娥人生的不同阶段，宁州县作为一个过渡空间，联结了乡村与城市的生活。它既有城市的一些特征，如职业发展的机会，也保留着乡村的一些特质，如较为密切的社区关系。这种空间的设置使得忆秦娥的生活轨迹不是简单的线性进展，而是一种复杂的往返和内外兼修的过程，体现了人物在不同生活阶段的心理变化。

《主角》还将戏曲与诗词引入小说内部，在现实空间的基础上构建了丰富、立体的文本空间，体现了对中国文学叙事传统"文备众体"特征之继承，无论是戏曲还是诗词，均与人物命运走向密切相关，呈现互文性特征。

第一，以戏入文。《主角》引戏曲入小说主要通过两条路径，一是引入戏曲原文，二是引入戏曲思维。两者分别承担不同的叙事功能。一方面，《主角》是一部围绕秦腔艺术与剧团生活展开叙事的小说，为营造真实感与浓厚氛围，陈彦将戏曲剧目、情节、唱段等元素搬挪至小说内。戏曲空间成为独立空间，与现实空间相互映衬。忆秦娥出演的第一折戏《打焦赞》的主角杨排风是烧火丫头出身，忆秦娥此时也恰好沦落厨房烧火，与杨排风的处境相同。忆秦娥与封潇潇搭档排演《白蛇传》，二人戏内为夫妻，戏外暗生情愫。排练《游湖》时的戏词"同船共渡非偶然，千里姻缘一线牵"暗含双关意味，同船游湖是许仙与白娘子生发感情之机遇，共同排演《游湖》则成为忆秦娥与封潇潇产生朦胧爱恋之契机。《白蛇传》再一次贴合忆秦娥的现实人生经历。多年以后，忆秦娥与封潇潇各有家庭，再次搭档上演《白蛇传》，戏成了传情、表意、诉苦的途径，戏内泪流满面，戏外却只能形同陌路，构成物是人非的强烈反差，使得两人无疾而终的感情添加一层悲剧色彩。将戏文嵌入小说，戏内、戏外构成互文关系，文本空间得以与现实空间相互观照，使《主角》的叙事表达更为丰富。另一方面，以戏入文还表现为操纵人物在日常生活中的言谈举止有意模仿戏曲程式。《主角》中有三处审判情节，这三处情节均以戏剧化的形式呈现。第一处是对公捕公判大会现场的描写：

> 犯人被押进一个临时搭起的帐篷里。突然，会场上响起了排山倒海的呼口号声。紧接着，那溜帐篷跟演戏拉幕一样，一齐朝起一掀，一个十分威严的队伍，已经在幕里排得整齐划一了。每个犯人，都由两名挎枪的武警战士押解着。他们在朝会场主席台前走着。跟演戏一样，主角总是最后出场。三个戴脚镣的，也是最后才宣判。她舅在这场事情里，充其量也就是个跑龙套的。[①]

帐篷掀起正如大幕拉开，来参加公捕公判大会的群众便是观众，他们如看戏一般注视着犯人被逐一有序押解出来。这一过程正如演员登台亮相，死刑犯就是这场大戏的主角。

第二，以诗词入文。陈彦继承古典小说引诗词入文的传统，在《主角》中，以"忆秦娥"为词牌名的词作共五首，其中，《忆秦娥·箫声咽》为李白原词，其余四首均为陈彦所作，并假托小说人物秦八娃、忆秦娥之名呈现。诗词空间与小说内部的现实空间相互映衬，成为传情达意的又一叙事载体。忆秦娥这一艺名是民间艺术家秦八娃所取，出自李白的《忆秦娥·箫声咽》。此词描写女子思念爱人的痛苦之情，展现了历史之兴衰变迁，格调凄婉动人而又气韵深沉，展现出一种开阔境界。忆秦娥以往背诵这首词并无体会与感悟，然而，在忆秦娥与刘红兵刚刚结婚之际，她再次背诵这首词，深受触动，流泪不止。《忆秦娥·箫声咽》恰好贴合此时忆秦娥内心的情感纠葛，她与

---

① 陈彦. 主角：上部 [M]. 西安：陕西师范大学出版社，2018：92.

封潇潇的朦胧爱恋无疾而终，纵使不舍，也已经与他人结婚，唯有斩断前缘，以箫声寄托无尽的思念。在这一经历之后，忆秦娥终于顿悟出"秦娥梦断秦楼月"之萧条意味。秦八娃以"忆秦娥"为词牌名，创作了三首词，题目分别对应不同的创作动机，词的内容指涉秦腔在不同历史发展阶段的兴衰状况，也寄寓了秦八娃对秦腔艺术的深切观照。在原创剧《狐仙劫》获奖之后，秦八娃酒醉兴起，随口吟诵一阕《忆秦娥·狐仙劫》。《狐仙劫》中的九妹在贪婪与欲望的重重围猎下，无处躲藏，唯有愤然跳崖，以生命为代价，守护恒常价值，极具悲剧性。秦八娃同样是传统秦腔的坚定守护者，慷慨悲歌唤秦腔复兴。忆秦娥的出现令秦八娃看到了希望。忆秦娥在茶社唱戏时拒绝刘四团的百万搭红，促使秦八娃创作《忆秦娥·茶社戏》。在这一时期，新潮艺术形式不断挤压秦腔的生存空间，甚至许多秦腔演员纷纷转行，秦八娃却十分笃定"洞天别启，废都有戏"，这种信心便源自忆秦娥。《忆秦娥·茶社戏》预示了秦腔艺术即将复兴。宋雨出演的《梨花雨》引起轰动，成为秦八娃又一次创作"忆秦娥"词作的契机。然而，这一次的主角不再是忆秦娥，而是宋雨。在《忆秦娥·看小忆秦娥出道》中，秦八娃将宋雨比作枝头新开放的艳艳桃花，而忆秦娥则只能沦为凋落的红花。秦八娃所作的《忆秦娥·看小忆秦娥出道》，题目暗含一种极为残酷的现实，"忆秦娥"作为一个代号，并非独属于某一个人，而是代指所有具备天赋、能够延续秦腔生命之人。因此，易招弟终将要把"忆秦娥"这个艺名让出来，宋雨则成为下一个"忆秦娥"。这也回扣最初秦八娃从李白的词作《忆秦娥·箫声咽》中取名的寓意，"忆秦娥"实际上代表了对秦腔复兴的殷切希望，这也使得具有伏笔意味的前后叙事在诗词空间内实现融会贯通。最后一阕《忆秦娥·主角》出自忆秦娥之口，算是对整个人生的总结。忆秦娥又回归为易招弟，词的内容与她一生经历相契合，这首词也是她生命感悟的外化，暗含豁达、开阔之境界。将舞台让给下一代，也意味着新的开始，跳出个人得失的方寸视野，才能收获广大天地。这与小说结尾忆秦娥的独唱形成互文，戏曲与词作均表现出相同的哲思意味，也是对小说主题意蕴的再次凸显。由此可见，《主角》中的"忆秦娥"词作构成一个独特的诗词空间。诗词的嵌入不仅增加小说的文化底蕴，也在文本内部形成一种对话与互文，创造出多重空间形态，扩大小说的叙事容量。

3.叙述节奏

《主角》能够广泛汲取长篇章回体小说的叙事策略，依靠情节不断反转得到高

峰迭起的结构效果；充分运用预叙手段设置悬念，激发读者阅读兴趣；通过重复性
叙事，突出标记关键情节，强化人物性格的典型特征；凭借不时显露出的说书人口
吻巧妙地把握叙述节奏，从而实现增强小说可读性与故事性的叙事目的。

　　第一，高峰迭起的章回叙事。在《主角》中，章回体小说的传统叙事方式得到了
充分的继承和发展，其中对情节发展节奏的掌握和高潮的设置尤为关键。这种叙事策
略不仅增强了小说的可读性和故事性，还使情节波澜起伏，极大地吸引了读者的注意
力。茅盾曾总结长篇小说的章回叙事特点为"可分可合，疏密相间，似断实联"，这
种叙事策略在《三国演义》和《西游记》中的应用尤为显著，《主角》也如此。《三国
演义》中的叙事结构展示了每隔数回就会出现一段引人入胜的情节，如三顾茅庐、赤
壁之战、诸葛亮三气周瑜、七擒孟获等，每个情节都是一个独立的小故事单元，它们
相互关联，构成了整部作品的有序叙事节奏。类似地，《西游记》中八十一难的叙述方
式，不论是短暂的一回还是跨越数回的叙述，均呈现了小说叙事的高潮和曲折。《主
角》延续了这种章回小说的叙事特性，通过情节的快速转折，制造了一系列的小高潮。
例如，小说上部第十三回到第十六回中，胡三元制作的道具土炮意外爆炸，导致演员
死亡。原以为这将成为胡三元生命的终结，但最终他被判有期徒刑五年。情节在这短
短几回内多次反转，给读者带来了强烈的叙事张力。第二十一回中，忆秦娥因舅舅的
牵连丧失了学员资格，被迫去厨房烧火，而到了第二十五回，这一低谷反而成为她的
转机，苟存忠的偶然发现使她获得了新的学艺机会。在第五十二回，宁州县剧团的
《白蛇传》在北山地区成功上演，这原本是一个喜庆的高潮，但到了第五十五回，剧团
因主要成员的离开而面临崩溃，情节发生了戏剧性的反转。在省秦腔剧团在全国巡演
的高峰期，演员的消极情绪逐渐蔓延，又一次带来了情节的波折。忆秦娥的每一次艺
术成就和职业升级，伴随的总是恶意的揣测和污蔑，她的每一次光辉背后总有阴影相
伴。这种福祸相依的叙事张力频繁地在各个章回中出现，营造了情节的起伏和情感的
交织，加深了小说的叙事深度，增强了小说的情感冲击力。通过这种高潮迭起的章回
叙事结构，《主角》不仅保持了传统章回小说的故事性，还增加了读者的阅读兴趣和情
感投入。这种叙事方法使得读者阅读每个章节时都充满了紧张和期待，使得整部小说
不仅仅是对忆秦娥的生活和艺术生涯的线性叙述，也是一系列连环的戏剧性事件，这
些事件构成了一幅复杂的生活画卷。

　　第二，张弛有度的预叙。在《主角》中，预叙的使用是一种关键的叙事技巧，它

不仅增加了故事的悬念和深度，还以一种独特的方式引导读者的期待和情感投入。虽然西方古典小说理论通常认为预叙可能削弱悬念，但是中国古典小说经常利用预叙来增强故事的复杂性和吸引力。《主角》中的预叙通过四种主要方式实现，每种方式都巧妙地调整了故事和叙事的时序关系，给读者带来一种张弛有度的审美感受。首先，通过使用"即将有一件大事要发生"这样的预叙标记句，小说在章节的结尾处常常留下悬念，刻意中断叙事流程，增强故事的紧张感。例如，小说中出现的"又发生了一件大事""闹了一场不小的风波""谁也没有想到，一场大事故，却在舞台下面一点点酝酿开来"等句子，都在章节的结尾突然插入，未给出详细解释，戛然而止。这种叙事手法在创造悬念的同时，为下一章的叙事预设了紧张的氛围，使读者产生强烈的好奇心和继续阅读的欲望。其次，通过将"这是后话"作为预叙的标记句，叙事者在故事发展的某一点插入未来的事件，例如，忆秦娥离开九岩沟前对舅舅和宁州县剧团一无所知，却通过预叙得知未来她会因舅舅的问题而苦恼。这种预叙不仅增加了故事的深度，也增强了叙事的连贯性，使得即使是未来的事件也为读者所知，增强了叙事的复杂性和吸引力。预叙常通过情节伏笔实现，这在《主角》中的应用尤为精妙。例如，在描述四位老艺人的状态时，有关看门老汉的细节描写，表面看似无关紧要，实则为后来的情节发展埋下伏笔，透露出看门老汉非比寻常。当看门老汉的真实身份——苟存忠被揭示出来时，之前的预叙使这一揭示具有了更深的叙事意味和较强的情感冲击力。最后，通过人物直接的预言来进行预叙。例如，在苟存忠葬礼的场景中，古存孝对忆秦娥说："这小子，一定不得好死，你信不信？"在后来的叙述中，郝大锤的悲惨结局证实了这一预言，增强了故事的戏剧性，增加了故事的道德维度。这些预叙技巧的使用，不仅为《主角》构建了一个非线性的时间结构，还提前设定了故事的情感走向和道德判断，吸引读者关注人物命运。此外，这种叙事策略也体现了作者对中国古典叙事传统的深刻理解和灵活应用，使得《主角》不仅是一部情节跌宕起伏的叙事作品，也是一部深刻反映人性与命运的文学作品。通过这种预叙技巧，陈彦不仅改变了基于时间顺序的线性叙述，还在增加叙事层次和丰富故事内涵上下了大功夫，使得小说具有了很高的艺术价值和阅读魅力。

第三，标志突出的重复叙事。在《主角》中，陈彦巧妙地运用了重复叙事这一叙述策略，通过反复讲述相似事件来展示情节的深度和人物性格的复杂性。这种叙事方法在中国古典长篇小说中极为常见，如《三国演义》的三顾茅庐、三气周瑜和《西游记》的三打白骨精、三调芭蕉扇。这些重复的事件虽然表面上看似相同，但每一次的具体情形都有所不同。叙述者详细地描述了每一次事件的过程，突出事件的细微差别和深层含义。在《主角》中，重复叙事不仅用来增强故事的连贯性，也用来深化主题和推进人物发展。忆秦娥四次返回乡村九岩沟的情节就是一个显著的例子。每当她面对生活挑战和心灵痛苦时，她就选择返回这个象征着安全和平静的避难所。这种重复叙事不仅凸显了九岩沟作为乌托邦的属性，也深化了忆秦娥对家乡的情感依赖，体现了她在困境中寻找安慰和恢复的心理轨迹。忆秦娥的捂嘴笑行为在小说中多次出现，这也是重复叙事。每次捂嘴笑都揭示了她不同的心理状态和成长阶段。在她的早年，这个动作表现出她的羞涩和不安，是一种尝试隐藏自己的不自信和内心痛苦的表现。随着故事的发展，这个动作逐渐转变为一种应对复杂社交场合的策略，帮助她在剧团内部的权力斗争中保持冷静。最后，这个动作成为她成熟的标志，象征着她对生活的宽容和对自己身份的接受。通过这些重复叙事，陈彦不仅展示了忆秦娥一生的变化，还通过对比和回顾强化了人物的共性和差异性，使得忆秦娥的人物形象更加丰满和真实。这种叙事技巧有效地推动了情节的发展，也加深了读者对人物内心世界的理解。

第四，中断讲述的说书人叙事。在《主角》中，陈彦精妙地运用了说书人叙事这一传统技巧，使得叙事者在故事中扮演了一个关键的角色。这种叙事模式深受中国古代长篇小说的影响。说书人叙事在宋代话本中表现突出，说书人不仅是故事的讲述者，也是操纵故事进程和人物命运的主宰者。在《主角》中，说书人的存在不仅为叙述提供了流畅的过渡和解释，还增加了故事的层次和深度。在小说的叙事结构中，说书人经常通过直接对话的方式介入故事，与读者建立一种直接沟通关系。例如，通过预先介绍人物和暗示未来的情节发展，说书人引导读者的注意力并设置期待。如小说提前透露忆秦娥将从易招弟改名为忆秦娥的情节："她叫忆秦娥。开始叫易招弟。是出名后，才被剧作家秦八娃改成忆秦娥的。"[①]这种提前介绍不仅增加了故事的悬念，也强化了叙事者的全知视角。在关键情节中插入自己的评论或提问，也是说书人叙事的一种特点，这样的叙事技巧使得故事既保持了传统的韵味，也增强了互动性和引人入胜的故事性。如在介绍封潇潇时，说书人暗示其未来的重要性："这里不能不介绍一个重要人物了，

---

① 陈彦. 主角：上部 [M]. 西安：陕西师范大学出版社，2018：3.

因为几年后，他就成了易青娥的初恋。"[1]这种叙事方式不仅展示了人物的未来发展，还激发了读者对故事的兴趣。此外，说书人在小说中的显现，常通过特定的插句或直接与读者对话的形式出现，如在主人公名字改变的节点明确提醒读者："从此，易青娥就叫忆秦娥了。记住，主角名字换了。"[2]这种叙事方法桥接了故事的前后发展，并帮助读者更好地了解故事的发展进程。在对刘四团身份的揭秘环节中，说书人的角色变得尤为重要，他不仅知晓人物的秘密，还以一种近乎戏谑的方式介入故事，拉近与读者的距离："看官可曾记得，当年给忆秦娥排戏的老艺人古存孝身后那个小跟班？就是老给古导接大衣、披大衣的那位。想起来没？"[3]这种直接的呼唤和提醒，使得叙事更加生动，也强化了故事情节的连贯性和说书人的叙事权威。

◎ 课后练习：

1. 分析《主角》中胡彩香等女性角色如何体现社会变迁。

2. 讨论小说中戏剧化表达如何增强情节的吸引力。

3. 探讨《主角》中叙事结构的创新及其对故事的影响。

4. 分析小说如何通过空间叙事层次展现人物心理。

5. 探索《主角》中叙述节奏如何影响故事的感知。

6. 比较《主角》与其他章回小说在叙事上的相似之处与差异。

7. 讨论《主角》中的女性形象与现代社会的关系。

---

[1] 陈彦. 主角：上部 [M]. 西安：陕西师范大学出版社，2018：39.

[2] 陈彦. 主角：中部 [M]. 西安：陕西师范大学出版社，2018：365.

[3] 陈彦. 主角：下部 [M]. 西安：陕西师范大学出版社，2018：834.

第九讲　乔叶《宝水》

◎ **学习目标**

★ 理解《宝水》中的乡土书写及其对新时代的反映。

★ 分析小说中的女性形象及其文化意义和社会意义。

★ 探讨《宝水》的叙事艺术，特别是叙事线索与视角的使用。

◎ **重点与难点**

★《宝水》中的叙事艺术和女性形象分析。

★ 解析小说中的多层次乡村图景及其象征意义。

◎ 知识结构图

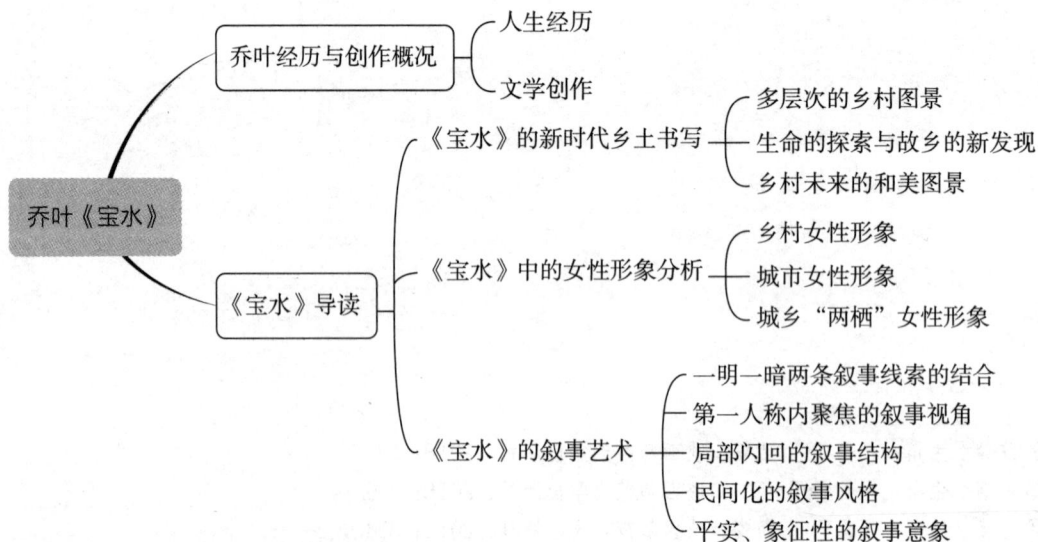

一、乔叶经历与创作概况

乔叶，本名李巧艳，1972 年出生于河南省焦作市修武县一个普通的家庭，父亲是焦作市矿务局干部，母亲是小学民办教师。1990 年，乔叶从焦作师范学校毕业，被分配到乡村当教师。正是这段教师生涯，给予乔叶文学创作的环境与动机。乔叶创作的散文先后在《焦作日报》《中国青年报》等报纸副刊发表。1996 年出版第一本散文集《孤独的纸灯笼》之后，一发不可收，到 2001 年被选调到河南省文学院从事专业写作时，她已有七部散文集。2020 年，乔叶通过人才引进到了北京，担任北京老舍文学院专业作家、北京作协副主席。

乔叶的文学创作大致可分为两个部分：一是散文创作，二是小说创作。乔叶的散文作品文笔细腻独特，清新隽永，富有哲理和智慧，对生命和人生的意义有着深沉的思辨和探索，多样化的题材统摄在机敏的基调中，蕴藏着准确、动人的知识内省，深受广大读者喜爱，具有广泛的社会影响。乔叶的小说创作进行较晚，2001 年，乔叶到河南省文学院工作之后，调整了自己的创作方向，把主要精力转向小说，用一年的时间创作了长篇处女作《守口如瓶》，2004 年，这部长篇小说以《我是真的热爱你》为名由长江文艺出版社出版发行了单行本。《人民日报》《文学报》《新京报》《北京日报》《小说评论》等媒体跟出了相关评论和报道，社会反响良好。著名评论家雷达在《2004年能让我们记住的文学作品》的综述中如此评价："河南女作家乔叶的《我是真的热爱你》，表现城市化进程中，一些乡村女性被吸入城市的黑洞后那种惨烈的经历。这是一种可惧的生存。可贵的是作者并不展览人欲横流，而是充满了悲悯情怀和诗化的理想精神。"此外，乔叶的长篇小说代表作还有《宝水》《认罪书》《拆楼记》《藏珠记》等，其中，《宝水》荣获 2023 年第十一届茅盾文学奖。乔叶也进行了一批具有相当质量的中短篇小说的创作。其代表性作品有中篇小说《我承认我最怕天黑》《紫蔷薇影楼》等。2004 年，在中国作协和河南作协联合举办的"河南省五位青年女作家作品研讨会"上，乔叶被誉为"河南五牡丹之一"——中原大地上的紫色牡丹。

二、《宝水》导读

《宝水》是"70 后"代表作家乔叶的长篇突围之作，首发于《十月·长篇小说》

2022 年第 4、5 期，2023 年获第十一届茅盾文学奖，授奖词这样概括这部作品："乔叶的《宝水》，风行水上，自然成文，映照着'山乡巨变'。移步换景的风俗风情与豆棚瓜架的倾心絮语，涵容着传统中国深厚绵延的伦常智慧和新时代方生方长、朝气蓬勃的新观念、新情感、新经验。在创造新生活的实践和人的精神成长中，构造融汇传统与现代、内心与外在的艺术形态，为乡土书写打开了新的空间。"

小说《宝水》主要以太行山深处的宝水村由传统型乡村转变为以文旅为特色的新兴乡村为背景，写人到中年的地青萍被严重的失眠症所困，提前退休后，从象城来到宝水村帮朋友经营民宿。她怀着复杂的情感深度参与村庄的具体事务，以鲜明的主观在场性见证新时代背景下乡村丰富而深刻的嬗变，自身的沉疴被逐渐治愈，终于在宝水村落地生根。这部长篇小说是乡土中国现代化的文学书写力作，生动地呈现了中国乡村正在发生的巨变。"冬—春""春—夏""夏—秋""秋—冬"四章如同一幅长卷，在四时节序中将当下的乡村生活娓娓道来。宝水这个既虚且实的小村落，是久违了的文学里的中国乡村。它的神经末梢连接着新时代乡村建设的生动图景，连接着当下中国的典型乡村样态，也连接着无数人心里的城乡接合部。村子里那些平朴的人，衍生出诸多鲜活的故事，丰饶、微妙的隐秘在其中暗潮涌动，如同涓涓细流终成江河。

（一）《宝水》的新时代乡土书写

乡村是中国百年文学绕不开的重要主题。《宝水》的讲述内容有明显的当代性，呈现了受现代化影响颇深的中国当代乡村正以如何的面貌存在、如何在新时代的语境下更新和发展。

1. 多层次的乡村图景

《宝水》第一段："睁开眼，窗外已经大白。看了一眼手机，六点整。四点半时还在床上烙饼，就算五点睡着，也不过是一个钟头的觉，还饶进去一个梦。"①仔细阅读，会发现这段话没有主语。就整部小说来看，《宝水》所用的语言经常省略主语，直接写人物的动作和所思所感。这种语言是乔叶写作惯用的，特别容易抓住人，会让读者有代入感，好像写的是读者自己正经历的事情。另外，这种语言继承了中国传统文言的表达方式，能最大限度摆脱形容词和从句的修饰，使得语言如白描一般，呈现出简素、

---

① 乔叶. 宝水 [M]. 北京：北京十月文艺出版社，2022：3.

干净以及干脆的质地。以这样的小说语言打底，小说无论怎么写都有朴素的底色。在这朴素之上晕染出的是像水粉画一样的乡村图景。在《宝水》里，作家用准确、朴素、中式的色彩词语写所见的乡村风景，如蓝有深蓝、浅蓝、靛蓝，绿有深绿、墨绿、浅绿、豆绿，还有紫色、黄色、粉色等。乡村风景在小说中被视觉化为一个个色块，并且特别区分颜色的层次，一层层荡漾开来，形成色彩简单但所见开阔的美学风格。比如，结尾一句"一道又一道，近处深蓝，远处浅蓝，蓝至无穷无尽"[①]，让人领略到乡村图景的清淡与旷远。

清淡、旷远的乡村图景出现在许多乡土文学作品中。这种美学风格继承了沈从文、孙犁等人的书写传统，带有作家对乡村的美好想象和淡淡愁绪。与此同时，《宝水》中的乡村图景有非常热闹、鲜活的一面，不同于传统乡土文学。在小说开头，地青萍要选乡村居住时，曾提到选择乡村的标准：

> 我说，虽然不知道什么村子行，却知道什么村子不行。那种没有一点儿热乎气儿的荒凉破败的村子不行，我图的不是那份安静。要是真安静了我还真就傻了眼。已经成了旅游景点的那些大红大紫的村子也不行，去那里做生意的人会扎堆儿，也没有了原本的乡村味儿。离城市太远的也不能去，中老年身体不争气，说不定什么时候就会有病啊痛啊的，需得能及时到条件差不多的医院去瞧。[②]

这段话侧面揭示了宝水村的特征，实际也揭示了被文学化的新乡村的特征：既要有乡村味儿，又要热闹、鲜活，有当下感。小说写宝水村乡建之前的人文建筑，写新楼和旧楼高低错落，又写各色瓷砖贴在墙上，给人眼花缭乱的感觉。旅游业兴起后，宝水村虽然暂停了个人修建房屋的行为，被要求统一贴上白瓷砖，但依旧因地势、经济水平和修建方式的不同，呈现各式各样的民宿风景。宝水村的各种活动非常热闹。红白事人来人往的场面，过节时做饭、聚餐、耍狮子等的热闹场景，呈现一派生机勃勃。

作者写女人跳广场舞，"动作尽量向着舒展和大方，表情却不免是紧张和羞涩的。

---

① 乔叶. 宝水 [M]. 北京：北京十月文艺出版社，2022：527.
② 乔叶. 宝水 [M]. 北京：北京十月文艺出版社，2022：9.

她们总是低垂着眼睛，努力避开正视前方的观众。实在避不开时，那眼神里其实也很平静甚至严肃"①。在热闹的广场舞音乐下，妇女笨拙却严肃地舞动身体。如作者所言，这些舞动的妇女都是真实的人，不"假惺惺"地带着模式化的笑容。可以说，看似粗陋的图景之中，村民姿态生动、鲜活，小说呈现出当下乡村真正的风貌。

《宝水》还写了诸多的农作物，如茵陈、麦子、桃花、艾草和柿子。这些东西长在野地里，带着乡村的野气。它们一茬接着一茬，在一年四季的不同时期长起来。时节一到，人们纷纷拿工具采摘。经过加工，有的做成工具，有的可以食用。小说写了大量村民采摘、加工作物的片段，比如，秋天摘柿子、旋柿子，豆腐坊做豆腐，加工糕点，村民用香椿芽做菜，摘软枣卖钱。小说是杂学旁收的文体，《宝水》有许多关于技艺的描写，别具野趣，同时带着欣欣向荣、自在生长的气息。

在乔叶笔下，乡村图景带着泥土气息，带着大地气息。初到宝水村，地青萍就感慨乡村的气味能让人睡得安稳。小说第一章第三节叫"粪的气息"，写地青萍因混合着大粪气味和麦田气味的气味，暂时躲开了失眠的困扰。自此以后，这股混合着泥土气味与大粪气味的气味在小说中蔓延开，这气味"不是单一的臭。这臭里，似乎还有一点儿很淡的酸，一点儿很烈的苦，一点儿很粗的咸，一点儿很细的辣……是的，我还要说，它还有一点儿香，幽幽的"②。这气味是乡村的象征之一。一方面，它象征有别于城市的乡村文明。与城市不同，粪在乡村不是纯粹的垃圾。它有用途，能为土地施肥。它也参与大地的生态循环。乡村认同粪的存在。另一方面，它象征人的自然需求，象征着只有贴近大地时才能感到的原始与真实。到小说结尾，作者写"暖土"一节，将主人公对乡村的所有情感、认识归入温暖的大地中。乡村由此被描述成承载万物的所在，它"敦厚而轻柔"，接纳、支撑着于其上的人们。

可以发现《宝水》描绘的乡村图景既继承了传统乡土文学的美学风格，又呈现出新鲜的当代乡村风貌，承载着当代写作者对乡村的新想象。乔叶笔下的乡村图景是多层次的。她写的乡村既有清淡、旷远的一面，也不乏热闹、鲜活的气息。《宝水》所描绘的乡村图景尤其有泥土、大地的气息。在乔叶笔下，乡村厚重又温暖，是每个中国人的根。无论是土生土长的村民，还是不断流动的新人，都被乡土包容。这图景显示，乔叶的写作既不同于启蒙视角下对乡村的批判性想象，也并非将乡村视为"真"与

---

① 乔叶.宝水 [M].北京：北京十月文艺出版社，2022：445.
② 乔叶.宝水 [M].北京：北京十月文艺出版社，2022：8.

"美"的象征，或展示乡村原始的生命能量，而是采用较平和、超拔的方式关照乡村，让乡村成为永恒与秩序的象征，因此《宝水》具有了古典文学般厚重的气质。

2.生命的探索与故乡的新发现

《宝水》中有一个片段，是在天气晴朗的一天，青萍遥望南边的平原，老原调侃她是否看到了家乡福田庄，这令青萍内心怦然一动："我当然没有看见福田庄，可其实我不是一直都在看见她么？宝水如镜，一直都能让我看见她。"[①]这是独属于乡土子孙的体验，故乡已经成为他们观照其他地理空间时的参照系。乔叶也据此更新了书写乡土的方法：将一个陌生的村庄作为认识故乡的装置，代替以往直观乡土的叙述，主人公透过宝水重新审视故乡。作为镜像的宝水既是青萍重新观照故乡的契机，也成为她发现风景的路径。当然，风景的发现也离不开观察主体青萍的身份和视点，这让她得以跳出单一视角的局限，在"看"与"被看"之间完成身份的体认。

> 到西掌就有了疏疏落落的房子。或许是一块一块的缘故，山里的房子给我的感觉像是方蛋糕。视线最舒服的小蛋糕都是石头房，即使是两层的也看着不高不大。石是青石，或青白，或青灰，或青黄，或青红，和山色浓浓淡淡的青是一个谱系，柔和得浑然一体。扎眼的是各种颜色各种尺寸的大蛋糕。[②]

虽然青萍反复强调她的农村出身，但是乔叶时刻提醒读者注意，多年来的城市生活影响了青萍看待乡村的眼光，比如，青萍刚到宝水西掌时，用蛋糕来形容自己眼中的山里的房子。青萍兼具城乡两种生活经验，这使她既能看到农村与农民在发展过程中的特点，又能觉察到来到宝水的大学生的态度。与此同时，身份的异质性也让她成为"被看"的对象，她意识到自己的"外人"身份。从成为乡村的游客，到以乡人自居，青萍对乡土世界的归属感首先来自她对作为风景的故乡的重新审视。

青萍的宝水之旅，也是她漂泊半生后重新理解故乡的过程。乔叶在小说里设置了两条时间线，在青萍有关宝水的现时性记述中，穿插着她对故乡和旧日生活的回忆，其中互为镜像关系的情节则成为青萍重新思考家乡的重要契机。一方面，宝水和福田

---

① 乔叶.宝水 [M].北京：北京十月文艺出版社，2022：409.
② 乔叶.宝水 [M].北京：北京十月文艺出版社，2022：19.

庄的人物形象在特征上具有相似之处。比如，宝水村跛脚的光辉叔让青萍想起同样跛脚的叔叔，乖巧伶俐的曹灿让青萍"像照镜子一样，我突然照见了福田庄时的自己"[①]。另一方面，宝水村村民与青萍的家人有着相似的生活经历。乔叶以青萍的眼泪巧妙串联起两次家暴：在福田庄目睹父亲打母亲时，少年青萍的眼泪来自众目睽睽下被母亲推倒而产生的羞耻和惊惶；在宝水阻拦七成时，乔叶依旧让这位中年女人涌出了泪水，并以泪水为镜，折射出的不仅是震惊、愤怒，以及基于女性情谊的同理心，还有面对旧景重现的应激反应，揭示了青萍重新理解母亲后的歉疚与忏悔。在村民的眼中，她的眼泪是过分的情感宣泄，而对青萍来说，这些眼泪作为过去与现在的连接点，触发了她对往事的回忆。

　　青萍对福田庄生活的回忆皆以闪回镜头的方式呈现，相比叔叔、父亲和母亲形象的影影绰绰，记忆中的奶奶则因九奶的出现而复原为一个完整的形象。九奶作为乔叶在小说中着重刻画的人物，支撑着全书的结构。九奶是青萍在宝水村见到的第一个人，小说的讲述随着九奶丧礼的结束落下帷幕。九奶特殊的身份使她成为联结宝水和福田庄、青萍和老原的关键一环：作为青萍奶奶出嫁前闺蜜的九奶的出现开启了青萍对奶奶的漫长回忆，启发她重新思考故乡；九奶的叙述补全了奶奶出嫁前的形象，青萍才得以拼凑出奶奶完整的一生；九奶又是老原的亲奶奶，这似乎在冥冥之中注定了青萍与老原的相爱。所以，九奶这位年近期颐的长者，在某种意义上担当了小说叙事时间的操纵者的角色，既能将青萍引入对过去时日的回忆中，又能身携青萍对奶奶的情感投射，在时间的流逝中走向未知之境。青萍将九奶视作奶奶生命的延续，对九奶倾注了对奶奶的情感补偿与未尽的孝心，也势必要在年迈的九奶身上再次见证死亡。于是，在九奶被撞伤后，久违的有关奶奶的梦魇又一次出现在了青萍日渐安稳的睡眠中：

> 　　我周身忽然一冷。她死了，是的，我奶奶，她死了。现在这是梦。那个问题迅疾跟上来，那句话呢？那句让我猜了这么多年却始终不知谜底的话，得赶紧问问她啊。可就在此时，她又开始消失。像是在惩罚我一样，她又开始消失。我扑过去抓她，她瞬间如雾般消散。[②]

---

① 乔叶. 宝水 [M]. 北京：北京十月文艺出版社，2022：150.
② 乔叶. 宝水 [M]. 北京：北京十月文艺出版社，2022：425.

谜一样的遗言在此时复现，暗示着九奶的生命行将结束，在死亡中遗留下的谜团终究要靠另一场死亡来解开。于是发现，见证九奶离世的青萍似乎一反常态，不再是那个目睹香梅遭到家暴时哭得不能自已的女人。面对这样的悲痛场面，乔叶反而抽离了青萍身上的感性质素，将她刻画为一个理性、冷静的探秘者，以此提醒读者，青萍来到宝水的初衷是解决失眠与梦魇的困扰。因此，在此起彼伏的哭声中，青萍以旁观者的姿态专注于九奶唇的微动，认出了那句"回来就好"。同样以"好"字作结的遗言使九奶和奶奶真正合为一体，青萍终于打开了心中的枷锁，这是宝水生活带给青萍的自我救赎。

祭祀习俗作为我国传统伦理思想的集中体现，彰显着国人落叶归根的家园意识和对故土与家族的情感认同，在《宝水》中也发挥了镜像的作用。烧路纸意味着在寄托哀思的过程中完成一种精神皈依，乔叶借这一习俗引出对"老家是什么"的思考和发现，显示出现代人的精神失落与求索，借此完成小说立意和主旨的呈现。表示"其实对老家我一点儿感觉也没有。我一点儿都不觉得自己需要一个什么老家"[1]的女儿实际上扮演了少年青萍的角色。那个曾经执着于摆脱乡音、远离故乡、融入城市生活的女孩儿，经历了半生的颠沛流离，才逐渐意识到"你斩不断你的老家。当你老了，和老家的老越来越近时，你就会知道，自己是需要有一个老家的"[2]。从城市来到乡村生活，对于青萍来说，不仅意味着失眠症的疗愈，更是一场文化意义上的寻根之旅，亦即对故乡的重新发现。

青萍与老原的结合是她能够融入宝水、被村民悦纳的关键。如果借用柄谷行人提出的"反转"，将视角调换，重新审视小说有关二人情感的叙述，不难发现，青萍多年来默默接受老原的偏爱，但一直没有打算改变他们的关系，却在发现宝水、感受宝水的过程中决定和老原相守。也许不是和老原相爱让青萍获得了对宝水乃至对整个乡土世界的归属感，而是对乡土世界的自觉体认指引着青萍选择老原。这亦是作为"风景"的乡土世界对青萍"内面"的塑造。从年少时努力摆脱乡音，到走进宝水后对方言的处处留意，再到主动使用土语进行交流，青萍对她熟悉的家乡方言经历了由叛离到复归的过程，这使方言不仅作为独特的语言风貌，参与了《宝水》的美学建构，还化身为小说的情节要素，参与青萍身份认同感的建立。小说中的歇后语和土语作为中

---

[1] 乔叶 . 宝水 [M]. 北京：北京十月文艺出版社，2022：329.
[2] 乔叶 . 宝水 [M]. 北京：北京十月文艺出版社，2022：330.

国传统文化和民间智慧的结晶，在参与塑造人物形象的过程中，也传递着乡土社会的朴实气息。乔叶以口语化的表达和原汁原味的河南方言填充村民的对话，并让青萍不时抽离于情节的叙述中，为读者解说方言的意思，《宝水》因此兼具方言词典的功能。

3.乡村未来的和美图景

《宝水》中的乡建专家孟胡子，是宝水村产业转型的核心人物。作为"美丽乡村"项目建设的总体规划师与项目实施者，孟胡子为读者精心勾勒出一幅新乡村建设的美丽图景。孟胡子不仅身体力行地参与村容村景的改造，还带领他的团队不断用新的知识为乡村社会的发展助力、赋能。他们既有热情、有干劲——主动进乡、无私奉献、服务农民，又比较了解乡村建设策略——用审美知识、规划知识、设计知识推动乡村全方位建设。孟胡子和他的团队是当代乡村建设中涌现的新时代新人典型。这里的新人典型不同于新时期文学中涌现的先进人物与劳动模范。孟胡子和他的团队贯穿小说《宝水》始终，勾连起乡村建设、发展的点点滴滴。孟胡子这位智者在村庄陷入困境之时，没有把自己当成局外人，而一次次帮助村民平息纷争、化险为夷。在宝水村转型过程中，诸多问题困扰着这里的村民与基层治理者：游客把垃圾乱丢，村庄治理无序，村民大曹私自征收游客停车费，民宿经营者对游客吃住胡乱收费，志愿者来村开展乡村启蒙教育受阻。面对这些棘手问题，孟胡子巧用自己的智慧提出合理化建议：对于村里垃圾治理，他提出"村管收集，镇管转运"，村民力所能及辅助配合；对于私家车乱收费问题，他通过张贴通告顾及各方脸面来阻止大曹的不合理行为，并以文字形式做出新要求，指导村民结合市场合理收费，不要存着欺诈的心，更不要内里闹将起来；耐心告诫来乡志愿者要放下身段，走到农民当中，先与村中孩子交好，孩子是好桥梁，不管有什么计划，能先把孩子聚在一起，就能和孩子的家长熟悉，等建立了感情，再进行下一步，这样才能真正走到农民当中，了解农民的实际需求，开展相关教育活动。

宝水村这个位于晋豫太行山深处的小山村，一直在通过自身的努力，依托现有的自然资源，寻求发展的新途径与新机遇。早在大英那一代，大英的公公、大伯哥，当年为了修叠彩路，一死一伤。老原的奶奶及众多村民为了修建叠彩路，也付出了惨痛的代价。那时候即使缺钱少技术，也要修路，为的就是打通宝水村与外界沟通的桥梁，让村庄有更好的发展机会，这可谓宝水村实现走出去的第一步。宝水村地理位置优越，村容村貌保留完好，村庄内部关系和谐，没有外来资本的强势介入，这正如乡建专家孟胡子所言，简单到没有外人，"咱们不收门票，吃住不贵，想游的地方可远可近，想耍的地方可多可少，是个闲住散心的好地方"。依靠乡村原有的村庄共识和自我约束能力，这些乡村建设新人开始积极发挥其作用，助力乡村发展迈向第二步。由于城乡一体化浪潮的席卷，乡村开始接受外界新元素的重塑，通过新媒体平台吸引客流的方式呼之欲出。不论是村干部小曹还是青萍与"三梅"（秀梅、香梅、雪梅）组建的青梅艺术队，都通过新媒体平台宣传宝水村。这种引客入村的新型方式，使得传统民俗、人文风情、自然风光得到较好的呈现。小说通过村民对日常生活片段的定格与截取，真实地展现了当下农村生活的苦乐悲欢，人们可以在镜头一端感受到浓郁的生活气息。通过小说中这些真实可感的内容，读者可以看到生活在乡村共同体中的个体成员丰富多彩的日常生活，看到一个充满活力的社会群体真实的生活状态。随着农家乐规模的不断扩大，诸多问题接踵而至，当务之急就是统一服务标准、提升服务质量，使宝水村在激烈的市场竞争中找到一条适合自身的发展道路，克服之前人为的种种弊病，重新安顿村民的日常生活与身心状态。村民通过自己的努力，优化营商环境，美化房前屋后花园，自发清理村内垃圾，开办讲堂讨论民宿经营。如果说这些举措是村民自发的一种有意识的团体协作，那么农家乐协会的建立则是村民主动学习现代管理经验的一种大胆尝试。在规范化、标准化的要求下，农户各家告别了之前自扫门前雪的状态，凝心聚力，共同促进乡村文旅事业的发展。

（二）《宝水》中的女性形象分析

《宝水》中的人物各具特色，尤其是女性人物形象刻画得更加细致，展现了女性真实的生活状态。《宝水》中的女性可分为三类，即乡村女性、城市女性和城乡"两栖"女性。

1. 乡村女性形象

乔叶在刻画《宝水》中的女性人物形象时，重点描写面对苦难时女性的独立、乐观、美好、隐忍、仁爱。

在传统社会中，人们遵循"女子无才便是德"的观点。随着社会进步，女性越来越独立，社会地位越来越高，大英正是宝水村独立女性的代表。当孟胡子贴瓷砖敷衍了事时，她及时制止，维护村子利益；当村民因揽客发生矛盾时，她及时调解，维护村民和谐；当村子面临卫生问题时，她及时解决，维护村子形象。在大英的带领下，宝水村变成了远近闻名的旅游胜地。独立、勇敢的大英，也有软肋，她的软肋是娇娇。娇娇在无忧无虑的年纪，却不幸得病，这对大英来说是非常痛苦的，但她没有怨天尤人，而将全部精力放在村子发展上，无怨无悔地付出，这体现了大英的坚强、乐观。这样独立、乐观、坚强的大英是乡村女性形象的美好代表。作者以青萍第一视角描写大英，对大英的能力表示赞扬，对大英的苦难表示同情，对大英的独立、乐观表示敬佩，经过一系列描写，塑造了一个独立、乐观的大英形象。"香梅是村里面容姣好的女性，她清眉淡目，也不白，五官搭起来却是恰到好处的俊俏，有一种摄人的妩媚风情"①，作者在小说中这样夸赞香梅。她的美是大家公认的。香梅每次露脸，总会收获很多关注。她优越的外貌条件一方面给宝水村带来了流量，为村子的旅游事业贡献了力量，另一方面却让香梅遭受了不公待遇——家暴。乔叶以文字为武器，站在女性立场保护女性，为女性发声。香梅在受到伤害时，没有立马反击，也没有一味隐忍，而瞅准时机，给他教训，使他再无下一次。在《宝水》中，香梅与不公待遇做斗争，她的反击代表了女性意识的觉醒，最终实现了女性的自我救赎。九奶是宝水村老辈形象的代表。她是方圆几里有名的接生婆，村里五十岁以上的人，绝大多数都是她接生的，她也是宝水村最德高望重的人，是几个村最长寿的人。九奶有一颗仁爱的心，她关爱晚辈，与人为善，对青萍和老原更格外用心，因此大家都很敬重她，把她当自己的奶奶对待。九奶一生积德行善，帮助了许多人。所以，在九奶去世时，村里的老老少少都赶来送她，甚至为了帮九奶找到拐杖，全村出动。九奶无私地帮助别人，得到了晚辈的关心和爱戴。

2. 城市女性形象

《宝水》刻画的人物形象颇多，不仅有土生土长的宝水村人，还有来自城市的大学生。与宝水村人相比，城市大学生的思想更加前卫、开放，他们受过高等教育，有新信息、新观念。

周宁和肖睿是从城市来支教的大学生。因为肖睿想要保研，必须有志愿者服务经历，恰巧刷到了宝水的新闻，正好又有熟人，所以两人就在宝水村住了下来。他们的到来给村子带来了新知识、新思想，使宝水村变得更加开明，使乡村女性意识开始觉

① 乔叶. 宝水 [M]. 北京：北京十月文艺出版社，2022：19.

醒，也给乡村旅游事业的发展带来了新的生机与活力。周宁对宝水村的精神文明建设发挥了重要作用，不仅是新知识的传授者，也是思想的解放者。周宁还给宝水村带来了生命教育。她认为人生的意义在于奉献，她支持人死后捐赠遗体，然而这和宝水村人的观念大相径庭。新旧观念的冲突、城乡思想的碰撞，促使宝水村不断前进，缩小了城乡差距。正如青萍所言："如果大家都能在一条线上对话，那不是人人平等，美美与共，天下大同，还需要什么支教呢？"①周宁给村子带来了新思想。在新思想的影响下，村子越来越进步，村民越来越开明。万物启蒙教育是素质教育领域里正流行的一种教育，意思是万物皆老师，引着孩子走出教室，注重理论和实践的结合。宝水村村民却认为万物启蒙教育没有必要，学习课本、提高成绩才是正事。实践证明，万物启蒙教育是正确的。但是要让宝水村村民接受这种教育，需要正确方法的使用和时间的磨合，新信息、新思维要结合实事，才有生命力。周宁的认知层次、思想水平等都是高于宝水村村民的。在新旧思想碰撞时，想要让新思想取代旧思想，就要学会选择正确的方法，低的上不来，高的要会下去。找到适合新思想传播的方式是周宁需要学习的。采用适合乡村的方法来传播新思想，可以使村子得到更好的发展，这也是周宁参加此次志愿活动最重要的意义。

3. 城乡"两栖"女性形象

地青萍从小生活在农村，长大后在城市打拼，后因失眠重新回到乡村。她既不属于地道的乡村女性，又不是纯粹的城市女性。"如果城里人是白面，村里人是玉米面，我就觉得自己既不是白蒸馍，也不是黄窝头，好像就是花卷，一层黄，一层白，层层卷着，有时候能利落分开，有时候根本就不能掰扯清楚。"②作者用类比来表达青萍的尴尬处境。因此，把青萍归为城乡"两栖"女性。青萍这一形象是充满矛盾的，她的性格中有矛盾与对立的两面：一是她作为接受过高等教育的城市女性，聪明、独立、深明大义，有先进的思想和渊博的知识；二是她作为深受农村生活影响的乡村女性，固守传统，重情重义，有对传统和人情的坚持和不舍。在两股力量的抗衡过程中，她的内心充斥着痛苦和矛盾。

青萍的老家是福田庄。小说中有关福田庄的描写可分为四部分。一是青萍幼时的

① 乔叶. 宝水 [M]. 北京：北京十月文艺出版社，2022：148.
② 乔叶. 宝水 [M]. 北京：北京十月文艺出版社，2022：188.

福田庄。那时候的福田庄山清水秀、鸟语花香。福田庄给青萍留下了许多美好的回忆：爬房顶，摘瓦松，吃碾馔，摘槐花……那时的青萍喜欢这个无忧无虑的村子。二是青萍少时的福田庄。因为奶奶的维人和乡亲隔三岔五地麻烦父亲，青萍讨厌福田庄，恨不得福田庄可以消失，此时的青萍厌恶这个满是人情的村子。三是拆迁时的福田庄。尽管青萍对福田庄充满了厌恶，可当它真正消失在眼前时，青萍内心的不舍油然而生。四是重建后的福田庄。看到还剩半拉的福田庄时，青萍十分怀念小时候的福田庄，惋惜这个村子。村子的变化引发青萍情感的变化，小说充分表达了青萍对福田庄的复杂情感：厌恶却又不舍。青萍本意是想在城市发展，可是不幸患失眠症，只有在乡村才能解决失眠问题。因为福田庄已经被拆得体无完肤，所以青萍选择同县的宝水村进行心灵补偿。最后，青萍回到乡村，失眠问题得以解决。

地青萍还有对奶奶的矛盾感情。青萍奶奶很会维人，维人给她家带来了许多好处，让小门小户的地家在村里有稳定地位，让青萍父亲当上了工农兵大学生，让叔叔娶到好媳妇。在乡村人眼里，维人是非常重要的，青萍却对此十分厌恶，想摆脱人情的束缚。当老宅重建时，工人跌伤，地家被讹，莲枝建议找人说和，这是用维人的方法解决问题。青萍对维人十分反感，可是这一难题又急需解决，经过内心的不断挣扎，青萍被迫接受了这一行为。当大耳朵请求青萍帮忙找医生时，青萍选择了帮忙，却没有像自己的父亲一样力所能及，也不想力所能及。"除了叔叔一家外，对福田其他人的其他事，杜绝力所能及的可能性。这样做时，尽量让自己理直气壮。可事情就是这样，谁心虚谁知道。这份愧疚一直或轻或重地拉扯着我，如同无形的累赘。"[1]因为青萍是一个有情有义的人，不忍心弃乡亲于不顾，但是又想要坚守原则，不想陷在人情旋涡中，所以她内心不断挣扎。后来，回到宝水村，她有了移情的机会，在宝水村做的这些分外之事，本质上是对福田庄忽视的弥补。青萍从小跟着奶奶生活，非常爱奶奶，可是父亲去世后，爱变成了恨。她认为奶奶是父亲去世的罪魁祸首，如果奶奶不让父亲维人，父亲不会借车，就不会出车祸，更不会去世。此时，青萍对奶奶的爱已经被恨取代。因为恨奶奶，在得知奶奶病重时，青萍以忙于毕业为由拒绝回家，没见到奶奶最后一面。这时，青萍后悔了，后悔诅咒奶奶。后来，青萍从七娘口中得知，奶奶常说"能恨出来就中，不闷着就中"[2]。此时，青萍被奶奶感动，恨又变成爱。青萍回想自己

---

[1] 乔叶. 宝水 [M]. 北京：北京十月文艺出版社，2022：162.
[2] 乔叶. 宝水 [M]. 北京：北京十月文艺出版社，2022：211.

的所作所为，内心十分愧疚、懊悔。遇到九奶后，青萍通过陪伴九奶来弥补对奶奶的亏欠。听到九奶对老原说"回来就好"时，青萍突然想到奶奶说的最后一句话一定也是这句，困扰青萍无数个夜晚的问题终于有了答案，这一刻，青萍与奶奶的矛盾终于得到解决。

青萍作为小说中出现的唯一的城乡"两栖"女性形象，受到城市、乡村两方面的影响，两种力量的抗衡使青萍非常痛苦并逐渐形成了矛盾对立的性格，这也直接导致了青萍的失眠。从城市回到宝水村后，青萍内心的矛盾得以解决，心结被解开，失眠症得到了根治。

（三）《宝水》的叙事艺术

《宝水》的叙事艺术主要体现在以下几个方面：

1. 一明一暗两条叙事线索的结合

《宝水》不是由单一的明线牵引着读者，而是有明暗两条叙事线索。明线紧紧围绕着宝水村展开，讲述宝水村在新时代的背景下完成乡村转型的故事，主人公青萍正是这一过程的参与者、见证者、推动者。与此同时展开的另一条叙事线索是青萍的"病"，作品展现了她的原乡记忆的"隐痛"留存以及重返乡土的"疗愈"过程。明暗双线交织贯穿全篇，共同推动故事的发生与发展。小说开篇即介绍了中年丧夫的主人公青萍因长期受到严重失眠症困扰，提前从象城报社退休，为休养身心，应老朋友老原之邀，来到其老家宝水村协助经营由原家老宅改成的旅游民宿，开始在宝水村一年的生活。小说便由此借着青萍的眼睛和心灵，体察宝水方方面面的肌理层次。宝水村村民在乡村建设专家孟胡子、乡村干部刘大英、秀梅等人的引导、带动下发展乡村旅游业。从孟胡子来村里设计图纸、进行局部改造，到青萍替老原接管民宿，筹建"村史馆"，人物在明面上直接介入宝水村的变革成为小说的明线。在宝水村的乡村旅游业由"乱"到"治"的发展过程中，各家有各家的生意经。在乡村转型经历"阵痛"之时，村民纷纷献言献策，积极解决激增的客流导致的有关堵车和停车、生活垃圾处理、公共卫生服务等的问题，大家做好食品安全保障，和游客打好交道，做到既保障服务，又保持盈利。与此同时，宝水这个当下的新农村，已进入短视频时代。青萍和村里的"三梅"共同经营的新媒体平台账号"宝水有青梅"将富有特色的乡村生态通过互联网媒介平台呈现在更多的远方客户面前，宝水村成功地从传统型乡村转变为以文旅为特色的新型乡村。同时，不能忽略的是，小说的暗线从故事的开头就埋上了：

　　　　若是明天出门，我今晚八点就会吞下安眠药，洗漱完毕，兢兢业业地
　　上床卧着，像母鸡孵蛋似的，巴望着能顺利地孵出一点儿毛茸茸的睡意。
　　能睡着一会儿算是运气好，睡不着就是分内。①

　　小说的暗线正是由青萍严重的失眠症勾连起的一系列隐秘、曲折的私人情感。青萍由奶奶一手带大，童年生长于和宝水村同属怀川县的福田庄，十几岁时随父母来到象城读书。奶奶和福田庄对她而言，既意味着温暖、自由的童年经历，又构成自卑、敏感的少女在都市目光的打量下最想洗去的乡村印记。青萍的奶奶爱维人，也擅长维人。在福田庄的语境里，"维人"意指"对各种人脉资源的经营维护"②。从她记事起，甚至在父亲出生之前，奶奶维人的长绳就已经开始编织。依靠着奶奶维人，小门小户的地家在福田庄支撑起相对稳固的地位，也保留住了起码的体面。奶奶一辈子所遵循的农村伦理与处事法则，以剪不断的人情往来的方式，牵缚着在象城工作的父亲，困扰着城市出身的母亲，最终酿成了家庭的悲剧——父亲在帮福田庄七娘的儿子借体面的红色婚车的途中发生车祸，意外丧生。在青萍看来，来自福田庄的所有麻烦都寄生在奶奶身上，福田庄等于奶奶，奶奶就等于福田庄。多年来，村里人无数次托在象城工作的父亲帮忙办事，奶奶的满口答应、从不拒绝，让青萍感到愤怒。她无法理解为什么奶奶非要给父亲带来这么大的麻烦，并把他拖进深渊、陷阱里。父亲的死，更直接导致青萍与奶奶之间难以消除的情感裂痕，老家福田庄成为她最深刻和最疼痛的记忆。在城市核心家庭惧怕的"人情线"里包含的付出、压力与束缚之下，奶奶的维人被误解为一种维系自家在村里的面子、地位、虚荣心与实际利益的"私心"。即便青萍在象城结婚之后，这种城乡之间的冲突与纠葛带来的巨大创伤，也未在平淡的婚姻生活中得以抚平，且伴随着丈夫的去世更加难以愈合。对乡村生活既眷恋又怨恨、既怀念又恐惧、既亲近又疏离的复杂情感，以严重的失眠、多梦的精神病症长久地折磨着她。

①乔叶.宝水[M].北京：北京十月文艺出版社，2022：6.
②乔叶.宝水[M].北京：北京十月文艺出版社，2022：189.

在小说的暗线叙事上，对于青萍的病以及微妙的情感变化，并非以顺叙展开叙述，而将其作为记忆或梦境的碎片穿插在宝水四时流转、晨昏相继的日常生活里。她实实在在地生活在宝水村里，与村民朝夕相处，变成宝水乡村式的知识分子、知识分子式的乡村农民。青萍在参与宝水村事务、和村民共同经营民宿的过程中，不得不切实地解决农村生活中的具体问题甚至大小摩擦，因而需要不断地调动其从奶奶、父亲和福田庄村民那里获得的乡村生活的经验与知识。她能从宝水的老祖槐联想到小时候自家院子里的槐树，从跛脚的光辉身上看到自己叔叔的影子，从要强得令人心疼的小女孩儿曹灿身上突然照见童年的自己……在陪九奶睡觉时，能突然从她身上嗅到自己奶奶那种熟悉的、令人安宁的气息，"仿佛在这一刻，穿越到了福田庄的老宅，穿越到了小时候"[①]。更重要的是，青萍在宝水所体味的乡村生活，混合着温厚与无奈、情理与计算的人情世故，最终构成她理解奶奶为何如此重视地缘、亲缘的传统乡村情感根据。在宝水，她遇到了大英，遇到了秀梅、青梅、雪梅，遇到了九奶这位年轻时和自己奶奶有过交情的老人。在和九奶相处的日子里，她才彻底地认识了奶奶，明白了奶奶为何热衷于维人，最后她也成为奶奶那样的人——为宝水村的人情琐事忙碌着。"我在宝水村做到这些分外之事，在本质上好像就是对福田庄的弥补性移情。"[②]她曾经在福田庄抗拒的一切，在宝水却逐渐自然而然地接受着、包容着。她回到了真实的乡村结构内部，理解了乡村世界的行为逻辑，进而重构了"人与我""城与乡"的关系。

2.第一人称内聚焦的叙事视角

从叙事学上看，聚焦就是叙事的视角。根据热奈特的分类方法，可以将聚焦分为零聚焦叙事、内聚焦叙事和外聚焦叙事三种模式。在小说《宝水》中，内聚焦视角得到了典型运用，对小说情节的呈现及情感距离的拉近发挥了重要作用。内聚焦叙事即作者借助某人物的感知，从某一人物的视角出发，描述其体验的世界，主要包含第一人称内聚焦和第三人称内聚焦两种类型。小说《宝水》大篇幅地使用了第一人称内聚焦叙事模式，从主人公地青萍的视角出发，记述了她在宝水村一年中所经历的琐事，同时记录她内心真实的想法。这种叙事模式很好地兼顾了小说中感知性视角与认知性视角的运用。在小说中"楝花开，吃碾馔"这一节，主人公地青萍在麦收时节前往叔

---

① 乔叶. 宝水 [M]. 北京：北京十月文艺出版社，2022：278.
② 乔叶. 宝水 [M]. 北京：北京十月文艺出版社，2022：345.

叔家。作者在这一节运用感知性视角进行描写："进门先磕头。餐桌后面紧挨着墙放的条几上摆着一排遗像：奶奶，爷爷，父亲……看了一眼，不敢再看。可是忍不住还想去看。再去看时，就泪眼模糊。案几旁边放着一个小小的棉垫子，我拉过来，跪下去，磕头。"①这段文字从感知性视角对祭奠亲人的场景进行描述。看到已逝亲人的遗像，心中夹杂着遗憾、愧疚和悲伤，怕自己情绪崩溃，因此不敢再看，可是长久以来积压在心中的思念之情又诱使"我"再去看，这种复杂情感伴着眼泪，终于在沉默中释放出来。作者随之运用认知性视角对地青萍心理状态进行描写："看到这些照片上的亲人，我不得不想到他们曾经的那些日子，且是和我一起过的那些日子。会想起他们走路的样子，咳嗽的样子，吃饭的样子，生气的样子，发愁的样子……这种形式如此鲜明地提醒着我，他们被照片压在另一个世界，整整齐齐地在那个世界，再也不能过这样的日子。"②作者通过这段话，对上一段的感知性视角下的内容进行补充，阐明了看到这些照片后主人公内心的想法，使读者感受到这种场景对主人公的触动。由此可以看出，第一人称内聚焦的叙事模式能将感知性视角与认知性视角完美融合在一起，淋漓尽致地表现人物激烈的内心冲突和漫无边际的思绪。③这种叙事模式能缩短人物与读者之间的距离，使读者获得一种亲切感。然而，第一人称内聚焦叙事模式存在一个明显的缺陷，"观察者只能了解自己所在场所发生的事情，其他人物及事件只有进入观察者的视野才得以介绍"④，这为叙述者增加了某种限定。可贵的是，作者乔叶在小说《宝水》中巧妙地将这种限定转化，有意造成了叙事的盲点、死角与空白，引起读者的好奇。在村干部大英的女儿娇娇初次出场时，大英向青萍介绍她有性格腼腆、怕生人等特点；后来青萍随大英上山挖野菜，大英向青萍透露娇娇有病，却不提她为何生病、生的什么病；随着与大英接触的深入，青萍了解到娇娇真正害怕的是陌生的男人，这时青萍只是为此感到奇怪；在外地男游客试图与娇娇交流时，娇娇的病发作了，青萍这才得以了解这件事的来龙去脉。这样一种叙事手法的巧妙运用，使得读者能在好奇心的驱使下，跟随青萍的脚步去探索未知的视域。在小说《宝水》中，作者利用第一人称内聚焦的叙事模式，从主人公地青萍的视角出发，记述了她来到宝水村的一年中所经历的大大小小的事，分享最直观的心理感受、使读者能感同身受、融入故事情境、同小

---

① 乔叶 . 宝水 [M]. 北京：北京十月文艺出版社，2022：185.

② 乔叶 . 宝水 [M]. 北京：北京十月文艺出版社，2022：185.

③ 胡亚敏 . 叙事学 [M]. 2 版 . 武汉：华中师范大学出版社，2004：28.

④ 胡亚敏 . 叙事学 [M]. 2 版 . 武汉：华中师范大学出版社，2004：28.

说中的主人公一起喜怒哀乐。同时，作者又一次次突破这种叙事模式的限制，将这种叙事模式转化为一种独具特色的叙事手法，使小说中情节的呈现行云流水般自然。

3.局部闪回的叙事结构

闪回又称倒叙，指按年代顺序发生的事件被早前发生或存在的事件打断的一种叙事艺术，包括各种追叙和回忆。作者通过不同时间、不同事件的并置互动，能够使小说内容更加充实，人物形象更加饱满，主题更为突出和深刻。根据闪回与故事的关系，可以将闪回分为整体闪回与局部闪回两类。局部闪回又称为"偶然闪回"，是对故事中某一时刻的回顾与交代，与整体闪回相比，跨度较大，幅度较小。小说《宝水》的叙事结构，存在着这种时间上的交错并置特征，小说大量运用了局部闪回的叙事手法。在《宝水》的开篇"正月十七"中，作者描述了正月十七这天晚上象城的安静景象："一到夜里，突然就静了下来。静把这一切热闹利利索索地一收，谁都知道这个年算是过完了。"这种安静来得这样突然，使青萍不由想起了自己的家乡，然后她展开了对福田庄的回忆："搁到小时候的福田庄，即使是正月十七，也还是有点儿意思的。"① 在这一段里，青萍回想起小时候的福田庄在正月十七的各种习俗，落花灯、吃面、包饺子、收祖宗轴子……青萍也回忆起了自己当年与奶奶关于生死的对话，青萍戏说道："死了都能过这么好，那咱都去死呗。"奶奶回道："急啥？都有那一天。"如今，奶奶的这一天已经过去，它把青萍与奶奶隔开，又带给了青萍无尽的思念。这一段叙事既为小说开头提到的关于奶奶的"梦"做出了解释，又为后面的"失眠"做好了铺垫。于是，一句"肯定是睡不着了"将话题从回忆拉回现实。

后来青萍在宝水村见到九奶，九奶直念叨她和迎春长得像。通过和叔叔的一通电话，青萍确认了九奶和奶奶是老相识，迎春便是奶奶。这便又把青萍拉入记忆的洪流中，使她想起奶奶的一生，想起童年时的那封信。此前，作者已在"陈年旧事"这一篇章中记述了奶奶与爷爷的相识以及爷爷牺牲后奶奶如何凭借一己之力扛起整个家，这显示了奶奶多年以来生活的艰辛以及奶奶性格的坚忍。在这一篇章中，作者描述了奶奶对爷爷的唯一一封来信多么珍视、爷爷与奶奶的感情多么真挚，也向读者展现了奶奶内心柔弱的一面。奶奶并非天生就那样坚强，爷爷的牺牲给了她沉重的打击，奶奶多年以后回想起还常常泪流满面，那时的她却要挣扎着起身，照顾好孩子，挑起生

---

① 乔叶.宝水[M].北京：北京十月文艺出版社，2022：4.

活的重担。这样一段闪回，使得奶奶这一人物形象更加丰满，读者对这一人物的理解更加深入。小说《宝水》运用这种局部闪回的叙事手法，在主人公的现实与记忆之间反复横跳，在现世的体验中追忆往昔，也在记忆的支配下调整现实。这就使得整篇小说的情节经补充后更加完整，叙事更加生动，人物形象的刻画更加细致。

4.民间化的叙事风格

小说《宝水》的作者乔叶出生于河南修武县的一个乡村，有着丰富的农村生活经历。小说《宝水》体现出了较强的民间意识，叙事语言质朴，具有民间化的风格。乔叶从小生活在豫北农村，在乡村文化浸润下成长起来，因而豫北方言在她的小说中时常出现。并且，乔叶对豫北方言的使用并非全部采纳，而是选用其中部分极为精练的字词。在夸赞秀美乡村风景时，用的词是"美卓"，其中，"卓"便是方言，表示出色之意；在形容小孩子时，用的词是"漆巴巴"，其中，"漆"是可爱的意思；在描述一个人的态度时，用的词是"大样"，"大样"形容傲慢的样子……小说中豫北方言的运用不胜枚举，这使整篇作品的语言弥漫着民间趣味和乡土气息。小说《宝水》的民间化风格，还通过各类乡村风俗得到充分体现。具有农耕性特征的乡村文化，衍生出许多具有地方特色的风俗。正月十九是农村传统的"小天仓"，宝水村家家户户都要喝油茶、敬仓神，祈求新的一年五谷丰登；惊蛰时节，人们去山上挖茵陈，吃一种特制的面食"懒龙"；端午节，各家包粽子，拿镰刀去路旁打艾草。九奶辞世后，"鞭炮在前，跟随的是金山、银山、别墅、汽车之类的纸扎，接着是响器和主丧孝子，棺木在其后。由西掌巡起，不走回头路，从一家家门前过"[①]。这段话呈现的是当地的巡山丧葬民俗。一些特定的场合中民俗风情的生动展现，为这部小说增添了地方特色。对乡村伦理人情的描述贯穿整篇小说，一些看似不起眼的细节其实蕴含着乡间生活的大智慧。例如，小说提到，在乡下，与人碰面时，即使没有什么要紧事，也要与人寒暄几句。这些貌似平淡无奇的家常话，却意味着一种重要的稳定性。又如，街坊四邻总爱在闲时聚在一起扯闲话，可在大英家的娇娇犯病后的一段时间，乡亲们遇见她便有事说事，当着她的面彼此不开玩笑，这便是乡村人情世故、乡村人的教养，他们用少有的庄严表达对大英的体贴和心疼。另外，小说多次提及邻里间的互助互惠，这其实是乡村人情的核心部分。在对娶亲、丧葬、盖房、上梁等场景进行描写时，都呈现了乡亲齐聚

---

① 乔叶.宝水[M].北京：北京十月文艺出版社，2022：513.

一堂的场景，也生动地展现了农村人的互助行为。这些乡村伦理、人情其实是民间生活中约定俗成的东西，带有作者强烈的民间意识，也为整部作品增添了民间化的风格。

5.平实、象征性的叙事意象

"意象是叙事学研究中的重要一环，是融合了作家主观情感和外在客观物象的统一体，'意'和'象'彼此交融，有若灵魂和躯壳，结合而成生命体。"[1]意象是文学作品中的一项重要内容，也是文学艺术重要的表达手段。小说《宝水》中，有着叙事意象，尤其是象征性物象的运用，"对作品的主题作暗示与烘托，对人物性格作点化与映衬"[2]，意象平实又不乏内涵。

青萍奶奶那封"玉兰吾妻"的信，是小说的象征性意象之一。它作为爷爷与奶奶之间的唯一一封情书出现，而实际上，它蕴含的意味不仅仅是情书这么简单。爷爷在青萍父亲刚出生时离家，奶奶自从收到爷爷寄来的这封信，便急切地盼望爷爷的归来，没想到等来的却是爷爷不幸牺牲的噩耗。后来，这封信变成了奶奶唯一的念想，寄托着奶奶无尽的思念之情，于是奶奶将信视若珍宝，甚至连自己的两个儿子也未曾见过那封信。一次偶然的机会，青萍发现了那封信，从此它便成了两人的小秘密，爷爷与奶奶的爱情让第三个人知晓了。奶奶临终时，一直等待着青萍的到来，遗憾的是终究没能等到。青萍虽然领会到奶奶在弥留之际的只言片语，将那封信放进了棺木，却没能听到奶奶最后要说的那句话到底是什么。这成了青萍心中始终无法释怀的一部分，因曾经诅咒奶奶而产生的愧疚之情也一直如影随形。因此，这封信对奶奶来说是一种无法消解的思念，是无悔一生的坚贞，而对青萍来说则是遗憾、愧疚，是多年来沉重的心理包袱。

小说《宝水》的另一个主要意象是九奶的那根降龙木拐杖。降龙木拐杖在小说中多次被提及。在青萍去九奶家搜罗村史馆的老物件时，青萍就注意到了那根拐杖，九奶还曾警惕地说："这是要带到棺材里的，不能给你。"后来，那根拐杖突然丢了，村里人拿了许多拐杖来让九奶挑选，可九奶一根也没留下。当时人们只知道那根拐杖是用了一辈子的老物件，九奶对它有很深的感情，殊不知这背后藏着一段故事，那是老原的爷爷与九奶的故事：九奶同青萍奶奶一样遭受了丧夫之痛，在娘娘庙前险些丢了

---

① 杨义.杨义文存：第一卷 中国叙事学 [M].北京：人民出版社，1997：319.
② 魏家骏.论小说意象 [J].西南民族学院学报（哲学社会科学版），1988(1)：114-120.

性命，幸运的是，老原的爷爷将九奶带回家并收留了她。九奶始终感激老原的爷爷，并由感激产生爱慕。老原的爷爷始终待九奶很好。他救了九奶性命，处处维护九奶，那根降龙木拐杖便是他为九奶磨的。后来，老原的爷爷去世后，那根拐杖便成为九奶的一种精神寄托。正因如此，九奶丢了拐杖之后，就像丢了魂一样，身体大不如前，神志也变得模糊。然而最终，九奶的那根拐杖还是没能找回来，直到豆哥将老原的爷爷从前磨的另一根拐杖递到她的手中，她才心满意足地离开人世。显然，那根拐杖不仅仅是一根拐杖，也寄托着那个年代的回忆，寄托着两人的深挚情感。

◎ 课后练习

1. 分析《宝水》如何通过乡村与城市女性形象探讨社会变迁。

2. 讨论小说中的叙事技巧，如第一人称叙事视角如何影响故事的接受。

3. 探索小说中生命探索主题的表现及对故事深度的影响。

4. 分析小说如何通过乡村未来和美图景表达对现实的希冀。

5. 讨论《宝水》中的民间化叙事风格如何增强文化真实性。

6. 比较《宝水》与其他乡土文学作品在主题和叙事上的异同。

7. 探讨小说中的城乡"两栖"女性形象如何体现个体与社会的冲突。

第十讲　孙甘露《千里江山图》

◎ 学习目标

★ 理解《千里江山图》中的革命主题及其美学表现。

★ 分析小说的叙事艺术，特别是叙事空间与叙事张力的使用。

★ 探讨小说中的象征主义和文化隐喻。

◎ **重点与难点**

★《千里江山图》的叙事结构与美学意蕴。

★ 分析小说的迷宫般叙事与象征意义。

◎ 知识结构图

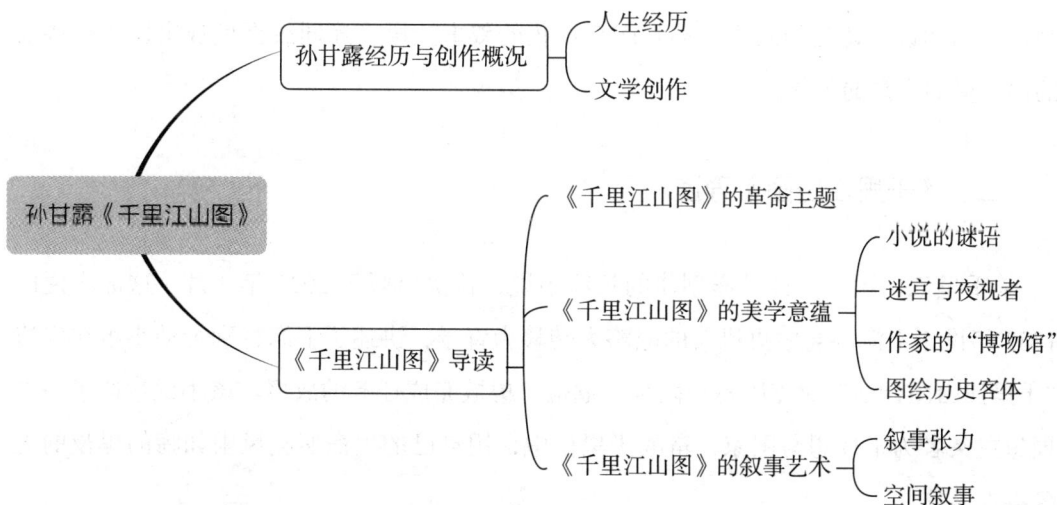

孙甘露《千里江山图》
- 孙甘露经历与创作概况
  - 人生经历
  - 文学创作
- 《千里江山图》导读
  - 《千里江山图》的革命主题
  - 《千里江山图》的美学意蕴
    - 小说的谜语
    - 迷宫与夜视者
    - 作家的"博物馆"
    - 图绘历史客体
  - 《千里江山图》的叙事艺术
    - 叙事张力
    - 空间叙事

一、孙甘露经历与创作概况

孙甘露，1957 年 7 月出生于上海，祖籍山东荣成，父亲是军人，母亲是教师。1976 年，孙甘露中学毕业，1979 年中专毕业后分配至上海市邮政局工作，1989 年调入上海市作家协会任专业作家，现任上海市文联副主席、上海市作家协会专职副主席、浦东新区文联主席、《萌芽》杂志社社长、《思南文学选刊》杂志社社长、华东师范大学中国创意写作研究院院长。

孙甘露于 1986 年开始发表文学作品，成名作《访问梦境》与随后的《我是少年酒坛子》《信使之函》使他成为一个典型的先锋派作家。他于 1988 年发表中篇小说《请女人猜谜》（该作品也被视为先锋小说的代表作），1997 年出版长篇小说《呼吸》和随笔集《在天花板上跳舞》，2003 年出版中短篇小说集《忆秦娥》，2022 年完成长篇小说《千里江山图》，此时距离他上一部长篇小说完成已有 25 年。《千里江山图》于2023 年 8 月荣获第十一届茅盾文学奖。孙甘露的作品有英语、法语、日语等多种译文，被收入海内外多种文学选集。

有人认为，孙甘露使写作变成一次"反小说"的修辞游戏，他的故事既没有起源，也没有发展，当然也没有结果，叙事不过是一次语词放任自流的自律反应过程而已。在孙甘露的叙事中，那些随意而破碎的幻想经验依照写作主体的情感深化和形而上的存在体验转变成语式的构造，对时间的永恒性与存在的瞬间性的哲学思考，以文学语式的方式被书写，因而令文学爱好者望而却步。也有人认为，孙甘露的小说与其说是小说，不如说是诗化的故事，孙甘露个性化的叙事让语言连同故事呈现出比当代诗歌的语言更加丰富的可能。

二、《千里江山图》导读

《千里江山图》是孙甘露创作的长篇小说，首次出版于 2022 年 4 月。这部小说以1933 年设于上海的党中央机关的战略大转移为背景，讲述了上海特别行动小组在实施"千里江山图计划"时克服各种困难、危险，勇敢完成任务的故事。该小说塑造了一群理想主义者为了理想与国家，奋战于黑夜中，用自己的生命照亮风雨如晦的黑夜的无名英雄形象。

（一）《千里江山图》的革命主题

《千里江山图》以 20 世纪 30 年代初中共临时中央由上海向瑞金转移这一重大事件为题材，以肩负重大使命的上海特别行动小组为中心，讲述这一事件的发生、过程和结局。该小说书写革命历史，歌颂革命者的神圣信仰、执着信念和无畏的牺牲精神，充溢着"超我"的信仰认同和价值实现感。《千里江山图》赓续革命历史叙事的崇高美学。该小说中除了行动的组织者和领导者、中央特派员陈千里，其他小组成员几乎都最终舍生取义。潜伏于租界巡捕房的无名氏为向正在召开秘密会议的地下组织示警而牺牲。凌汶被潜伏的国民党特务杀害。老方为掩护陈千里而牺牲。林石在与特务搏斗中牺牲。陈千元、董慧文、卫达夫、李汉、梁士超、田非、秦传安等被国民党杀害于龙华。更早的时候，叶桃为获取国民党绝密情报而牺牲，凌汶的恋人龙冬被潜伏的国民党特务卢忠德秘密杀害于广州。卫达夫和梁士超原本有脱身的机会，但他们顾全大局，舍生取义。小说对人物遭遇和命运的书写，回归了经典革命历史小说的崇高意义生成机制。他们的死亡被放在崇高意义维度上加以表现，而不像先锋小说和新历史小说那样将死亡归结于命运、偶然甚至人性的阴暗、贪婪、愚蠢。在生命之被动消失意义上，英雄的遭遇和结局是悲剧性的，但他们为神圣信仰、为人民（"千里江山"）而主动选择牺牲，则是崇高的。小说以净化心灵、升华灵魂的崇高美学，驱逐令人绝望的悲剧阴霾。小说将神圣信仰转化为执着的信念和百折不挠的意志。围绕"千里江山图计划"，小说塑造了叶桃、龙冬、老方、凌汶、卫达夫等烈士形象，他们置身其间的"千里江山图"展示的不是山水的淡远，而是残酷历史中充溢的理想的芬芳。

小说不仅以形象表达理想内涵，也时常通过叙述者的直接介入，传达信念。"作为一个修辞学家，一位作者会发现，充分欣赏他的作品所需要的某些信念是现成的，可以被想阅读这部作品的假想读者充分接受，而另一些信念则必须灌输或强加。"①这种以可靠的叙述者发出抒情性议论的方式，常见于经典革命历史小说中，用以传递思想规范和理想信念，强化主题，凸显所述内容的特定价值方向。"普遍真理"性言说在《千里江山图》的频繁出现，表明小说的意识形态性及其与经典革命历史叙事的显在关系。总体上看，理想和信念并不能使小说变得精致；相反，理念传达倒会使小说僵硬、粗糙。但如果没有这种深度意义设置，小说将会丧失整体感，变得琐碎甚至粗俗。理想

---

① 布斯. 小说修辞学 [M]. 华明，胡晓苏，周宪，译. 北京：北京联合出版公司，2017：166.

和信念塑造人物，聚合情节，使那些朴素的场景与细节变得有序、和谐。通过理想、信念，小说将残酷的历史和流血牺牲凝结为光洁的背景，革命者就在这个背景上被勾勒和衬托出来。

《千里江山图》不仅有严肃的规约性的主题，被叙述的历史事件在发端、过程和结局上亦是先在确定的。这注定孙甘露的写作充满走钢丝式的艰险。此外，经典革命历史小说的经验和局限，也是孙甘露需要超越的对象。《千里江山图》的意义在这种规定性、前在性的互文中产生。这部小说未以古典型象征美学将特定历史处理为血与火、激情与豪情的戏剧体叙述，其叙述语调是平静的，风格是沉静的。小说将革命者的英雄品质转化为出色的智慧、机警的头脑和强大的心理素质，并使其在具体的行动中具体地体现出来。《千里江山图》展现了对信仰的坚守与人性和智慧的较量。小说并未着意描写人物的内心博弈，而通过陈千里、凌汶、叶桃、卫达夫与叶启年、易君年（卢忠德）、游天啸等人物的对立性设置，通过对话和行动，展现人物内心世界，以简洁的表述展现复杂的生死搏斗中蕴含的智慧的较量和信仰的力量。当历史和人物的设定及结局均已作为历史确定下来，难出读者预料时，富有想象力的故事和精彩的情节、层出不穷的悬念、不断地反转，能带给读者阅读快感，而且革命者及其对手都以超常的智慧和缜密的思维，让搏斗更为精彩。

更重要的一点是，小说没有选择外在于自身的形式，而让革命历史自内心而出。作家遵从内心的语调、节奏，将历史化为一首带有自己感觉经验的内在的舒缓乐曲。小说描绘了世俗场景，还原了曾被过度历史化提纯和压缩的日常景致，简洁、凝练而朴素。作家在人世烟火场景中有条不紊地勾画历史潜行者的面影，追随他们隐秘的行动，揭开他们隐秘的内心，进入他们的灵魂，借由他们写出一种深刻影响了其选择和行动的信仰与希望。聂鲁达诗"南方，像一匹马。正以缓慢的树木和露珠加冕"，对孙甘露"速度和节奏的关系"的启示[1]，在《千里江山图》对历史/生活的轻/重、缓/急、快/慢的叙述处理中得到了切实实践。小说充满忠诚与背叛、温情与冷酷、杀戮与反抗、犹疑与决绝等矛盾性因素，由作者以冷静、从容不迫的方式讲述出来。人物的困惑、伤感、焦躁、冷静与不露声色的智慧和坚毅，通过他们自身的言语、行动，自然得以流露，节制而没有夸张、修饰。

小说饱满地表现革命者以共同信仰和信念为支撑和纽带的情感——恋人之间、亲

---

[1] 孙甘露. 时光硬币的两面 [M]. 上海：上海人民出版社，2021：143.

人之间、有着不同职业和不同身份的革命同志之间的无私的信任与爱，所有这些都是那个黑暗力量占据优势地位的阴冷空间中的温暖。温暖、温情意味着作家的矜持和节制，小说的风格不是热烈奔放、激情昂扬的，即便是对革命者的赞颂、对黑暗力量的批判，同样朴素而节制。这种风格隐含作家对那些先行者的诚朴的敬意，以及他对生命、世界的更为深入的理解。

（二）《千里江山图》的美学意蕴

孙甘露的《千里江山图》不仅是一部文学作品，也是一次深刻的思想和文化的探讨，其美学意蕴主要体现在以下几个方面。

1. 小说的谜语

《千里江山图》首先是一个以解谜为中心的谍战故事，里面的人物不断探查卧底、追寻真相。在《千里江山图》不断设谜、解谜的过程中，一个更庞大的谜语在故事底下徐徐展开了，将设谜者的世界倒转过来：小说里的谜底不断被揭开，而外部的谜语才刚刚浮现。小说的标题"千里江山图"，就是一个"进行中"的隐喻，可以具体至一幅古画、一个接头暗号、一项秘密计划，或宏大如一种星火燎原的革命理想、一个民族的锦绣河山，似乎一切事物都不足以穷尽这个谜语。

故事一开头，小说的谜语就不断滋长、蔓延。《千里江山图》的开场颇有电影感：主人公们从不同时间和方位会聚到一场秘密会议的地点。会议突遭特务搜查，半数与会者被捕，其余趁乱逃散。在这段情节中，作家利用多个分镜头，制造了一种切进切出的画面效果。就像阿加莎·克里斯蒂（Agatha Christie）的经典侦探小说开头，读者迅速掌握了一列快车从第一节车厢到最后一节车厢所有乘客的身份、相互关系。然而在孙甘露笔下，读者看到的发生在四马路菜场的画面，并不具有连续性，比起叙述的绵延，小说更突出的是切断。片段间分明的空行，一次又一次地阻碍读者代入故事，读者和故事之间的距离就这样被拉开了。这对通俗类型小说的开头来说是不可想象的，通俗意味着一部小说迫切拉拢读者坐上这趟故事的列车。而《千里江山图》切断式的开头引发了这样一种自觉：作家和读者同样是旁观者，并且"旁观者不清"。只有在这样的叙述下，才会有为了示警而跳楼牺牲，但直到结尾仍是匿名的情报网成员；才有卫达夫在菜场认出凌汶时的迷惑："他一定在哪里见到过她。可他想不起来到底是在哪里、见她是为了什么事情。"①这种非全知、非透明的刻意陈述，在形式上更接近展示几张照片。影像捕捉了某个对象的面容，却对它的历史一无所知："这种即刻进入的做法的结果，是另一种制造距离的方式。以影像的形式拥有世界恰恰是重新体验非现实和重新体验现实的遥远性。"②即使是仿真性最高的艺术形式——电影，也未必能很好地呈现这种效果，蒙太奇的存在即一种说明。因此，《千里江山图》虽然讲的是谍战故事，但在开头就已试图打破一种近景的解谜视角。回到关于谜语的假设，如何理解这部小说的"解谜"实际上创造了更大的谜语？这个谜语呈现为怎样的美学形式？

倘若梳理一下故事情节就会发现，在小说中，多个人物会构成不同的组合，每一个组合围绕一个关键性的情节线索：谍战故事的主线上，是上海地下党组织在国民党特务机关的监视下，要完成建设交通线、护送"浩瀚"到瑞金的任务，但组织内出现内奸，致使任务困难重重；在主线故事推进的同时，小说穿插了人物相互之间的交往史，如陈千里和叶启年、叶桃父女的是非纠葛，凌汶、龙冬、卢忠德以及小凤凰的情感，崔文泰对方云平虚伪的友谊，等等。这两条线索分别对应小说谜语在故事上体现的两个层面：一是依附于谍战故事外壳的"暗语表"，二是对应人物关系的生活迷宫。

从故事这一水平线上看，谍战题材使某些"谜面"出现得顺理成章，如人物的代称、接头暗号等。除了暗号"千里江山图"，方云平临死在弄堂墙角写下的"山"字，暗示了第一个内奸崔文泰的名字。更耐人寻味的是另一个间谍卢忠德的代号"西施"。从谍战故事来看，这个代号真正的主人是最大的悬念。一开始崔文泰被误认为该代号的使用者，但其实他只是国民党特务用于掩护"西施"的"假西施"；如果跳出代号的喻指关系，恢复"西施"一词历来的美喻含义，卢忠德又非"真西施"。这层意思由故事外一个算命的老头点破，仿佛触碰了天机（作家埋伏的秘密），这句话刚刚出口，这个人物的生命和他的叙述使命一同终结了："借问东邻效西子，何如郭素——"③"东施效颦"微妙的喻指，透露出小说对卢忠德和龙冬形象的平行塑造：在骗取龙冬信任、将其害死以后，卢忠德冒用了本应由龙冬使用的假名"易君年"潜入上海。因此，故事一开始，他就一直扮演本属于龙冬的角色。这个背景似乎发出了隐形的干扰，使得凌汶总在易君年的言行之间，看到龙冬身影的闪现，仿佛未能叠合的龙冬与易君年一

---

① 孙甘露. 千里江山图 [M]. 上海：上海文艺出版社，2022：6.
② 桑塔格. 论摄影 [M]. 黄灿然，译. 上海：上海译文出版社，2014：248.
③ 孙甘露. 千里江山图 [M]. 上海：上海文艺出版社，2022：228.

真一假两个身份又以幽灵返回的形式完成了结合。

读者自然无法替被害的凌汶讲出真相，最终向陈千里等人揭开"西施"之谜的是广州名伶小凤凰。她与谍战情节关系不深，却在与卢忠德的一场旧日恋情中"入戏太深"。《千里江山图》中掌握了谜语命脉的小凤凰，似乎意味着一次"请女人解谜"的转变，的确，小凤凰站在卧底真相的中心，她对情人卢忠德（也许是自觉）的"背叛"，象征着谍战核心情节的终结。但在台上扮演苏金定、解了红罗袄的小凤凰，即使解了这"满朝文武都解不开的难题"①，在这谍战戏台下，也无法回避更复杂的生活谜题。她让陈千里托给卢忠德的话只有四个字：胭脂用尽。四个字意思明了，说的是芳华已逝，透着几分恨意。作家或许感受到，冷宫里的苏金定、戏台下的小凤凰共同的命运指示着一种旋涡或迷宫式的中心图景，它是让叙事得以推进的存在。

早早牺牲的女性革命者叶桃，一开始则是谜语般被想象的他者：

> 在他们两个人当中，叶桃总是先离去的那一个。自从在叶老师家初次遇见她，她就一直在离开他。新闸路楼上的厢房，他坐在窗下，她坐在梳妆台前，他们在说话，他看见两个她，一个在面前，一个在镜子里。②

死去的叶桃或镜中的叶桃，都是现实与想象错位，无法合而为一的表现。事实上，陈千里和凌汶都试图在眼前的生活中重新安置离开的恋人，填补自身的缺失，这势必要穿过"镜子"的谜团。"镜子"做曾出现在陈千里和方云平的第一次接头中，当时他"望着镜子中的老方"，得出一个结论："人的面貌很难看清楚，那是用他们的历史一层层画出来的。"③只有进入镜中对象的历史，才会看清他们的面容。从苏联到上海，从上海到广州，陈千里和凌汶的故地重游都是对死者的问询。凌汶不止一次地"试图去理解他"，希望"了解人在生死抉择前的想法"，从而"更加懂得龙冬"④。无论是叶桃冒死送出的情报的真假，还是龙冬的死亡真相，在解开逝者之谜的过程中，人物更深地了解逝者的个人历史及价值，进而将自身转变为"完整"的革命者。

---

① 孙甘露. 千里江山图 [M]. 上海：上海文艺出版社，2022：258.
② 孙甘露. 千里江山图 [M]. 上海：上海文艺出版社，2022：273.
③ 孙甘露. 千里江山图 [M]. 上海：上海文艺出版社，2022：64.
④ 孙甘露. 千里江山图 [M]. 上海：上海文艺出版社，2022：22.

2.迷宫与夜视者

在谍战故事中，代称、暗号、暗语是作家营造"幻觉"的最外层，就像一层层等待剥掉的外壳，或一道道半遮半掩的门，将读者引向一个无尽的生活迷宫。在小说中，凌汶和易君年到广州执行任务的时候，莫名被一扇"奇怪的门"吸引。这门实际上有三道，第一道是屏风门，第二道是名叫"趟栊门"的栅栏门，第三道房门过后才是堂屋。广州历来潮湿，讲究通风，因此有了这种精巧而古老的门结构。不管有多少道门，门已经"画"好了，并且没有关着，作家邀请读者打开门、进入这个迷宫游戏。正是在"趟栊门"的同名章中，凌汶在门后找到了当年龙冬等人的秘密据点。夜空中的星光似乎激活了凌汶的视觉，她马上认出来，眼前昏暗的露台是易君年一张旧照的背景，然而"他明明从未见过龙冬"[1]。照片暴露了卢忠德，在杀害凌汶以前，他对她说道："你能看清他吗？你能找到他吗？""龙冬能跑到哪里去呢？他面前只有这一条路，对你我来说也一样，到处都是黑暗。"[2]《千里江山图》对黑暗最直接的描写是刑讯的情节。这虽然是一个谍战题材的故事，但是对刑讯的正面描写其实只有结尾对卫达夫的审讯。比起血淋淋的画面，小说表现得更多的是人物对黑暗的感觉。比如，卫达夫的头部被黑布蒙住，受到连续击打以后，他"失去了时间感，觉得这个过程无休无止"，在窄小、黑暗的密室里"忘记了时间"[3]。但卫达夫还记得陈千里给他的任务：假装叛变。

在昏暗的房间里，卫达夫想起了父母的面容。卢忠德借机劝他放弃抵抗，因卫达夫常年替经租处跑街，曾有一次对他说过，"他爹妈现在所在的地方，和他们活着时住的地方一样阴暗，没有窗户。他希望有一个，他能顶下一幢房子，实现他们二老的心愿"[4]。这是小说中非常令人触动的一处描写。在真相浮出以前，卫达夫可能是所有人物中最像叛徒的一个，因为他对公开（掩护）生活的投入好像完全压倒了本应更为重要的地下工作。他所关注的生活细节到了究极具体的程度，推及了父母和其他的人，以至于必须采取更决绝的革命行动。小说对卫达夫的塑造，从源头上将地下革命者公开和私密的两种生活归属于人们对生活价值的追求。无论是凌汶，还是卫达夫，对黑暗的感知都反过来使他们更明确自身的道路，就像在黑暗中孕育出一种特殊的"夜视"

① 孙甘露.千里江山图[M].上海：上海文艺出版社，2022：199.

② 孙甘露.千里江山图[M].上海：上海文艺出版社，2022：226.

③ 孙甘露.千里江山图[M].上海：上海文艺出版社，2022：227.

④ 孙甘露.千里江山图[M].上海：上海文艺出版社，2022：348.

的感官。例如，小说结尾"一封没有署名的信"写道："我仿佛在暗夜中看见了我自己，看见我在望着你……望着夜空中那幸福迷人的星辰。"[①]这段总结性的文字，可以看作一种抽象视觉的提炼。在《千里江山图》对人物的描摹中，有相当一部分是他们对周边环境的感觉。正是这种感觉的差异，在正反派之间，形成了比单纯"好"与"坏"更深入人性的差别。

3. 作家的"博物馆"

作家应当拥有一个自己的"博物馆"。《千里江山图》的作者也是如此。该小说大部分章的名字都是不同的名物，人物的行动随时随地为各类事物所环绕。这些受动性的物作为1933年上海、广州或南京的历史客体，以"博物馆"的样式聚拢成书。有了这满目的琳琅，如同随着镜头一起往后移动，读者可以看得更多、更遥远。孙甘露的"博物馆"藏品繁杂，嵌在小说当中的名物介绍让小说得以在融入历史情境的瞬间，散发更为深刻的（同小说中心松散地结合着的）意义与气质，如那幅无限广阔的"千里江山图"。另外，由于小说的主要情节压缩在短短的一个月，所以这些名物互相推挤，迸发出一种强烈的空间感。小说中故事总是伴随着人物、空间的转换而推进，时间显得无关紧要了——尽管在一般的间谍小说中时间是头等重要的因素。当然，无论事物的品类如何丰富，任何"博物馆"都难以全面。艺术其实和记忆一样，都由经过选择的细节组成。比如，小说中，陈千里与易君年第一次接头时，卡尔登戏院正在上演《图兰朵》，这部戏的招贴画上写了一句歌词："在图兰朵的家乡，刽子手永远忙碌。"为了让这句歌词成为这部小说的一部分，孙甘露将历史上卡尔登戏院当天演出的剧目换成了《图兰朵》。卡尔登戏院、《图兰朵》都是真实存在过的，但它们在这个时间发生碰撞是虚构的，这种碰撞会让特定细节变得更密集，进而凸显某种意义。

《千里江山图》以巧妙的方式将名物嵌入叙事的迷宫，形成了独特的感受形式，小说的中心也自然地显现于这些处理中。一是在基本故事架构上活跃的细节、事物。站在间谍小说的角度，作家不得不对"谁是卧底"的问题尽量沉默，以确保每种可能的呈现。这种必要的沉默为特务机关的某些行动"打了掩护"，暂时地骗过了读者和小说中的其他人。尽管隐藏得很深，卢忠德还是留下了一个破绽——他最喜欢的茄力克

---

① 孙甘露. 千里江山图 [M]. 上海：上海文艺出版社，2022：359.

香烟，也许"想抓住一点什么东西，证明自己是自己"①。从叙事动力的角度来理解，也是这种特殊的香烟品牌标志了卢忠德的立场，为了发现它，陈千里必须来到广州。二是隐喻意义上的叙事结构，这种结构内在于事物之间的"邻近性"。如果将小说视为事物与叙述组成的"空间"，那么经过叙述者的摆置，有的事物就会在这个"空间"中引发一种奇异的"回声"。小说提到了上海的许多遗闻掌故，如王金枝被杀案。讲故事的人是崔文泰，说的是一户人家在案发过后从米缸里发现了金条，就到巡捕房举报了自家失踪已久的少爷。乘崔文泰的车前往中汇信托银行的路上，凌汶听了这个故事，说道："这家人家的少爷一定不是好人，外人不晓得，家里人晓得的呀。自己儿子是不是好人，老爷知道的呀。"②这一故事在后来的情节中得到了另一番演绎：崔文泰临时变卦，决定带着凌汶等人从银行取出来的皮箱逃走，同时开罪了国共双方。好在陈千里早已知道他投敌，在银行就将皮箱内的金条换掉了。除此之外，易君年在和陈千里接头时，也讲了一个绘画史上的逸事：有人想将一幅仇英的画售给上海的收藏家金先生，但沪上一行家告之，画是假的。金先生将来人请走后留了个心眼，派下人跟随，果然看见那位行家追上卖家，买下了画。随后金先生花更大的价钱并施威胁，从行家手中将画买了回来。然而事实上，这幅画是行家自己伪造的。显然，这位行家投其所好，知道金先生对仇英画作的兴趣，又了解他多疑的脾性，于是设下此局，让金先生"聪明反被聪明误"。回到小说的情节，本来卢忠德（易君年）胜局已定，即将收网，陈千里在这时编出来一个乌有的"重要行动"，诱使对方留了个心眼。正是这道空子让地下党人的行动绝处逢生，卢忠德则丢了性命。如此，两个卧底都通过讲述旧闻，不自觉地预言了自己在故事中的命运。在这部小说中，同一种人生有两种不同的载体，一个是传闻，另一个是故事本身，它们共享一个主旨。以讲述者为界限，两者是存在间距（笔者不断强调的"遥远"）但共通的结构。倘若把这个结构的层次向外再推进，即从小说外部来看，以此为主旨的故事在真实世界还会得到无数的同义复现、无数的"回声"。

4.图绘历史客体

小说中语言与空间的交织，近似长卷山水画的笔法：从远处概观，是俯视的理想

---

① 孙甘露 . 千里江山图 [M]. 上海：上海文艺出版社，2022：126.
② 孙甘露 . 千里江山图 [M]. 上海：上海文艺出版社，2022：296.

的全景；在近处边走边看，对于不同细节精微乃至幽邃的描绘，贯穿了全卷。若以绘画为喻，一方面，孙甘露的《千里江山图》也有一定的"画幅"，总体上细节点染繁多，色彩很重。作为具有光荣革命历史传统的两座城市，上海、广州是小说画卷的群山中的两座主峰，它们在画面的前景凸显，实则意味着后方还有更多轮廓写意而规模巨大的辅峰远山。这也是在小说中上海和广州的细节叙述几乎达到了同等浓墨重彩的程度，属"辅峰"之列的南京则着墨稍浅淡的原因。比如，在广州，小凤凰身上的一件"金红广绣戏服"无疑是个"主点"，仅仅写在此处，就让人感受到一种鲜艳和质地。读者本来预想这是一个完全的上海故事，因此即使读了，也会淡化后面关于广州的大篇幅描写——骑楼、花街、茶楼、长堤、自梳女等，又以为这是作家的"炫技"。读者很难从一步一变的细节当中抽身，看到这是在同一幅画中，一座山颜色深点儿，另一座山颜色稍浅点儿。有一个问题可以说明两者的颜色深浅之别：在上海的部分，连陶小姐的言语都不是以上海话的形式进入小说，然而广州部分的描写密集地使用了粤语。或许正是因为孙甘露对上海过于熟悉，涂抹本就足够厚重，所以要用方言这样浓重的一笔来渲染广州。另一方面，《千里江山图》还有一个独到之处，即以客体的显隐增强小说的空间感。中国山水画结构讲究藏露隐显，这对呈现整个画面空间的立体连贯性有重要作用。一条河流、一条道路，可能在此处显、下处隐，形成一个不断再显再隐的过程，每次显现的情况都不同，这种感觉的逻辑全在画家的脑中。在孙甘露的《千里江山图》中，陶小姐充当了这条又显又隐的"道路"。她是纯粹的一个景观，和小说的故事主体相交错，但没有太大关系。

《千里江山图》除了将绘画技法融入小说，也有它"实验"的部分：直现事物的"幽邃"或"扁平"本身。从远处眺望山水，会看到有的地方像黑洞一样看不真切，如石缝、山洞或湖岸低陷处。对于这些难以直接处理的局部，一般山水画会以物遮掩或留白。在孙甘露的小说中，这些"幽邃"的局部由语言获得它的实体，有了运动的特性。比如，这一段：

> 窗外有汽车的引擎声，轮胎在砖地上摩擦，好像是陶小姐在说笑，笑得像滩簧戏中那些放肆的女人。笑声从楼内持续到楼外，车门关上，引擎再次转动。①

① 孙甘露. 千里江山图 [M]. 上海：上海文艺出版社，2022：353.

这是全书描写的两场审讯之一。董慧文略显逞强地将这场审讯视作滑稽戏，听见窗外的笑声，又联想起滩簧戏。这场在董慧文看来气氛恐怖的审讯里，先有审讯者游天啸的笑容，这是"她平生所见最可怕的笑，就像贴着咧开嘴的人皮面具，神情冰冷，眼角冒着红光"[1]。这个比喻直接将眼前的笑物化了，但实际上将这种恐怖无限放大的是后来陶小姐的笑声。这看不见的笑声如噩梦一般自动播放，并且移动起来，"从楼上持续到楼外"。将审讯写成惨烈的悲剧不难，悲剧处理的是既有事实，呈现恐怖却需要想象力。比如，在另一场审讯（对卫达夫的审讯，也是更可怕的刑讯）中，几乎完全密封的审讯室让人仿佛从时间中抽离。受审讯者感到光线取代声音，得到放大，抢占了人的精神空间。不过卫达夫的革命经验比董慧文丰富得多，他同样将游天啸看成一个演戏的人，但不是一味被动地观看：

> "知道为什么把你抓进来吗？"游天啸毫无新意地开了口，声音也很遥远，像是从水下听见水面上有人在说话。
> 卫达夫突然微笑起来，举起两只摊开的手，手腕对着手腕转动了一下，嘴里说一声，卡！[2]

这一声"卡"使小说的读者都惊醒三分，演员拒绝配合他的"对手"，自己先打断了这场戏。孙甘露对"扁平"事物非常警惕，但这并不体现在对符号和套路的拒绝上，而是在一次次"跳戏"中暴露"扁平"自身。"扁平"事物因此获得一种溢出故事理性的奇怪魔力，变得更加"真实"了。这也可以理解为，让"无用"的客体有限度地表现现实节奏的延宕，描写在生活中"滑"过的事物，如"废话"或"陈词滥调"：

> "每个人都有可能。特务工作的本分就是怀疑一切。"叶启年同样空洞地说着些陈词滥调，间或问一些反复问了好几遍的问题。游天啸知道，叶老师正在仔细权衡。[3]

---

[1] 孙甘露.千里江山图[M].上海：上海文艺出版社,2022：41.
[2] 孙甘露.千里江山图[M].上海：上海文艺出版社,2022：23.
[3] 孙甘露.千里江山图[M].上海：上海文艺出版社,2022：87.

作家对历史客体的重新图绘和摆置，就像普通读者对生活不断按图索骥，人们都希望直接思考生活结构。只要历史本身的写作还未停止，这个结构就是未完成和发散的，是"迷宫"，也是"星群"。其中的一切事物，标志着无数离散、碎片的历史时刻。孙甘露就像画家一样写作，用语言将历史客体表达为画面，最终绘成壮阔的星空。

（三）《千里江山图》的叙事艺术

孙甘露的《千里江山图》在叙事艺术方面展现出了独特的风格和技巧，尤其在叙事张力和空间叙事两个方面。

1.叙事张力

从叙事结构上看，《千里江山图》通过整体性与碎片化的张力设置，巧妙地隐喻了历史与个人、革命与日常生活之间的张力平衡。从整体性的角度来看，这部小说的叙事节奏是快的，在极短的故事时间内，人物既要穿行于上海、南京、广州等地，又要不断应对难以把控的时局。但这种快节奏很多时候只是故事的大背景，映射了"白色恐怖"的时代镜像，在叙述上是大写意式的，而在真正的叙事内部，却是碎片化的、日常性的，体现了慢的质地，有工笔式的精巧和细腻。《千里江山图》全书25万字左右，共分为34章，外加"一封没有署名的信"和两个"附录"，每章只有几千字。孙甘露的叙事策略似乎在于，立足小说的细节功能，充分发挥碎片化叙事的作用，以局部搭建整体，在碎片与整体之间形成一种结构上的张力，从而更好地展示人物内在的张力效果。

《千里江山图》所涉时空广阔、群像众多、党派关系复杂，虽然故事主线明确，但若从故事的宏阔层面入手叙事，并不容易把控，且容易陷入极为繁复的叙事泥淖。而采用碎片化叙事方式，虽会影响情节发展的连贯性，但带来的审美效果是显而易见的——不仅可以充分展示作家的艺术想象，使小说回到富有质感的生活现场，还能够突出人物生命内在的丰富性，并使不同时空中的不同人物获得灵活的描绘。因为碎片意味着特定场景或事件的灵活拼接，也意味着小说的叙述可以回到各种丰饶的细节之中。《千里江山图》中的碎片化处理，既让敌我双方的众多人物在共时性中获得了描绘，又让上海、南京、广州等不同空间里的事件乃至市井生活景象得到了灵活呈现，同时为叙事视角的变换提供了诸多便捷。碎片化叙事方式很好地吸收了巴赫金复调小说的某些元素，但无须尊崇复调小说的叙事规范，而让叙事变得更为自由和灵活。

值得注意的是，孙甘露并没有沉溺于碎片之中，而将碎片巧妙地融入情节发展的逻辑链中，使每种碎片化的场景都能够很好地推动情节的发展。在碎片化与整体性的互动互构方面，《千里江山图》提供了一种叙事上的典范。这也是它能够让人一口气读完的重要原因。在一般情况下，碎片化叙事容易导致叙事松散、情节疏离，缺乏阅读带来的紧张感。有些作家进行碎片化叙事时，沉迷于细节之中，忽略了情节发展以及故事的整体性把控，致使叙事烦琐、芜杂，严重影响读者的审美接受。但《千里江山图》使碎片化叙事成为推动情节发展的利器，使碎片化与整体性构成了极具张力的统一。孙甘露的这种叙事策略，得益于他对碎片化叙事的精确理解和熟练处理。在《千里江山图》中，碎片化并不意味着全部细节化，也不意味着情节发展的停滞，而是保持着某种"行进"的状态。这种行进主要体现在两个方面。一是通过大量的人物对话，在讲述繁复的事件过程的同时，凸显了人物内在的个性，还预示着情节的变化，使小说始终处于情节发展的链条之中。在此前的小说中，孙甘露并不热衷于对话叙述，但在这部小说里，大量的情节发展、人物的个性展现都是通过人物的对话来实现的。对话是现场的，又是动态的，因此非常考验作家的叙事能力。例如，"龙华""陶小姐"等章就是通过人物在狱中的对话，既交代了敌我双方的全面较量，拉开了整个故事的帷幕，又展示了人物各自的身份、个性以及应对处境的智慧和能力。二是跳跃、变化的场域、物象。小说中所有的人物都始终处于行动之中，所以小说中很多章的标题是具体的地方或具体的物象。"龙华""玄武湖""诊所""银行""茂昌煤号""兴昌药号""小桃源"这些地点既是人物行动的空间，也是情节发展的关键之处。"骰子""赛马票""照片""皮箱""趟栊门""茄力克""贵生轮""鱼生粥"这些物象是人物行动的重要纽带，也是小说情节发展的标志性事物。

当然，碎片化叙事也离不开对细节的雕琢。《千里江山图》在碎片化叙事的过程中，同样发挥了作家对细节化日常生活的营构能力。在小说中，读者看到了外滩华懋饭店、世界大旅社、四马路菜场、北四川路桥、邮政大楼、法租界公董局、跑马总会、公益坊、顾家宅公园、天津路中汇信托银行、工厂酱园、小木桥、朱家角镇、淀山湖区等旧时上海的种种都市镜像，也品味到扒烧整猪头、拆烩鲢鱼头、狮子头、油爆虾、笋尖、鸭胗、火腿、醉鱼、什锦菜等旧时上海的日常饮食，还看到了舒伯特的《未完成交响曲》金焰和紫罗兰等主演的《海外鹃魂》、意大利山卡罗氏歌剧团的《图兰朵》

等的时尚海报。这些看似微不足道的闲笔，为读者描绘了一幅充满了世俗烟火又不乏时尚气息的旧时上海都市生活画卷。据说，为了真实地再现这些日常生活细节，孙甘露曾花费颇多精力，广泛搜罗并参考了当时的城市地图、报纸新闻、档案以及大量文献史料。在这种洋溢着市井生活气息的现实表象之下，各种血雨腥风的争斗轮番上演，是日常生活与非日常生活的彼此互嵌，又是世俗和反世俗的彼此角力。对于孙甘露来说，这种细节化的叙述主要是为了突出人物生存的世俗性，表现个体生命的立体特征，因为任何一个人都"必须是日常的，否则根本就不存在"①。无论是地下党成员，还是国民党特务，对人物来说，都只是他们的社会身份，或者说是他们承担的某一种角色，而他们的更多角色是日常生活中的父亲、同事、兄弟、朋友、丈夫或妻子之类。卫达夫是房屋中介，易君年是书画商，凌汶是一名作家，田非是图书馆工作人员，崔文泰是出租行司机，李汉是煤号工人，陈千里被赋予了古董商人这一普通身份，等等。这使他们在上海的日常生活中可以自由行走，在为完成任务提供便利的同时，还原了他们作为普通市民的一面，展示了他们在日常生活中的喜怒哀乐或欲望。例如，崔文泰非要吃上一碗猪杂汤，作为"爱情"小说《佟》的作者的凌汶的浪漫与敏感使她在生活中对爱情的迷思程度高于事业。基于人物的普通身份，小说还为人物配置了一套生活习惯，使得人物更加立体，人物的生活习惯亦与情节、情感发生关联，如崔文泰的车、凌汶的纸条、卢忠德的香烟等。这些看似琐屑、庸常的细节，其实为人物塑造提供了坚实的生活基础，因为日常生活本身就是程式化、琐碎化、庸常化与重复性的模态，是一个个具体的活动场景和生活细节。这种细节化的日常生活叙事，让小说中众多人物生存于完整的生活之中，体现了日常生活与非日常生活之间的内在张力。

碎片化叙事还使得作家在选择视角时更加灵活和自由。《千里江山图》的整体叙述是全知视角的。同时，该小说在叙述相关的档案材料等方面运用了第一人称视角，以准确呈现档案中当事人的感受。在不同的碎片化叙述之中，作家又选用了不同的人物视角。这些限知视角的自由转换，既表现了不同人物的内心活动，也体现了不同的观察立场和效果。例如，"骰子"一章在叙述四马路菜场的秘密会议时，就用了多个人物的视角，如卫达夫、易君年、秦传安、田非等，通过全知视角与人物限知视角的自由组合，表明了地下党组织成员单线联系、无法获知对方信息的处境，也契合碎片化叙事策略，即以一个个人物串联起事件。这种叙事类似詹姆斯·伍德（James Wood）所

---

① 吴宁. 日常生活批判：列斐伏尔哲学思想研究 [M]. 北京：人民出版社，2007：172.

强调的"自由间接体"。伍德认为："所谓的全知几乎是不可能的。只要一开始讲关于某个角色的故事，叙述就似乎想要把自己围绕那个角色折起来，想要融入那个角色，想要呈现出他或她思考和言谈的方式。"①自由间接体就像自由间接引语那样，在叙述中灵活而又不动声色地辗转于不同人物之间，"自由间接体在不动声色时最有效力：'透过愚蠢的泪水看管弦乐队演奏'"②。其中的"愚蠢"就是自由间接体的典型表达。"这个词某种程度上既属于作家又属于人物，我们不能完全搞清楚谁'拥有'这个词。有没有可能'愚蠢'反映出的是身为作家的一点点粗暴或距离感？还是说这个词彻头彻尾属于人物，只是作家心中骤起一阵同情？"③分不清某句叙述或某个词是属于谁的，就意味着它可以有多重归属；拥有多重归属，就表明它有不同的语义。这就是自由间接体的微妙之处。自由间接体极大地增强了叙述的弹性，也扩展了读者感知和解读的空间。在"龙华"一章中，游天啸向处长穆川否认被抓的人里有己方的间谍，作者还郑重其事地添加了一笔："游天啸说得郑重其事。"从游天啸的角度看，他确实不知易君年是"自己人"，"郑重其事"可以是他的真实语气。通常来说，这样的语气"注脚"往往是败笔，但语言一贯简洁的孙甘露执意借此显露自己的身影，以模糊情节给读者一个悬疑的信号，甚至还有几分戏谑人物的意味。另外，"添男茶楼"里老肖和易君年的各自观察与内心活动、"鱼生粥"里卫达夫与卢忠德的斗智斗勇，都活灵活现，又耐人寻味。《千里江山图》中的自由间接体叙述，以炉火纯青般的精确，使很多细节变得丰盈、生动。

之所以强调《千里江山图》在细节处理上的魅力，主要是因为孙甘露通过各种丰实的细节，很好地充实了因为人物对话和行动留下的碎片化空间，突出了小说内在的艺术质感。纳博科夫（Vladimir Nabokov）认为，小说的细节既要有"诗道的精微"，又要有"科学的直觉"，既能刺激人们的感官，又能引发人们的理性之思。④《千里江山图》中的很多细节叙述，很好地诠释了这种审美理想。

2. 空间叙事

《千里江山图》中，空间叙事具有多层次性，包括心理空间叙事、故事空间叙事

---

① 伍德 . 小说机杼：十周年增订版 [M].黄远帆，译 .南京：江苏凤凰文艺出版社，2021：5-7.

② 伍德 . 小说机杼：十周年增订版 [M].黄远帆，译 .南京：江苏凤凰文艺出版社，2021：6.

③ 阿恩海姆 . 艺术与视知觉：视觉艺术心理学 [M].北京：中国社会科学出版社，1984：184.

④ 纳博科夫 . 文学讲稿 [M].申慧辉，译 .北京：生活·读书·新知三联书店，1991：25.

以及形式空间叙事。多层次的空间叙事有助于增加小说的叙事深度，丰富小说的艺术表现。

（1）心理空间叙事可以展现人物的精神世界，表达人物的深层情感，也可以反映外部世界的现实情况。心理空间叙事大致可分为记忆性心理空间叙事和意识流动性心理空间叙事。其中，记忆性心理空间叙事是小说写作中较为常见的空间叙事模式。记忆是人们对事物的意识和对过去的感知。记忆对叙事有着必不可少的作用，"如果没有记忆，就没有任何可以讲述的内容"①，也就丧失了叙事的可能。空间叙事学家龙迪勇认为，由于记忆具有空间性，"记忆（时间）只有被空间固化之后，才是更为稳妥和牢固的存在"②。空间扮演着承载记忆的角色，承托并凝聚起那些缥缈的思绪和记忆，使过去发生的事情得以在记忆空间中以更加独特的方式被读取。其中，相较于一般地点，具有重要意义的地方更容易成为承载记忆的空间，成为具有特殊价值的所谓的"神圣空间"。比如，《千里江山图》中有以公园为基础的记忆性空间片段：

> 傍晚时她拿着照片，坐在沙发上想了很久。那年夏天，龙冬带回一只莱卡小型照相机，他们俩一起跑到虹口公园，他装上胶卷，给她拍了几张照片，龙冬说，胶卷头上有一些这样的照片，是很好的掩护。他还跑去跟一个戴着软呢鸭舌帽的犹太人商量，让他给他们俩拍一张。那个犹太人正站在草地上又弹又唱，拿着一只古怪的三弦，琴身不是圆的，而是做成了三角形。犹太人给他们拍了照，又专门为他们俩重新弹唱了一遍。后来龙冬告诉她，那种琴叫 ba-la-lai-ka，他一个音一个音地教她说这个词，又说那首曲子叫 tum-ba-la-lai-ka，就是弹奏这种琴的意思。那是一首意第绪语犹太民歌，在空旷的公园草地上，听起来特别忧郁动人，她至今都能哼出那声"咚巴啦咚巴啦啦"。③

小说中的主要角色凌汶的爱人是地下党的同志龙冬，原本两人的日子过得很幸福，但由于龙冬在执行任务时牺牲，两人的正常生活被迫终止，凌汶开始了怀念丈夫、继承丈夫伟业的辛酸岁月。小说从这对恋人的一次日常外出入手叙事，其中的一切叙事

---

① 克里斯蒂瓦. 汉娜·阿伦特 [M]. 刘成富，译. 南京：江苏教育出版社，2006：71.

② 龙迪勇. 空间叙事学 [M]. 北京：生活·读书·新知三联书店，2015：346.

③ 孙甘露. 千里江山图 [M]. 上海：上海文艺出版社，2022：85.

及相关细节，都来自凌汶的记忆。从草地上路人的穿着到乐器的模样，再到他哼歌的曲调，可以说，凌汶将与爱人龙冬相处的点点滴滴都记得十分清楚。由此可见，凌汶的记忆与公园的场景联系在一起，公园成了凌汶记忆的承载物。那"咚巴啦咚巴啦啦"的曲调甚至在许多年后仍然时常出现在她的脑海，被她反复哼唱，成为她日后永恒的安神曲，那个夏天公园的场景在她心中已被神圣化，成为她心底的神圣空间。

进一步来看，一方面，由公园回忆而展开的心理空间叙事，帮助凌汶比较出丈夫龙冬与同志易年君之间的差别，从而厘清混沌的情感与思路：在日复一日的相处中，龙冬和易年君时常在恍惚间让凌汶感到相似，但事实是龙冬更加松弛、洒脱，而易年君则更容易在繁杂的事务面前烦躁不安。能体现两人的差别的事情是易年君绝不会去做的，这让当局者凌汶更好地分清了回忆与现实中的两个人。另一方面，心理空间叙事展现了凌汶内心对丈夫龙冬的深切思念，表达她对过去平凡生活的缅怀。面对腥风血雨的局面，公园里幸福的景象与爱人的陪伴是她渴求的，记忆中被"神圣化"的公园与外部的现实世界形成了鲜明而残酷的对比，展现了老上海的英雄先辈为完成革命事业被迫失去美好、安稳的生活，对于凸显旧时上海英雄风骨的主旨有着重要作用。

（2）故事空间叙事。"所谓故事空间，就是叙事作品中写到的那种'物理空间'（如一幢老房子、一条繁华的街道、一座哥特式的城堡，等等），其实也就是事件发生的场所或地点。"[1]故事空间叙事在当代小说中有着不可或缺的作用。作家在创作时，对"空间"加以利用，使故事空间叙事成为一种写作的技巧。空间不仅仅是事件发生的场所，更是可以展现时间流动、影响小说结构、推进情节发展的空间。

> 淞沪警备司令部上空不时有几道亮光，像剪刀一样交错而过。去年日军入侵上海发动淞沪战争后，司令部紧急配备了防空探照灯。看守所岗楼上也装了一个，时不时朝监区牢房的高墙上掠过。强光透过窄窗，牢房内部瞬间照亮，又瞬间变暗。[2]

实际上，故事空间叙事对小说文本来说具有多重的功能，以孙甘露的《千里江山图》为例，表现在以下几个方面：

---

① 龙迪勇. 空间叙事学 [M]. 北京：生活·读书·新知三联书店，2015：563.
② 孙甘露. 千里江山图 [M]. 上海：上海文艺出版社，2022：44.

第一，故事空间叙事具有营造环境氛围的功能，既能交代故事发生的场所，又能为写作奠定情感基调，便于读者对故事内容进行把握。上述文字描写了地下党员秘密会议被破坏，众人被捕入狱关押、审问后，监狱夜幕降临时的物理空间。作者对警备司令部防空探照灯进行了描写，通过展现光线如剪刀般锐利，暗示组织成员面临的凶险局面。作者通过描写强光时有时无地照射，营造出悬疑、紧张的氛围，烘托出隐隐不安的氛围基调，为小说接下来的猜疑、推理做好铺垫。

第二，《千里江山图》的故事在开篇之际将空间作为叙事工具，借助故事空间的变化，达到推动情节发展的目的。在小说开头，主要人物易君年和凌汶从人满为患的市场楼上出场，站在视野绝佳的位置俯瞰街上的行人和店铺，两人正商量着什么。紧接着，场景转移至市场二楼，在烟火气十足的早市中，出租车司机崔文泰登场。然后空间转移到市场东边一个极窄的夹弄，林石走街串巷，经过了一扇门后，又穿过一条走廊，来到了会议地点。小说中几次三番的空间转移，将读者的视线从旧时上海街巷的日常景观吸引至秘密会议的故事主线上。通过物理空间的变化，人员逐渐接近会议地点，小说慢慢将叙事重心向地下党的秘密接头任务上转移，以自然过渡的方式推动情节发展。接下来，小说重新将目光聚焦在街角上，引出在警车中监视着主角一举一动的反派角色，并以此引出敌人的抓捕计划，将故事向前推进，暗示地下党的此次行动即将遭到敌人的破坏。在小说的第一章，读者的视线跟随空间的变化而转移，在场景的切换中悄然接近故事的中心。

> 陈千里有点恍惚，心中柔软，这种感觉很久没有出现过了。他克制着，慢慢地考虑着别的事情。他望向四周，房间收拾得很干净，不像记忆中的千元——他记得千元的房间总是乱糟糟的，可现在衣服在衣架上挂得整整齐齐，还有一条红色围巾，是他的吗？①

第三，故事空间叙事有助于塑造人物形象，使人物性格在特定的场所中得到多面展现。优秀的作家往往擅长利用空间的特性来塑造人物的个性，并描绘出个性之下所产生的行为，使笔下的角色摆脱空洞和机械，成为具象而生动的人。可见，小说的故事空间描写有塑造人物形象的作用。通过作者对物理空间的描写，陈千里的弟弟陈千

① 孙甘露. 千里江山图 [M]. 上海：上海文艺出版社，2022：112.

元的房间，从过去的杂乱无章变为干净利索。实际上小说通过环境的改变体现出了弟弟陈千元生活习惯的变化。从前的他在哥哥陈千里眼中是一个稚嫩的少年，经过长时间的分别，兄弟俩在各自闯荡的过程中悄然发生了改变，他与过去不同，已成长为一个更成熟的人。小说对故事空间的描写，展现出了陈千元逐渐摆脱稚气，日益稳重、老练的地下党的形象。

（3）形式空间叙事。"所谓形式空间就是叙事作品整体的结构性安排（相当于绘画的'构图'），呈现为某种空间形式（'中国套盒'、圆圈、链条等）。"[1]形式空间不似传统小说一样追求因果——线性模式，而是呈现出一种"并置、交叉式的空间结构"[2]。小说《千里江山图》在叙事中便运用了这种结构性安排，没有单纯地按照时间序列、事件因果展开书写，而选择将叙事时间打乱，根据不同人物的视角进行回忆和叙述，这使小说更具有可读性。在阅读的过程中，读者需要摒弃惯常的线性模式，对分散的情节加以整合，根据情节的线索拼凑出完整的故事，才能更好地理解小说的主旨。这种复杂的形式空间叙事带动读者根据零散的线索进行思考和推理，为谍战题材小说增添了悬疑色彩，以纷乱、复杂的形式促进读者对故事整体的把握，其中，并置式与拼图式形式空间最为显著。

并置式形式空间又称橘瓣式形式空间，在当代小说创作中十分常见，打破时间流线，将故事情节并置在一起，形成并列的空间结构。"橘瓣"这一比喻，形象地诠释了叙事的空间关系，表明并列的故事情节是向心的，而不是离心的，并非凌乱地组合，而集中在相同的中心主旨之上并相互关联。这种结构能够有效地打乱线性叙事节奏，使情节更加丰富、绵密、引人入胜。

在《千里江山图》中，并置式形式空间主要表现在不同人物视角的叙事时空和以"千里江山图"为代号的总行动上。故事发生在20世纪30年代的上海，中共中央总部遭到了敌方的严重破坏，急需向革命根据地江西瑞金转移，小说以上海地下党组织的撤离行动为中心，讲述了青年英雄与敌人斗智斗勇的全过程。小说中的主角根据各自的视角，将自身经历的事情讲述出来。小说通过勾勒出各个分支的走向，补齐行动中的各种细节，最终再现行动的全貌。小说中各条线路的地下党员往往同时身处不同的艰险绝境，致力破解一系列致命难题，抑或在不同的时刻陷入危机四伏的空间，与敌

---

① 龙迪勇. 空间叙事学 [M]. 北京：生活·读书·新知三联书店，2015：563.
② 龙迪勇. 叙事学研究的空间转向 [J]. 江西社会科学，2006(10)：61-72.

方的特务交锋。在场所与时间的交错、碰撞中，小说中的每个英雄角色都不惜一切代价，拼死搏斗，共同完成党的核心迁移任务"千里江山图"。不同叙述视角的轮番出现打破时空的限制，使不同阶段的故事情节得以融合并置，不断产生跳跃、呼应与反转，使读者在时空的切换中明确掌握行动的走势，紧锣密鼓地向小说想要传达的主旨逼近，读罢倍感酣畅淋漓。在并置的叙事空间中，小说的故事穿越了过去与未来，在旧时上海都市上空交汇，形成了结构缜密的叙事空间，在多线并置中，地下党员隐秘的行动得以从多个视角中立体、生动地呈现。

拼图式形式空间在当代小说中体现为，故事并不是集中讲述出来的，而是乱序分散在全书各处的。"拼图"是指故事情节像拼图元件一样分散开，读者需要在阅读过程中像玩拼图游戏一样将相关内容拼接起来，使这些内容组合成某种空间图式，从而还原事件的整体原貌，使事件背后的真相显露出来。在小说文本中，每一个散落的片段都至关重要，阅读的过程中如有缺漏，读者就无法领略到小说的要义，导致无法厘清故事情节的逻辑和思路。

在《千里江山图》中，拼图式结构主要体现在对中共地下党同志龙冬之死的探寻上。他是否已经牺牲以及他是如何牺牲的，是编织在小说前半部分的重大疑问。小说并没有在统一的空间里对龙冬这一人物进行集中描写，所有关于他的内容都被碎片式地散落在各个主要角色的回忆情境中。读者在阅读时，通过拼接龙冬的妻子凌汶的回忆以及陈千里、莫少球夫妇等同志的印象和评价，渐渐丰富对龙冬的了解。在空旷的公园草地上，在龙冬夫妻俩的出租屋，在黑暗的没有窗户的房间里，在上海、广州，都有龙冬的身影。读者采集小说提及的龙冬的碎片场景，并加以关联、拼凑，完成对龙冬性情、品格、能力等多方面的认识，龙冬的立体人物形象在各个时空的综合塑造中逐步成型。杀害龙冬的凶手是组织内部的奸细，其身份也在细碎的情节中慢慢浮出水面。幕后黑手潜藏在小组内部，隐蔽地破坏组织的行动计划，他的暴露有赖于关键场景的呼应和情节推进。从凌汶脑中无数次准确的直觉到斜靠在砖墙上似曾相识的画面，再从上海歌女后台的房间到一包茄力克香烟，看似不相关的不同空间场景里所留下的种种痕迹，都指向了老易这个表面老成、可靠的同志。自此，龙冬死亡的真相告破。在拼图式形式空间中，读者只有通过细读不同板块，潜心研究作者拆散的各个时空链条，并将其按照特定的时空秩序进行重组，才能领悟故事的真谛，体味到小说的绝妙之处。这样的结构形式为小说赋予了绝佳的趣味性，读者可以灵活而富有创造性地调动不同时刻、不同场景的情节，最终揭示故事的真相。

◎ 课后练习

1. 讨论《千里江山图》中革命主题的表达方式及小说对历史的反思。

2. 分析小说中的叙事空间如何构建故事的历史维度和深度。

3. 探索小说中的象征主义如何加强主题的多维度解读。

4. 讨论小说中的迷宫与夜视者象征何以增强小说美学效果。

5. 分析《千里江山图》中叙事张力的构建及其对故事动力的贡献。

6. 比较《千里江山图》与孙甘露其他作品的叙事与主题表达。

7. 探讨小说中的"博物馆"象征如何反映作者的艺术追求和历史观。

参考文献

[1] 王春林. 长篇小说的高度：茅盾文学奖获奖作品精读 [M]. 杭州：浙江文艺出版社，2022.

[2] 邝邦洪. 多重的文学世界：历届茅盾文学奖获奖作品评论集 [G]. 广州：广东高等教育出版社，2009.

[3] 陈彦. 主角 [M]. 北京：作家出版社，2021.

[4] 何向阳，吴义勤. 茅盾文学奖获奖作家卷：第 1 辑 [G]. 郑州：河南文艺出版社，2022.

[5] 李林. 贾平凹《秦腔》的语言特色研究 [J]. 中国民族博览，2023（7）：11-13.

[6] 赵映，胡晓燕，汪仟. 论贾平凹《秦腔》中的乡土关怀 [J]. 名作欣赏，2021（23）：103-106.

[7] 张进玺. 贾平凹《秦腔》语言的艺术性 [J]. 江西电力职业技术学院学报，2020，33（12）：130-131.

[8] 马英群. 贾平凹《秦腔》的方言土语及文化意蕴 [J]. 安徽文学（下半月），2015（10）：113-114.

[9] 蔚琼. 浅探贾平凹《秦腔》中的语言艺术 [J]. 吉林工程技术师范学院学报，2017，33（12）：62-64.

[10] 徐佩. 贾平凹《秦腔》的乡土文化特色 [J]. 文化学刊，2015（11）：71-73.

[11] 张译文. 论迟子建《额尔古纳河右岸》的人性关怀 [J]. 今传媒，2020，28（4）：73-74.

[12] 赵奎英. 从生态语言学批评看迟子建的《额尔古纳河右岸》[J]. 云南大学学报（社会科学版），2019，18（4）：90-97.

[13] 谭敏. 迟子建《额尔古纳河右岸》中的生态书写 [J]. 安徽文学（下半月），2018（4）：

29-31.

[14] 胡治珍.回归自然之后：论迟子建《额尔古纳河右岸》[J].文学教育（上），2017（9）：
    50-51.

[15] 陈锦圆.论迟子建《额尔古纳河右岸》中的和谐生态 [J].参花（中），2023（12）：
    114-116.

[16] 高杰.寻找"诗意的栖居"——论迟子建《额尔古纳河右岸》中的死亡描写 [J].名作欣赏，
    2015（30）：91-95.

[17] 刘中顼.民族文化的纪念碑志与族群生态的时代涅槃——论迟子建的《额尔古纳河右
    岸》[J].文艺理论与批评，2009（6）：97-101.

[18] 孙丁凡.论迟子建小说《额尔古纳河右岸》的伤怀之美 [J].名作欣赏，2023（5）：
    38-42.

[19] 任得瑜.论迟子建小说中的空间叙事——以《额尔古纳河右岸》为中心 [J].美与时代
    （下），2023（5）：107-111.

[20] 张嘉星.莫言《蛙》中"姑姑"人物形象分析 [J].延边教育学院学报，2017，31（1）：
    15-18.

[21] 李景华.论莫言《蛙》的历史重构美学 [J].现代语文（学术综合版），2012（4）：
    39-40.

[22] 许冉君.莫言《蛙》的文体分析 [J].安徽文学（下半月），2014（9）：60-62.

[23] 朱妍，陈少锋.莫言《蛙》生命意识的建构策略 [J].宿州学院学报，2015，30（9）：
    63-66.

[24] 胡祯芳，李仲凡.《一句顶一万句》中的地理空间 [J].山西大同大学学报（社会科学版），
    2019，33（3）：77-80.

[25] 赵梦颖.论刘震云小说《一句顶一万句》中的民俗文化 [J].新乡学院学报，2020，37
    （11）：34-36.

[26] 吴正平.浅析《一句顶一万句》的悲剧意蕴 [J].电影文学，2018（19）：114-116.

[27] 薛冰怡.论《一句顶一万句》的语言特色 [J].文化学刊，2018（1）：71-72.

[28] 郝云飞.刘震云小说中的"说话"意蕴——重读《一句顶一万句》[J].名作欣赏，
    2022（30）：8-10.

[29] 赵宇辉.论刘震云《一句顶一万句》的重复叙事策略 [J].名作欣赏，2020（30）：

102-104.

[30] 郑春梅. 杨百顺的孤独——刘震云小说《一句顶一万句》人物形象浅析 [J]. 文教资料，
2019（30）：11-12.

[31] 孙蒙蒙. 话语迷雾下的另类乡土书写——评刘震云《一句顶一万句》[J]. 名作欣赏，
2019（12）：91-92.

[32] 秦佩佩. 人存在的精神困境与出路——对《一句顶一万句》的再解读 [J]. 安康学院学报，
2019，31（6）：54-57.

[33] 林存斐. 从叙事时间看《一句顶一万句》的形式意味 [J]. 成都理工大学学报（社会科
学版），2017，25（6）：92-96.

[34] 李星. 论《一句顶一万句》的结构张力 [J]. 重庆科技学院学报（社会科学版），2015
（9）：106-108，127.

[35] 刘静怡. 论金宇澄《繁花》的器物书写与文化建构 [J]. 西安航空学院学报，2023，41
（2）：40-45.

[36] 李亚楠. 论金宇澄《繁花》的艺术特色 [J]. 哈尔滨学院学报，2024，45（1）：88-
92.

[37] 王月伦. 金宇澄《繁花》中的生存困境书写研究 [J]. 浙江海洋大学学报（人文科学版），
2020，37（3）：64-69.

[38] 陈佳欣.《繁花》背后的上海风韵——浅析金宇澄《繁花》的创作特色 [J]. 中学语文，
2020（36）：49-52.

[39] 周令纯. 处处繁花满目新——析金宇澄《繁花》的叙事特征 [J]. 淮海工学院学报（人
文社会科学版），2016，14（1）：42-46.

[40] 张惠苑. 暧昧中的疏离——从性叙事看金宇澄《繁花》的上海书写 [J]. 关东学刊，
2017（5）：49-57.

[41] 项静. 方言、生命与韵致——读金宇澄《繁花》[J]. 中国现代文学研究丛刊，2014（8）：
147-153.

[42] 左佩洳，尹传兰. 苏童《黄雀记》多重意象的生成及其隐喻义探析 [J]. 文教资料，
2020（13）：13-15.

[43] 周珊伊. 苏童《黄雀记》中叙事的鬼魅性研究 [J]. 黄冈职业技术学院学报，2020，22
（2）：72-74.

[44] 高莹莹，刘丁榕. 苏童《黄雀记》中的女性成长叙事 [J]. 河北北方学院学报（社会科学版），2017，33（1）：16-19.

[45] 吴飞. 论苏童《黄雀记》的悲剧审美模式 [J]. 戏剧之家，2018（26）：210-211.

[46] 高颖君. "香椿树街"与"井亭医院"——苏童《黄雀记》的叙事空间 [J]. 中国石油大学学报（社会科学版），2016，32（1）：76-81.

[47] 周洁钰. 苏童《黄雀记》中"绳索"的隐喻及时代意义 [J]. 汉字文化，2021（23）：130-131.

[48] 李柏昊. 无力挣脱的束缚——论苏童《黄雀记》中绳索意象及时代内涵 [J]. 新楚文化，2023（22）：16-18.

[49] 甘婷. 世态众生相的诗意书写——评苏童《黄雀记》的叙事策略 [J]. 甘肃广播电视大学学报，2014，24（5）：19-23.

[50] 李贵成. "永恒的女性，引领我们向上"——梁晓声《人世间》中的女性形象与社会变迁 [J]. 中国文化研究，2019（4）：27-34.

[51] 贾艳艳. 梁晓声小说《人世间》的变异修辞探析 [J]. 九江学院学报（社会科学版），2021，40（4）：92-96.

[52] 戴美扬. 论梁晓声小说《人世间》中的温情书写 [J]. 名作欣赏，2023（14）：146-150.

[53] 江腊生，龚玲芬. 世俗情怀与当下现实主义的创作转向——以梁晓声长篇小说《人世间》为例 [J]. 福建论坛（人文社会科学版），2020（11）：116-125.

[54] 周顺艳. 论现实主义长篇小说《人世间》中的众生相——以周家两代人为例 [J]. 普洱学院学报，2022，38（5）：60-63.

[55] 席文，马金龙.《人世间》的空间叙事艺术探析 [J]. 名作欣赏，2023（8）：37-40，121.

[56] 卢文婧. 现实主义精神的传承与建构——论陈彦的《主角》[J]. 名作欣赏，2020（30）：132-134.

[57] 董悦. 新生命之音——评陈彦《主角》中的人物忆秦娥 [J]. 名作欣赏，2020（17）：86-87.

[58] 范鑫雨. 情艺交织，明变守常——论陈彦《主角》的叙事艺术及主题意蕴 [J]. 西安航空学院学报，2022，40（2）：66-71.

[59] 牛永华. 现实主义重构与民族文化的询唤——论陈彦《主角》的审美风格 [J]. 新乡学院学报，2021，38（10）：32-34.

[60] 董新睿. 为"笨人"立传——论陈彦《主角》中的女主人公形象 [J]. 名作欣赏，2020(17)：84-85.

[61] 金春平. 曲艺生命的文化传奇、古典精神与后传统美学——评陈彦的《主角》[J]. 新文学评论，2020，9（2）：83-92.

[62] 吴玉军. 叙述者的戏曲感悟书写——评陈彦的小说《主角》[J]. 名作欣赏，2023（9）：5-7.

[63] 熊钰蕾. 互文性写作的意义与限度——以陈彦长篇小说《主角》为例 [J]. 西安文理学院学报（社会科学版），2020，23（4）：16-20，32.

[64] 邓小燕. 再造"故乡"——以乔叶《宝水》的乡建书写为中心 [J]. 中国现代文学研究丛刊，2023（12）：16-33.

[65] 周平芳. 论乔叶《宝水》中的女性形象 [J]. 名作欣赏，2023（29）：18-20.

[66] 何晓瑜. 论乔叶长篇小说《宝水》的叙事艺术 [J]. 名作欣赏，2023（29）：11-13，17.

[67] 李林荣. 乡土文学的新开掘和新问题——乔叶长篇小说《宝水》读札 [J]. 新文学评论，2023，12（3）：79-83.

[68] 周倩. 当代中国乡村新书写——评乔叶小说《宝水》的叙事策略 [J]. 南腔北调，2023（10）：60-67.

[69] 王岚一. 论乔叶的乡土小说创作——以《宝水》为例 [J]. 长江小说鉴赏，2023（20）：92-96.

[70] 饶翔. 传统风俗中的山乡新变——论《宝水》兼及乔叶的乡土写作 [J]. 中国文学批评，2023（3）：71-78，190.

[71] 张志忠. 孙甘露《千里江山图》的创作发生学研究 [J]. 中国现代文学研究丛刊，2023（12）：50-70.

[72] 李松睿. 历史、互文与细节描写——评孙甘露《千里江山图》[J]. 中国现代文学研究丛刊，2022（10）：76-94.

[73] 阎晶明. 最先锋的新拓展——孙甘露《千里江山图》读解 [J]. 扬子江文学评论，2022（4）：22-27.

[74] 王金胜，初晓涵．先锋性／大众性：新的革命历史叙事如何可能——以孙甘露《千里江山图》为例 [J]．中国现代文学研究丛刊，2023（1）：251-260.

[75] 孙强，黄静姝．历史叙事与精神重塑——读孙甘露《千里江山图》[J]．西部文艺研究，2023（5）：43-48.

[76] 李海霞．意味深长的回归——评孙甘露《千里江山图》[J]．小说评论，2023（3）：62-66.

[77] 李音．千里江山　信使之函——论孙甘露《千里江山图》革命与先锋的双重变奏 [J]．小说评论，2023（5）：139-145.

[78] 何言宏．谍战故事、非常特工与别样摩登——孙甘露长篇小说《千里江山图》论 [J]．小说评论，2023（3）：53-61.

[79] 王春林．去传奇化的间谍叙事——关于孙甘露长篇小说《千里江山图》[J]．上海文化，2022（7）：25-31.

[80] 陈培浩．在空间中缔造时间：新时代的革命历史想象——论孙甘露长篇小说《千里江山图》[J]．小说评论，2023（6）：136-147.